KB201831

말괄량이와 철학자들

클래식 보물창고 16

말괄량이와 철학자들

펴낸날 초판 1쇄 2013년 4월 10일
지은이 F. 스콧 피츠제럴드 | **옮긴이** 김율희
펴낸이 신형건 | **펴낸곳** (주)푸른책들 | **등록** 제321-2008-00155호
주소 서울특별시 서초구 양재천로7길 16 푸르니빌딩(양재동 115-6) (우)137-891
전화 02-581-0334~5 | **팩스** 02-582-0648
이메일 prooni@prooni.com | **홈페이지** www.prooni.com

ISBN 978-89-6170-317-8 04840
* 잘못된 책은 구입한 곳에서 바꾸어 드립니다.

© (주)푸른책들, 2013
* 이 책 내용의 일부 또는 전부를 재사용하려면 반드시
(주)푸른책들의 서면 동의를 얻어야 합니다.

이 도서의 국립중앙도서관 출판시도서목록(CIP)은 e-CIP홈페이지(http://www.nl.go.kr/ecip)와
국가자료공동목록시스템(http://www.nl.go.kr/kolisnet)에서 이용하실 수 있습니다.
(CIP제어번호:2013001037)

표지 그림 | 존 헬드 주니어 作 '풍선을 탄 소녀'
보물창고는 (주)푸른책들의 유아, 어린이, 청소년, 문학 도서 임프린트입니다.

Flappers and Philosophers

말괄량이와 철학자들

F. 스콧 피츠제럴드 지음 | 김율희 옮김

보물창고

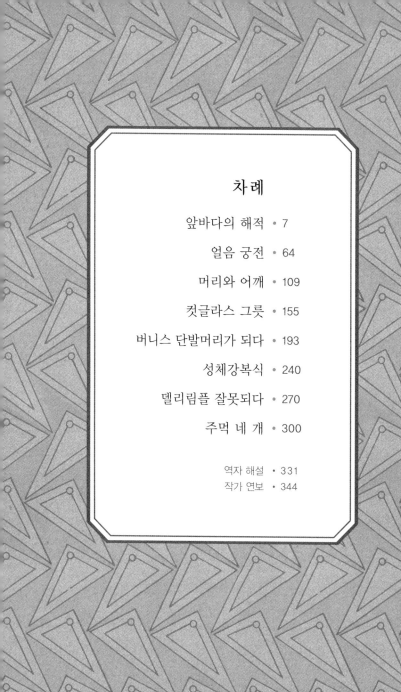

차 례

앞바다의 해적

1

있을 법하지 않은 이 이야기는 푸른 꿈 같은 바다에서 시작된다. 파란 실크 스타킹처럼 화려한 바다 위, 아이의 눈동자 속홍채만큼이나 파란 하늘 아래에서 시작된다. 태양은 하늘의 서쪽 절반에 걸려 바다를 향해 작은 금빛 원반들을 내던지고 있었다. 유심히 보았다면 그 원반들이 파도의 물머리 사이사이를통통 건너뛰다가 800미터쯤 떨어진 곳에 쌓여 가던 금빛 동전같은 넓은 고리와 만나며, 결국에는 눈부신 일몰이 되리란 사실을 알 수 있었을 것이다. 플로리다 해변과 그 금빛 고리의 중간쯤에, 우아하고 세상에 나온 지 얼마 되지 않은 흰 증기 요트가 닻을 내리고 있었다. 그리고 고물에 드리워진 파란색과 흰색의 차양 아래에서는 노랑머리 소녀가 긴 고리버들 의자에 누워 아나톨 프랑스의 『천사들의 반란』을 읽고 있었다.

그녀는 열아홉 살쯤 되어 보였고 몸이 날씬하고 유연했으며, 입은 발칙하면서도 매혹적이었고 명민한 회색 눈동자에는 빛나는 호기심이 그득했다. 스타킹을 신지 않은 맨발이었고, 파란색 공단 슬리퍼는 신발이라기보다는 장식품인 것처럼 발가락에 걸려 무심하게 흔들렸다. 발은 몸을 눕힌 의자 옆에 있는 다른 의자의 팔걸이에 놓여 있었다. 그리고 책을 읽으면서 가끔씩 손에 든 레몬 반쪽을 혀에 살짝 문지르면서 맛을 음미했다. 다 빨아 먹은 다른 반쪽은 발치의 갑판에서, 움직임이 거의 느껴지지 않는 물결에 맞춰 이리저리 가만가만 흔들렸다.

떨어진 레몬 반쪽에는 과육이 거의 남지 않았고 금빛 고리는 어느새 놀랄 만큼 넓게 퍼졌다. 요트를 감쌌던 나른한 침묵이 묵직한 발소리에 와장창 깨졌다. 그리고 백발을 깔끔하게 정돈하고 흰 플란넬 양복을 입은 나이 든 남자가 갑판 계단 꼭대기에 나타났다. 그는 잠시 걸음을 멈추고 눈이 햇빛에 적응될 때까지 기다렸다가 차양 아래의 소녀를 보고는 못마땅한 듯 한참 투덜거렸다.

그렇게 해서 어떤 반응이라도 이끌어 내려는 목적이었다면 그는 실망할 수밖에 없었을 것이다. 소녀는 침착하게 두 페이지를 넘겼다가 다시 한 페이지 앞으로 돌아갔고, 기계적으로 레몬을 들어 입에 닿을 만한 곳까지 가져왔다. 그런 다음 매우 희미했지만 분명하게 하품을 했다.

"아디타!"

백발 남자가 엄하게 말했다.

아디타는 아무 의미도 없는 작은 소리를 냈다.

"아디타!"

남자가 다시 말했다.

"아디타!"

아디타는 나른하게 레몬을 들어 올리면서 그것이 혀에 닿기 전에 두 마디를 내뱉었다.

"아, 그만해요."

"아디타!"

"왜요?"

"내 말 좀 들어라…… 아니면 내가 말하는 동안 하인에게 너를 붙잡고 있으라고 할까?"

레몬이 천천히, 비웃듯이 내려왔다.

"글로 써서 줘요."

"부탁인데 잠시만 그 가증스러운 책 좀 덮고 그 빌어먹을 레몬을 치워 버리면 안 되겠니?"

"오, 잠깐만이라도 절 내버려 둘 순 없어요?"

"아디타, 방금 해안에서 전화 연락을 받았다……."

"전화요?"

아디타는 처음으로 어렴풋하게나마 관심을 보였다.

"그래, 그건……."

아디타가 놀랍다는 듯이 끼어들었다.

"그러니까 여기까지 전선을 깔았다는 말이에요?"

"그래, 그리고 좀 전에……."

"다른 배들이 거기 부딪치지 않을까요?"

"아니, 전선은 바닥에 깔렸다. 오 분……."

"와, 기가 막히네요! 세상에! 과학은 정말 대단해…… 안 그래요?"

"내가 말 좀 하도록 기다려 다오!"

"하세요!"

"음, 그게…… 그러니까, 내가 여기에 온 건……."

남자는 말을 멈췄다가 산만하게 몇 차례 우물거렸다.

"아, 그렇지. 아가씨야, 모어랜드 대령이 또 전화해서 너를 저녁 만찬에 꼭 데려오라고 부탁하더구나. 아들 토비가 너를 만나려고 뉴욕에서 먼 길을 왔는데 다른 젊은이들도 좀 초대했다는구나. 마지막으로 함께……."

"싫어요."

아디타가 짤막하게 말했다.

"안 갈래요. 전 오로지 팜비치에 가려는 생각으로 이 빌어먹을 유람선에 탔어요. 그리고 아시겠지만 전 그 늙은 대령이든 어리숙한 토비든 망할 젊은이들이든 만날 생각이 눈곱만큼도 없고, 이 정신 나간 주에 있는 빌어먹을 도시에는 전혀 발을 들이고 싶지 않다고요. 그러니 저를 팜비치에 데려가든지 아니면 입 닥치고 저리 가세요."

"알겠다. 나도 더는 못 참는다. 그 남자…… 난폭하기로 악명 높고, 네 아버지라면 네 이름을 입에 올리지도 못하게 만들었을 그런 남자한테 혼이 빠지다니. 네가 자라난 상류 사회보다는 화류계에 더 어울리는구나. 이제부터……."

"알아요."

아디타가 얄궂게 말을 잘랐다.

"이제부터 삼촌은 삼촌 길을 가고 전 제 길을 가는 거죠. 전에도 들은 얘기예요. 제가 무엇보다도 그걸 원한다는 거 아시잖아요."

"이제부터."

남자는 거창하게 선언했다.

"너는 내 조카가 아니다. 나는⋯⋯."

"아아아!"

지옥에 떨어진 영혼이 몸부림치듯 아디타에게서 뒤틀린 고함이 터져 나왔다.

"지겨우니 그만하세요! 가라고요! 배에서 뛰어내려 죽어 버려요! 내가 이 책을 삼촌에게 던지면 좋겠어요?"

"감히 그런 짓은⋯⋯."

철썩! 『천사들의 반란』이 허공을 가르며 날았다. 아슬아슬한 차이로 목표물을 빗나가 갑판 계단으로 파드닥 떨어졌다.

백발 남자는 본능적으로 한 걸음 물러섰다가 조심스럽게 두 걸음 앞으로 나아왔다. 아디타는 160센티미터가 넘는 몸을 벌떡 일으켰다. 회색 눈동자를 이글거리며 반항적으로 삼촌을 바라보았다.

"저리 가요!"

"어떻게 감히!"

아디타의 삼촌이 외쳤다.

"제 마음이니까요!"

"고약하게 자랐구나! 그런 성질머리로⋯⋯."

"삼촌이 그렇게 만들었잖아요! 애들 성질머리가 고약한 건 모두 가족 탓이에요! 제가 어떤 사람이든, 삼촌이 만든 거라고요!"

그는 숨죽여 뭐라 중얼거리면서 몸을 돌렸다. 그리고 앞으로 걸어가면서 출발하라고 큰 소리로 외쳤다. 그런 다음 차양이 있는 곳으로 돌아왔는데 아디타는 다시 의자에 앉아 레몬에 집중하고 있었다.

"난 육지로 가야겠다."

그가 천천히 말했다.

"오늘 밤 아홉 시에 다시 나가야 한다. 돌아오면 우린 뉴욕으로 돌아갈 거다. 네가 앞으로 정상적인 삶을 살든 비정상적인 삶을 살든 그곳에 있는 네 이모에게 맡겨야겠다."

그는 말을 멈추고 조카를 바라보았다. 불현듯이 그녀의 아름다움에 깃든 한없이 순진무구한 뭔가가 팽팽한 타이어처럼 부풀어 오른 그의 분노를 터뜨려 버렸다는 느낌이 들었다. 그를 무기력하고 변덕스러우며 매우 어리석은 사람으로 만들어 버리는 것 같았다.

"아디타."

그는 사뭇 다정하게 말했다.

"나는 바보가 아니다. 살 만큼 살았다. 남자들을 잘 알아. 얘야, 고질적인 난봉꾼은 자기 스스로 싫증낼 때까지는 나아지지 않는단다. 그리고 그런 때가 오더라도 자기 자신이 아니지…… 껍데기만 남을 뿐."

그는 동의를 기대하는 것처럼 그녀를 바라보았지만 그런 기색도, 대답도 없어서 말을 이었다.

"아마 그 남자는 너를 사랑하는지도 모른다…… 그럴 수도

12

있지. 그 남자는 수많은 여자들을 사랑했고 앞으로 더 많은 여자들을 사랑할 거다. 한 달도 안 됐지만 아디타, 그 남자는 미미 메릴이라는 빨간 머리 여자와 악명 높은 연애 사건에 휘말렸었어. 러시아 황제가 그의 어머니에게 준 다이아몬드 팔찌를 그 여자에게 주기로 약속했다더라. 너도 알 거다…… 신문을 읽었을 테니."

"걱정 많은 삼촌이 짜릿한 스캔들을 꾸며내셨군요."

아디타는 하품을 했다.

"영화로 만드시죠. 정숙한 말괄량이 아가씨에게 추파를 던지는 사교계의 악한. 결국 그의 방탕한 과거에 매혹되고 마는 정숙한 아가씨. 팜비치에서 그를 만나기로 계획하지만 걱정 많은 삼촌 때문에 좌절."

"대체 왜 그 남자와 결혼하고 싶다는 거냐?"

"확실히는 몰라요."

아디타가 퉁명스럽게 말했다.

"어쩌면 선하든지 악하든지, 내가 아는 사람 중에 상상력이 있고 신념을 지킬 용기가 있는 유일한 사람이기 때문인지도. 아니면 곳곳마다 나를 따라다니며 시간을 허비하는 젊은 바보들에게서 벗어나고 싶어서일지도 모르고요. 하지만 그 유명한 러시아 팔찌에 관해서라면 안심하셔도 돼요. 그 사람이 팜비치에서 나에게 그 팔찌를 주기로 했으니까요…… 삼촌이 조금이라도 지성인답게 행동해 준다면요."

"그…… 빨간 머리 여자는 어쩌고?"

"그 여자를 안 만난 지 여섯 달째예요."

아디타가 발끈하며 말했다.

"내가 그걸 해결할 만한 자존심도 없는 줄 아세요? 내가 그 빌어먹을 남자하고 원하면 무슨 짓이든 다 할 수 있다는 걸 아직도 모르겠어요?"

아디타는 '각성한 프랑스'라는 조각상처럼 공중으로 턱을 들어 올렸지만, 조각상을 흉내 내려고 레몬을 드는 바람에 자세가 조금 흐트러졌다.

"널 홀린 게 러시아 팔찌냐?"

"아니에요. 그냥 삼촌의 지성에 호소할 만한 이야깃거리를 내놓으려던 거죠. 이젠 돌아가 주셨으면 좋겠어요."

아디타는 다시 짜증을 내며 말했다.

"내 생각이 변하지 않으리란 걸 아실 거예요. 사흘이나 들볶아 대니 미칠 지경이라고요. 난 육지로 안 가요. 안 간다고요! 알겠어요? 안 가요!"

"잘 알았다."

그가 말했다.

"팜비치에도 못 갈 거다. 내가 아는 이기적이고 버릇없고 무절제하고 불쾌한 구제불능 아가씨들 중에서도……."

철썩! 레몬 반쪽이 그의 목덜미를 때렸다. 동시에 옆쪽에서 외치는 소리가 들렸다.

"출발 준비 됐습니다, 파남 씨."

할 말이 너무 많은 데다 화까지 치밀어 말이 나오지 않는 파남 씨가 비난 가득한 눈으로 조카를 흘끗 보고는 몸을 돌려 순식간에 사다리를 타고 내려가 버렸다.

2

다섯 시가 태양에서 굴러 내려와 바닷속으로 소리 없이 뛰어 들었다. 금빛 고리는 더 넓어져 번쩍이는 섬이 되었다. 그리고 가벼운 산들바람이 차양 가장자리를 가지고 놀다가 대롱거리는 파란 슬리퍼 한쪽을 흔들어 대더니 돌연 노래를 싣고 왔다. 푸른 물살을 가르면서 노 젓는 소리를 반주 삼아 밀집된 화성과 완벽한 리듬으로 노래하는 남자들의 합창이었다. 아디타는 고개를 들고 귀를 기울였다.

당근과 완두콩,
그 무릎 위엔 콩,
바닷속엔 돼지,
운 좋은 녀석들!
우리에게 산들바람을 보내 다오,
우리에게 산들바람을 보내 다오,
우리에게 산들바람을 보내 다오,
그 우렁찬 함성으로.

아디타는 놀라서 눈살을 찌푸렸다. 꼼짝 않고 앉아 열심히 듣고 있는 동안 2절이 이어졌다.

양파와 콩
먀살과 딘,

골드버그와 그린,

그리고 코스텔로.

우리에게 산들바람을 보내 다오,

우리에게 산들바람을 보내 다오,

우리에게 산들바람을 보내 다오,

그 우렁찬 함성으로.

아디타가 탄성을 터뜨리며 책을 책상으로 던졌고 책은 펼쳐진 채로 책상에 엎어졌다. 아디타는 서둘러 난간으로 갔다. 15미터쯤 떨어진 곳에서 노를 저어 움직이는 커다란 배가 남자 일곱 명을 태우고 다가오는 중이었다. 여섯 명은 노를 저었고 한 명은 이물에 서서 오케스트라 지휘자의 지휘봉으로 노래 박자를 맞추고 있었다.

굴과 바위

톱밥과 양말

첼로로 시계를 만들 자

과연 누구인가?

지휘자의 시선이 갑자기 아디타에게 내려앉았다. 아디타는 호기심에 사로잡혀 난간 너머로 몸을 기울였다. 지휘자가 지휘봉을 휙 휘두르자 노래가 뚝 그쳤다. 아디타가 보니 배에 탄 백인은 그 남자뿐이었다. 노 젓는 여섯 명은 흑인이었다.

"이봐요, 나르키소스!"

그 남자가 품위 있게 소리쳤다.

"그 불협화음은 다 뭐예요?"

아디타가 쾌활하게 물었다.

"시골 땅콩 농장 출신 대표 팀이에요?"

그 무렵 배는 요트의 옆면에 삐걱삐걱 닿았고 뱃머리에 있던 거대한 흑인이 몸을 돌려 사다리를 붙잡았다. 그러자 지휘자는 이물을 떠나, 아디타가 그 의도를 알아차리기도 전에 사다리를 타고 올라와서는 그녀와 갑판 위에 마주 서서 숨을 몰아쉬었다.

"여자들과 아이들은 살려 줄 것이다!"

그가 기운차게 말했다.

"우는 아기들은 즉시 물에 빠뜨릴 것이고 모든 남자에게는 이중 족쇄를 채울 것이다!"

아디타는 드레스 주머니 속으로 손을 쿡 찔러 넣고 놀라서 말문이 막힌 채로 그를 빤히 바라보았다.

그는 젊은 남자였다. 가무잡잡하고 섬세한 얼굴에는 냉소적인 입과 건강한 아기에게서 볼 수 있는 푸르게 빛나는 눈이 있었다. 까만 머리카락은 축축했고 고불거렸다. 거무스름하게 변해 버린 그리스 조각상의 머리카락 같았다. 균형 잡힌 체격에 옷차림은 단정했고 날렵한 미식축구 쿼터백처럼 기품이 있었다.

"뭐, 난 깜짝 놀란 걸로 하죠!"

아디타가 얼떨떨한 듯이 말했다.

두 사람은 서로를 냉정하게 바라보았다.

"배를 넘겨주겠단 말이오?"

"이거 재치 넘치는 장난이에요?"

아디타가 물었다.

"당신 바보예요? 아님 무슨 사교 단체에라도 가입한 거예요?"

"배를 넘겨주겠느냐고 물었소."

"온 나라가 금주 중일 텐데요."

아디타가 내뱉었다.

"손톱에 바르는 에나멜이라도 마신 거 아니에요? 이 요트에서 내리시죠!"

"뭐라고?"

젊은이의 목소리에는 의아함이 가득했다.

"요트에서 내리라고요! 알겠어요?"

그는 그 말을 되새기는 듯 잠시 아디타를 바라보았다.

"아니."

그의 냉소적인 입이 천천히 말했다.

"아니, 나는 이 요트에서 내리지 않을 거요. 원한다면 그쪽이 내리시든가."

그는 난간으로 가서 짤막한 명령을 내렸고 그 즉시 배의 선원들이 사다리를 타고 올라와 남자 앞에 한 줄로 섰다. 한쪽 끝에는 석탄처럼 검고 건장한 흑인이, 다른 쪽 끝에는 키가 150센티미터 정도로 작은 흑백 혼혈인이 서 있었다. 다들 먼지와 진흙이 엉기고 누더기투성이인 파란색 의상 같은 것을 입은 듯했다. 하나같이 어깨에는 작지만 무거워 보이는 흰 자루를 둘러멨고 옆구리에는 악기가 든 게 분명한 크고 검은 상자를 끼고 있었다.

"주목!"

젊은 남자가 발꿈치를 착 붙이며 명령했다.

"복장 단정히! 시선 정면! 일 보 앞으로, 베이브!"

가장 작은 흑인이 얼른 앞으로 나와 경례했다.

"네, 대장!"

"명령을 받아라. 아래로 내려가서 선원들을 붙잡아 밧줄로 묶되 기관사는 제외다. 그를 나한테 데려와. 오, 그리고 그 자루들은 여기 난간 옆에 쌓아 두고."

"네, 대장!"

베이브는 다시 경례를 하고 몸을 빙글 돌려 나머지 다섯 명에게 가까이 모이라는 몸짓을 했다. 그리고 속닥속닥 짧은 회의를 마친 후 흑인들은 소리 없이 줄지어 갑판 사닥다리를 타고 내려갔다.

"자."

무섭도록 말없이 마지막 장면을 지켜보던 아디타에게 젊은 남자가 말했다.

"말괄량이의 명예를 걸고 맹세한다면…… 뭐, 그다지 쓸모도 없겠지만…… 그러니까 사십팔 시간 동안 그 발칙한 작은 입을 꼭 다물기로 맹세한다면 우리가 타고 온 배로 노를 저어 해변까지 가게 해 주겠소."

"안 그러면요?"

"안 그러면 이대로 바다로 나가는 거지."

젊은이는 위기를 잘 넘겼다는 듯이 작게 한숨을 내쉬고는 아디타가 좀 전에 일어선 긴 의자에 털썩 주저앉아 한가롭게 두 팔을 뻗었다. 화려한 줄무늬 차양과 반질거리는 황동 장식, 호화로운 갑판 비품을 둘러보던 그의 입꼬리가 즐거운 듯 누그러졌다. 그의 시선이 책에, 그 후에는 다 빨아 먹은 레몬에 꽂혔다.

"흠."

그가 말했다.

"스톤월 잭슨은 레몬주스가 머리를 맑게 해 준다고 주장했지. 당신 머리도 좀 맑아졌소?"

아디타는 대답할 가치가 없다고 생각했다.

"왜냐면 당신은 오 분 안에 떠나든지 남든지 분명한 판단을 내려야 하거든."

그는 책을 들고 궁금한 듯이 펼쳐 보았다.

"『천사들의 반란』이라. 제법 괜찮은 제목이군. 프랑스 어요?"

그는 새삼 흥미롭게 아디타를 바라보았다.

"프랑스 인이오?"

"아니에요."

"이름이 뭐요?"

"파남."

"무슨 파남?"

"아디타 파남."

"좋소, 아디타. 거기 가만 서서 입속을 깨물어 봤자 소용없소. 그런 신경질적인 버릇은 젊을 때 버려야 해. 여기로 와서 앉으시오."

아디타는 주머니에서 옥을 세공해 만든 상자를 꺼내 담배 하나를 집었다. 손이 살짝 떨리고 있다는 것을 알면서도 애써 태연한 척 불을 붙였다. 아디타는 유연하고도 활기찬 걸음으로 다른 의자로 걸어갔다. 그리고 거기 앉아서 입 안 가득한 연기를 차양으로 내뿜었다.

"이 요트에서 날 쫓아낼 수는 없어요."

아디타가 차분하게 말했다.

"그리고 이걸 타고 멀리 갈 생각이라면 잘못 짚은 거예요. 여섯 시 반만 돼도 삼촌이 이 바다 여기저기로 샅샅이 무선 전신을 보낼 거예요."

"흠."

아디타는 남자의 얼굴을 재빨리 살폈고 어딘지 우울해 보이는 입가에 근심이 또렷이 어리는 것을 보았다.

"나한테는 다 마찬가지예요."

아디타가 어깨를 으쓱하며 말했다.

"내 요트도 아닌걸요. 두어 시간 항해하더라도 상관없어요. 당신이 싱싱 형무소로 가는 세관 감시정에서 읽을 수 있도록 이 책을 빌려 드릴 의향도 있어요."

젊은 남자는 코웃음을 쳤다.

"그런 충고라면 애쓸 필요 없소. 이건 내가 이 요트의 존재를 알기도 전에 세운 계획의 일부니까. 이 요트가 없었더라도 해안에 정박한 배들 중 우리 눈에 띈 다른 배가 당첨됐을 테니."

"당신은 누구예요?"

아디타가 불쑥 물었다.

"정체가 뭐죠?"

"육지로 가지 않기로 한 거요?"

"그건 눈곱만큼도 생각해 본 적 없어요."

"우린 말이오."

그가 말했다.

"우리 일곱 명은 대체로 '커티스 칼라일과 육인조 흑인 친구들'로 알려졌지. 최근까지 윈터가든과 미드나이트 프롤릭에서 일했고."

"가수예요?"

"오늘까진 그랬소. 현재는 저기 보이는 하얀 자루들 때문에 법을 피해 다니는 도망자요. 내 짐작이 틀리지 않았다면 지금쯤 우리를 붙잡는 데 걸린 현상금은 이만 달러까지 올랐을 거요."

"저 자루에는 뭐가 들었어요?"

아디타가 궁금한 듯이 물었다.

"글쎄."

남자가 대답했다.

"지금은 일단 진흙이라고 부릅시다. 플로리다의 진흙이라고."

3

커티스 칼라일이 몹시도 겁에 질린 기관사와 면담을 마치고 10분이 지났을 때 요트 나르키소스 호는 훈훈한 열대의 황혼을 가르며 남쪽으로 순조롭게 나아가고 있었다. 칼라일의 절대적인 신임을 받는 것으로 보이는 키 작은 혼혈인 베이브가 상황을 총지휘하고 있었다. 기관사를 제외하고 탑승한 승무원은 파남 씨의 하인과 요리사뿐이었는데, 둘은 저항하며 싸웠으나 지금은 침상 아래에 단단히 묶여 생각을 고쳐먹었다. 덩치가 가장 큰 트롬본 모세는 페인트 통을 들고 뱃머리에서 '나르키소스'라는 이름을 지우고 그 자리에 '훌라 훌라'라는 이름을 쓰느라 바빴다. 다른 흑인들은 고물에 모여 주사위 도박에 몰두했다.

칼라일은 일곱 시 반까지 갑판에 상을 차리라고 명령한 후 아디타에게 돌아왔다. 눈을 반쯤 감고 의자에 몸을 파묻더니 깊고 깊은 생각에 잠겼다.

아디타는 남자를 꼼꼼히 훑어보았다. 그리고 즉시 그를 낭만적인 인물로 분류했다. 약한 토대에 자신감이 높이 솟아 있는 듯한 분위기가 풍겼다. 그녀는 그가 내리는 모든 결정의 표면 바로 아래에 망설임이 존재한다는 것을 감지할 수 있었다. 오만하게 비죽거리는 그의 입술과 분명한 대조를 이루는 망설임이었다.

'나와 같은 부류는 아니야.'

그녀가 생각했다.

'어딘지 달라.'

극도의 이기주의자인 아디타는 자기 자신에 관해 자주 생각했다. 자신의 이기주의가 결코 논쟁거리가 되도록 만들지 않았다. 몹시 자연스럽게 그 이기주의를 따랐으며 의심할 바 없는 매력 덕분에 비난을 받지도 않았다. 그녀는 열아홉 살이었지만 활기차고 조숙한 아이의 면모를 풍겼다. 그녀의 눈부신 젊음과 아름다움 앞에서 모든 남자와 여자는 그녀의 까탈이라는 잔물결에 밀려다니는 나뭇조각일 뿐이었다. 그녀는 다른 이기주의자들을 만났다. 사실 이타적인 사람들보다 이기적인 사람들이 그나마 덜 지루하게 느껴졌다. 그러나 그녀에게 굴복당해 발밑에 엎드리지 않은 사람은 한 명도 없었다.

그러나 이번에는 달랐다. 바로 옆 의자에 다른 이기주의자가 앉아 있음에도 불구하고, 평소처럼 전투태세를 갖추고 출항 준비를 하듯 마음의 문이 닫히는 느낌이 없었다. 오히려 그녀의 본능은 이 남자가 웬일인지 취약하기 짝이 없으며 무방비 상태에 가깝다고 말하고 있었다. 그리고 아디다가 인습에 도전할 때(최근 그녀가 주로 즐기는 취미였다.) 그 동기는 자신에게 충실하고 싶은 강렬한 욕구였는데, 이 남자는 반대로 스스로에게 도전하는 데 몰두하고 있다는 느낌이 들었다.

아디다는 자신의 현재 상황보다 이 남자가 훨씬 흥미로웠다. 덕분에 열 살짜리 아이가 낮 공연을 본다는 기대로 가득했을 때와 똑같은 심경이 되었다. 아디다는 어떤 상황이 닥쳐도 제 몸은 스스로 챙길 수 있다고 자신만만하게 생각했다.

밤이 깊어 갔다. 창백한 초승달이 물기 어린 눈으로 바다를 향해 웃음을 지었다. 해변이 어슴푸레 사라지고 저 먼 수평선을 따라 먹구름이 나뭇잎처럼 날아갈 때 희미하지만 장엄한 달빛이 돌연 요트를 휘감더니 쾌속으로 달리는 요트 뒤로 반짝거리는 갑옷 같은 길을 펼쳐 놓았다. 가끔 일행 중 누군가 담뱃

불을 붙여서 성냥의 불꽃이 번뜩이곤 했지만 나직하게 고동치는 엔진 소리와 단조롭게 고물을 적시는 파도 소리를 제외하면 요트는 별에 매달려 하늘을 가로지르는 꿈속의 배처럼 조용했다. 주변에 흐르는 밤바다의 냄새가 한없는 나른함을 실어 왔다.

마침내 칼라일이 정적을 깨뜨렸다.

"운 좋은 아가씨군."

그가 한숨을 내쉬었다.

"난 언제나 부자가 되고 싶었소…… 그리고 이 아름다운 것들을 모두 사고 싶었어."

아디타는 하품을 했다. 그리고 스스럼없이 말했다.

"난 오히려 당신이 되고 싶은걸요."

"그렇겠지…… 하루쯤은. 하지만 당신은 말괄량이치고 담력이 대단한 것 같단 말이지."

"날 그렇게 부르지 않았으면 좋겠군요."

"용서하시길."

"담력 얘기가 나왔으니 말인데요."

아디타가 천천히 말을 이었다.

"그건 내 결점을 보완해 주는 유일한 장점이에요. 난 땅에 있는 것이든 하늘에 있는 것이든 조금도 두렵지 않아요."

"흠, 난 두려운데."

"두려움을 느끼려면 매우 위대하고 강하거나…… 반대로 겁이 많아야 하죠. 난 어느 쪽도 아니에요."

아디타는 잠시 입을 다물었고 열정이 배어나는 목소리로 말했다.

"하지만 난 당신 얘기를 하고 싶어요. 대체 어떤 짓을 했고…… 그리고 어떻게 했죠?"

"왜?"

그가 비꼬듯이 말했다.

"나에 대한 영화라도 만들려고?"

"어서요."

아디타가 다그쳤다.

"달빛이 비치니 나에게 거짓말을 해 봐요. 거짓말처럼 근사한 이야기를 들려줘요."

흑인 하나가 나타나 차양 밑에 줄지어 매달린 작은 전등에 불을 켜고는 고리버들 탁자에 저녁 식사를 차리기 시작했다. 아래층의 풍요로운 식품 저장실에서 가져온 차가운 닭고기 조각과 샐러드, 아티초크(*국화과의 여러해살이 풀로 서양 요리 재료로 쓰인다. ─이하 *표시 옮긴이 주), 딸기잼을 함께 먹는 동안 칼라일은 이야기를 시작했다. 처음에는 머뭇거렸지만 흥미로워하는 아디타의 얼굴을 보고는 열성을 다했다. 아디타는 음식에는 거의 손도 대지 않고 칼라일의 가무잡잡하고 젊은 얼굴을 바라보았다. 수려하고 얄궂으면서 어딘지 모르게 무기력해 보이는 얼굴이었다.

칼라일은 테네시 주의 작은 도시에서 가난한 아이로 삶을 시작했다고 말했다. 그의 가족은 너무 가난했는데 그 거리에서 유일한 백인이었다. 그는 백인 아이들이 조금도 기억나지 않았다. 그러나 반드시 흑인 아이들 10여 명이 그의 뒤를 따라다녔다. 그의 생생한 상상력과, 그들을 수없이 곤경에 빠뜨렸다가 구해 주는 재간에 반해 졸졸 따라다니는 열렬한 숭배자들이었다. 그리고 이런 관계 때문에 다소 비범했던 그의 음악적 재능이 이상한 방향으로 전환된 것 같았다.

벨 포프 캘훈이라는 흑인 여자가 있었다. 백인 아이들이 주인공인 파티에서 피아노를 쳤다. 커티스 칼라일을 보면 콧방귀를 뀌며 지나쳐 버렸을 그런 아이들이 주인공이었다. 그러나 누더기를 입은 '가난한 백인' 소년은 그녀의 피아노 옆에 몇 시간이고 앉아 어린이용 장난감 피리로 알토 화음을 넣어 보려 애쓰곤 했다. 그는 열세 살이 되기 전에 내슈빌 인근의 작은 카페에서 낡아 빠진 바이올린으로, 자유분방하게 살아 움직이는 래그타임(*1880년대부터 1900년대 초반까지 유행한 재즈 연주법의 일종으로 불규칙한 엇박자가 주된 특징이다.)을 익히고 있었다. 8년 후에 래그타임은 온 나라를 강타했고, 그는 흑인 여섯 명을 데리고 '오르페우스 순회공연단'을 꾸렸다. 그중 다섯 명은 그와 함께 자란 소년들이었다.

나머지 한 명은 왜소한 혼혈아 베이브 디바인으로 뉴욕 인근에서 일하던 부두 노동자였는데, 오래전에는 버뮤다의 플랜테이션 농장 일꾼이었다. 주인의 등에 20센티미터짜리 단도를 꽂기 전까지는 그랬다. 칼라일은 자신의 행운을 깨달을 무렵 브로드웨이에서 공연하고 있었다. 사방에서 계약 요청이 빗발치며 꿈에도 생각하지 못했던 거액을 제시했다.

그런데 바로 그 즈음 그의 사고방식에 변화가 일어났다. 다소 기이하고 쓰라린 변화였다. 수많은 흑인들과 무대에서 지껄여 대며 인생의 황금기를 허비하고 있음을 깨달은 때였다. 그의 악단은 비슷한 부류 중에서도 뛰어났다. 트롬본 셋, 색소폰 셋 그리고 칼라일의 플루트. 그들을 특별하게 만들어 주는 것은 칼라일의 특별한 리듬감이었다. 그러나 그는 유난히 민감하게 굴면서 무대에 오를 생각조차 하기 싫어했으며 그런 재능을 하루하루 두려워하게 되었다.

그들은 돈을 벌었다. 계약할 때마다 칼라일은 금액을 높여 불렀다. 그러나 매니저들을 찾아가 육중주단과 결별하고 정식으로 피아니트스가 되고 싶다고 말하면, 그들은 비웃으며 정신 나간 짓이라고 말했다. 예술적 자살행위라는 것이었다. 이후에 그는 '예술적 자살행위'라는 문구에 웃음을 터뜨리곤 했다. 다들 하나같이 그 말을 썼다.

그들은 여섯 번 정도, 하룻밤에 삼천 달러를 받고 개인 댄스 파티에서 연주를 했다. 그에게는 그 경험이 자신의 생활방식에 혐오감을 갖도록 결정적인 역할을 한 것 같았다. 파티는 그가 낮 시간에는 들어갈 수 없는 클럽과 저택에서 열렸다. 결국 그는 끝없는 원숭이 역할을 하고 있을 뿐이었다. 좀 더 발전된 합창단원이랄까. 그는 극장과 가루분과 립스틱과 떠들썩한 분장실 그리고 특별석에서 생색내듯이 보내오는 찬사가 죄다 역겨웠다. 더는 거기에 마음을 둘 수가 없었다. 호화로운 여가 생활을 향해 너무 느릿느릿 다가가고 있다는 생각이 들어 미칠 듯 화가 났다. 물론 그는 꾸준히 나아가고 있었지만, 아이스크림을 너무 천천히 먹어서 맛을 전혀 느낄 수 없는 아이와도 같았다.

그는 많은 돈과 한가로운 시간과 책을 읽고 놀 여유를 원했다. 그리고 그가 결코 곁에 둘 수 없을 부류의 남녀, 그러니까 혹시라도 그를 떠올린다면 깔보고 업신여길 그런 사람들과 어울리고 싶었다. 간단히 말해 그는 상류층이라는 테두리로 뭉뚱그려지기 시작한 그 모든 것을 원했다. 지금 벌고 있는 그런 돈만 아니면 어떤 돈으로든지 그 신분을 살 수 있을 것만 같았다. 당시 그는 스물다섯 살이었고 가족이 없고 교육을 받지 못했으며 사업으로 성공할 가망도 없었다. 그는 마구잡이로 투기를 한 탓에 3주가 지나자 그동안 모은 돈을 모조리 잃었다.

그때 전쟁이 터졌다. 그는 플래츠버그로 갔는데 그가 하던 일이 거기까지 따라왔다. 준장이 그를 본부로 불러 군악대장으로 봉사하는 편이 나라에 더 도움이 되겠다고 말했다. 그래서 그는 전쟁 기간을 본부 군악대와 함께 후방에서 유명 인사들을 즐겁게 해 주며 보냈다. 그렇게 나쁘지는 않았다. 다만 보병대가 절뚝거리며 참호에서 돌아올 때면 그중 한 사람이었으면 좋겠다는 생각이 들었다. 보병들의 몸에 엉긴 땀과 진흙은 그를 영영 피해 다니는 표식, 감히 입에 올릴 수도 없는 상류층의 표식 중 하나로 보였다.

"결정타는 개인 댄스파티였소. 전쟁에서 돌아온 후 예전과 같은 생활이 시작되었지. 플로리다 호텔 연합에서 제의가 들어왔소. 당시엔 시간문제일 뿐이었지."

그는 갑작스레 말을 그쳤다. 아디타가 기대하는 눈빛으로 바라보았지만 그는 고개를 저었다.

"아니, 그 얘기는 하지 않겠소. 누군가에게 털어놓으면 한창 만끽하던 그 기쁨이 조금이라도 퇴색될까 봐 두렵소. 그 가슴 벅찬 영웅적인 순간들, 모든 사람들 앞에 서서 내가 고개를 까딱거리며 꽥꽥 소리치는 광대 이상의 존재임을 알렸던 그 순간들을 오래 간직하고 싶소."

갑자기 저 앞에서 낮은 노랫소리가 들렸다. 갑판에 모인 흑인들의 목소리가 높아지며 잊지 못할 선율이 울려 퍼졌고, 그 선율은 가슴 시린 화음을 이루며 달을 향해 날아올랐다. 그리고 아디타는 넋을 잃은 채 귀를 기울였다.

오, 아래로
오, 아래로
엄마는 날 은하수 아래로 데려가겠다 하네.
오, 아래로
오, 아래로
아빠는 내일 가라 하네!
하지만 엄마는 오늘 간다 말하네,
그래…… 엄마는 오늘 간다 말하네!

칼라일이 한숨을 내쉬더니 잠시 입을 다물었다. 그리고 따뜻한 하늘에 한데 모여 아크등처럼 반짝이는 별들을 바라보았다. 흑인들의 노래는 점차 잦아들어 구슬픈 콧노래가 되었다. 반짝임과 거대한 침묵이 시시각각 짙어지는가 싶더니, 인어들이 한밤중에 몸단장하는 소리가 그의 귀에 들리는 듯했다. 달빛 아래에서 물이 방울방울 떨어지는 은빛 곱슬머리를 빗질하며, 저 아래 오팔처럼 빛나는 초록색 거리에서 멋진 난파선에 들어가 살던 이야기를 재잘재잘 나누는 소리가.

"있잖소."

칼라일이 부드럽게 말했다.

"이것이 내가 원하는 아름다움이오. 아름다움은 믿기 어려울 만큼 놀라워야 하오. 꿈처럼, 소녀의 우아한 눈동자처럼 가슴속에 불쑥 뛰어드는 것이어야 하오."

칼라일이 아디타에게 고개를 돌렸지만 그녀는 말이 없었다.

"알겠소, 아디타? 그러니까…… 아디타?"

이번에도 대답이 없었다. 그녀는 얼마 전부터 곤히 잠들어 있었다.

4

햇빛이 넘치도록 쏟아지는 다음날 오후, 앞에 보이던 바다의 한 점이 문득 녹색과 회색이 어우러진 작은 섬으로 변했다. 북쪽 끝으로 무시무시한 화강암 절벽이 또렷이 보였는데 남쪽으로 살짝 기운 그 절벽은 생기발랄한 관목 숲과 풀밭을 지나 파도에 흐늘흐늘 사라지는 백사장으로 이어졌다. 좋아하는 의자에 앉아 책을 읽던 아디타는『천사들의 반란』의 마지막 페이지에 이르렀고, 책을 탁 덮으며 고개를 들어 그 섬을 보았다. 아디타가 기뻐서 작게 탄성을 지르며 칼라일을 불렀다. 그는 난간 옆에 울적하게 서 있었다.

"저기예요? 저기가 당신이 가려는 곳이에요?"

칼라일이 무심하게 어깨를 으쓱했다.

"정답."

그는 목소리를 높여 임시 선장을 향해 외쳤다.

"오, 베이브, 이게 자네가 말한 섬인가?"

혼혈 흑인의 작은 머리가 갑판실 모서리 부근에서 나타났다.

"예, 그렇습죠! 여깁니다."

칼라일이 아디타에게 다시 말을 걸었다.

"재미있게 보이지 않소?"

"그래요."

그녀가 인정했다.

"하지만 은신처로 삼을 만큼 커 보이진 않네요."

"아직도 당신 삼촌이 그 무선인가를 이리저리 보낼 거라 믿는 거요?"

"아니에요."

아디타가 솔직하게 말했다.

"난 전적으로 당신 편이에요. 정말이지 당신이 빠져나가는 걸 보고 싶어요."

칼라일이 웃음을 터뜨렸다.

"우리에겐 행운의 여신이군. 마스코트로 데리고 다녀야겠소. 어쨌든 지금은."

"나더러 헤엄쳐 돌아가란 말은 하지 않는 편이 좋을 거예요."

그녀가 차갑게 말했다.

"혹시 그런다면 어젯밤 당신이 들려준 지루할 정도로 긴 인생 이야기로 싸구려 소설을 쓸 거예요."

칼라일은 얼굴을 붉혔고 표정이 약간 굳었다.

"지루하게 만들었다니 무척 미안하오."

"오, 그렇진 않았어요…… 당신이 음악을 연주해 준 숙녀들과 춤을 추지 못해서 무지하게 화가 났다던 부분이 끝날 때까지는 말이에요."

그가 발끈하며 일어섰다.

"혀를 꽤 짓궂게 놀리는군."

"미안해요."

그녀의 말은 웃음으로 끝났다.

"야망으로 가득한 인생 이야기로 나를 즐겁게 해 주는 남자에게 익숙하지가 않아서요. 특히 몹시 정신적인 삶을 산 사람이라면."

"왜? 남자들은 보통 어떻게 당신을 즐겁게 해 주오?"

"오, 나에 관해 이야기하죠."

아디타는 하품을 했다.

"내가 젊음과 아름다움의 화신이라고 말해요."

"그러면 뭐라고 대답하는데?"

"뭐, 조용히 공감하죠."

"당신이 만난 모든 남자들이 당신에게 사랑한다고 말하나?"

아디타가 고개를 끄덕였다.

"그러면 안 되나요? 모든 삶은 앞으로만 나아가요. 그러다 그 문구…… '당신을 사랑합니다.'를 말하는 순간 물러서게 되는 거죠."

칼라일이 웃음을 터뜨리고 자리에 앉았다.

"정말 맞는 말이군. 그것 참…… 나쁘지 않소. 당신이 생각해낸 말이오?"

"그래요…… 내가 찾아낸 말일 수도 있고요. 딱히 특별한 의미는 없어요. 그냥 재치 있는 말이죠."

"일종의 논평이지."

칼라일이 진지하게 말했다.

"당신이 속한 계층의 전형적인 특색."

"어머."

아디타가 초조하게 말을 잘랐다.

"또 상류층에 대한 훈계를 늘어놓진 말아요! 난 이런 이른 아침에 열을 낼 수 있는 사람들을 믿지 않아요. 그건 가벼운 정신병이에요. 콘플레이크에 탐닉하는 것과 비슷하죠. 아침은 잠을 자고, 수영을 하고, 속 편히 쉬는 시간이라고요."

10분 후 요트는 북쪽에서부터 섬으로 접근하려는 것처럼 넓게 원을 그리며 방향을 바꿨다.

"어떤 비법이라도 있는 모양이군요."

아디타가 생각에 잠겨 말했다.

"설마 이 절벽과 부딪쳐 정박할 생각은 아닐 테고."

이제 배는 분명 30미터 이상 치솟은 단단한 바위를 향해 똑바로 나아가고 있었다. 그 바위가 50미터 앞으로 다가오기 전까지 아디타에게는 목표물이 보이지 않았다. 그러다 아디타는 기뻐서 손뼉을 쳤다. 기이하게 겹쳐진 바위 때문에 조금도 보이지 않았던 절벽 틈새가 나타났고 요트는 그 틈으로 들어가더니 높이 솟은 회색 벽 사이로 수정처럼 맑은 물이 흐르는 좁은 수로를 천천히 가로질렀다. 그러다 초록색과 금색으로 이루어진 작은 세상에 닻을 내렸다. 유리처럼 매끄럽고 조그마한 야자나무들로 에워싸인 금빛 만이었는데, 아이들이 모래 더미에 거울을 넣어 호수를 대신하고 어린 나뭇가지로 숲을 표현해 꾸민 풍경과 고스란히 닮아 있었다.

"빌어먹을 만큼 훌륭하군!"

흥분한 칼라일이 외쳤다.

"저 작고 검은 녀석은 대서양 이쪽 구석에 훤한 모양이야."

그의 활력은 전염성이 있어서 아디타도 기쁨에 넘치게 되었다.

"정말이지 틀림없는 은신처네요!"

"아아, 그렇소! 당신이 책에서 읽었을 그런 섬이오."

보트가 금빛 호수로 내려갔고 그들은 해변으로 접근했다.

"자, 자."

질벅질벅한 백사장에 상륙하자 칼라일이 말했다.

"탐험하러 갑시다."

야자나무 숲 언저리는 다시 1킬로미터쯤 되는 평평한 모래밭으로 둘러싸여 있었다. 둘은 모래밭을 따라 남쪽으로 갔고, 더 멀리 있는 열대 식물 숲의 가장자리를 스치듯 지나자 누구의 발길도 닿지 않은 진주색 해변이 나타났다. 아디타는 갈색 골프화를 벗어 던지고(스타킹과는 영영 작별한 모양이었다.) 물속을 걸어다녔다. 두 사람이 요트로 어슬렁어슬렁 돌아오니

지칠 줄 모르는 베이브가 점심을 이미 차려 두었다. 베이브는 바다 양쪽을 감시할 수 있도록 북쪽 높은 절벽에 망루까지 세워 둔 상태였다. 물론 절벽 입구가 세상에 알려졌으리라고는 생각하지 않았다. 베이브는 이 섬이 표시된 지도를 본 적도 없었다.

"여기 이름이 뭐지?"

아디타가 물었다.

"그러니까 이 섬 말이야."

"이름 없어요."

베이브가 킬킬대며 말했다.

"그냥 섬, 그게 전부."

오후 늦게 그들은 절벽 가장 높은 부분에 있는 거대한 바위에 등을 기대고 앉았다. 칼라일은 아디타에게 막연한 계획을 간단히 설명했다. 그는 지금쯤이면 사람들이 자신을 맹렬히 추격하고 있으리라 확신했다. 그는 자신이 성공시킨 쿠데타의 총수익금에다 아디타에게는 아직도 밝히지 않은 자루 속 물건까지 더하면 거의 백만 달러 정도라고 추측했다. 이곳에서 몇 주 머물다가 남쪽으로 가되, 주로 쓰이는 뱃길 외곽을 따라가다가 케이프 혼(*남미 최남단에 있는 곳.)을 돌아 페루의 카야오로 갈 예정이었다. 연료와 식량 공급은 베이브에게 일임했다. 베이브는 커피 무역선의 사환에서부터 오래전에 선장이 교수형에 처해진 브라질 해석전의 실질적인 일등 항해사에 이르기까지 안 해 본 역할 없이 바다를 누빈 것 같았다.

"저 친구가 백인이었다면 오래전에 남아메리카의 왕이 되었을 거요."

칼라일이 힘주어 말했다.

"총명함으로 말하자면 부커 T. 워싱턴(*아프리카계 미국인으로 노예 해방 운동에 적극적이었던 지도자 겸 교육자.)을 바보로 만들 정도요. 온갖 인종과 민족의 술책이 그의 핏속에 흐르고 있는데 그 종류가 여섯 개가 아니라면 난 거짓말쟁이요. 그가 나를 떠받드는 까닭은 내가 세상에서 그보다 래그타임을 더 잘 연주하는 유일한 사람이기 때문이지. 우리는 뉴욕 부둣가의 부두에 함께 앉아 있곤 했소. 그는 바순을, 나는 오보에를 들었고 우리가 천 년 묵은 아프리카 화성에 단조를 섞어 넣으면 쥐들이 기둥을 타고 기어 올라와 근처에 앉아서는 축음기 앞의 개들처럼 낑낑, 찍찍 소리를 내곤 했지."

아디타가 으르렁거렸다.

"말도 안 되는 소리!"

칼라일이 빙그레 웃었다.

"맹세컨대 이건……."

"카야오에 가면 뭘 하려고요?"

아디타가 말을 잘랐다.

"인도행 배를 타야지. 인도의 국왕이 되고 싶소. 진심이오. 아프가니스탄 어딘가로 가서 궁전과 명성을 얻은 다음 오 년쯤 지나 외국 억양과 베일에 싸인 과거로 무장하고 영국에 나타나는 게 내 계획이오. 하지만 일단 인도로 가야지. 세상의 모든 금이 슬금슬금 인도로 되돌아가고 있다는 소문을 들었소? 그 말에 왠지 마음이 끌린단 말이오. 또 난 한가롭게 책을 읽을 시간도 갖고 싶소…… 무지 많이."

"그 후에는요?"

"그 후엔 말이지."

그가 도전적으로 대답했다.

"상류층이 되는 거요. 웃고 싶으면 웃어요. 하지만 내가 무엇을 원하는지 스스로 알고 있다는 사실만큼은 인정해야 할 거요. 아마 당신보다 내가 더 잘 알 거요."

"틀렸어요."

아디타가 담배 상자를 찾기 위해 주머니에 손을 넣으며 반박했다.

"당신을 만났을 때 나는 친구들과 친척들에게 엄청 시달리던 중이었어요. 내가 원하는 것을 확실히 알고 있었기 때문이죠."

"그게 뭐요?"

"어떤 남자요."

칼라일은 흠칫 놀랐다.

"약혼했단 뜻이오?"

"어느 정도는요. 당신이 배에 올라오지 않았으면 나는 어제 저녁에 어떻게든 해변으로 갔을 거예요…… 참 멀고 먼 옛날처럼 느껴지네요. 그리고 팜비치에서 그 사람을 만났겠죠. 그는 예전에 러시아 캐서린 대제의 것이었던 팔찌를 가지고 나를 기다리고 있을 거예요. 여기에서 상류층이 어쩌고 하는 말은 꺼내지 말아요."

아디타가 얼른 덧붙였다.

"그냥 그 사람에게는 상상력이 있고 신념을 지킬 절대적 용기가 있어서 좋았죠."

"하지만 가족들은 반대했고?"

"그런 사람들이 있긴 하죠. 어리석은 삼촌과 더 어리석은 이모. 그 사람은 미미 어쩌고 하는 빨간 머리 여자와 스캔들을 일으켰던 것 같아요. 몹시 과장된 이야기라고 그 사람이 말했어요. 남자들은 나에게 거짓말을 하진 않죠. 어쨌든 그 사람이 한 짓은 중요하지 않아요. 중요한 건 미래예요. 미래는 내가 책임지면 돼요. 남자들은 나를 사랑하게 되면 다른 재미를 찾으려 하지 않아요. 그 사람에게 그 여자와의 관계를 단칼에 끊어 버리라고 했더니 그렇게 했어요."

"좀 부럽군."

칼라일이 눈살을 찌푸리고 말했다. 그러다 웃음을 터뜨렸다.

"카야오에 도착할 때까지 당신을 데리고 있어야겠소. 그 후엔 미국으로 돌아갈 여비를 빌려 주지. 그때까지는 그 남자에 대해 좀 더 생각해 볼 수 있을 거요."

"나한테 그런 식으로 말하지 말아요!"

아디타가 불같이 화를 냈다.

"누구든 부모 행세를 하면 참지 않겠어요! 알겠어요?"

킬킬 웃던 칼라일은 당황하며 웃음을 그쳤다. 그녀의 서늘한 분노에 몸이 휘감긴 듯 오싹했기 때문이었다.

"미안하오."

그는 자신 없이 말했다.

"오, 사과하지 말아요! 그렇게 남성적이고 겸연쩍은 말투로 '미안합니다.'라고 말하는 남자들은 못 참겠어요. 그냥 입 다물어요!"

침묵이 뒤따랐다. 칼라일은 침묵이 조금 어색하다고 느꼈지만 아디타는 만족스럽게 담배를 피우며 빛나는 바다를 바라보느라 침묵을 전혀 느끼지 못하는 것 같았다. 잠시 후 아디타는 바위를 타고 기어 올라가 끄트머리에 얼굴을 얹고 내려다보았다. 그녀를 지켜보던 칼라일은 그녀가 품위 없는 자세를 취하기란 참으로 불가능할 것이라고 생각했다.

"어머, 봐요!"

아디타가 외쳤다.

"저 아래에는 선반처럼 튀어나온 바위가 아주 다양해요. 높이가 제각각인 넓은 바위들 말이에요."

그는 그녀에게 다가갔고 둘은 아찔하게 높은 절벽 아래를 응시했다.

"오늘 밤에 수영해요!"

아디타가 흥분해서 말했다.

"달빛을 받으면서요."

"차라리 다른 쪽 끝에 있는 해변으로 가지 않겠소?"

"절대요. 난 물에 뛰어드는 게 좋아요. 당신은 삼촌 수영복을 입으면 돼요. 삼촌은 워낙 근육이 늘어진 사람이라 당신이 입으면 마대 같긴 하겠지만. 나는 원피스 수영복이 있어요. 그걸 입고 비더포드 풀에서부터 세인트오거스틴까지 대서양 연안을 따라 헤엄쳐 원주민들을 깜짝 놀라게 해 줬죠."

"수영 실력이 출중한가 보군."

"맞아요. 꽤 잘하죠. 그뿐 아니라 사랑스러워 보인답니다. 지난여름 라이에서 만난 어떤 조각가는 내 두 종아리가 오백 달러짜리라고 했어요."

칼라일은 이 말에 어떤 대답도 할 수 없을 것 같아서 침묵을 지키며 속으로만 슬며시 웃음 지었다.

5

어스레한 푸른빛과 은빛을 뿌리며 밤이 내려앉았다. 둘은 보트를 타고 반짝이는 수로를 이리저리 빠져나가 튀어나온 바위에 배를 잡아매고는 함께 절벽을 오르기 시작했다. 처음 만난 바위 선반은 높이가 3미터였고 널찍해서 천연 다이빙대로 쓸 만했다. 둘은 환한 달빛을 받으며 거기 앉아 끊임없이 철썩이는 약한 파도를 지켜보았는데, 썰물이 시작되며 파도는 거의 잠잠해져 있었다.

"행복하오?"

칼라일이 불쑥 물었다. 아디타는 고개를 끄덕였다.

"바다 가까이 있으면 늘 행복해요."

아디타가 말을 이었다.

"하루 종일 당신과 내가 어딘가 닮았다는 생각을 했어요. 우린 둘 다 반항아죠…… 이유만 다를 뿐. 이 년 전 내가 열여덟 살이 막 됐을 때 그리고 당신은…….."

"스물다섯."

"아무튼 우린 둘 다 세속적으로는 잘나가고 있었죠. 나는 몹시도 매혹적인 사교계 새내기였고 당신은 갓 입대해서 활약 중인 음악가였죠……."

"의회법에 따르면 신사였지."

그가 비아냥거리며 끼어들었다.

"뭐, 어쨌든 우리 둘 다 순응하고 있었어요. 우리의 모서리는 닳아 없어진 게 아니라면 속에 처박혀 있었던 거예요. 하지만 우리의 마음 깊은 곳에는 행복해지기 위해 더 많은 것을 요구하게 만드는 뭔가가 있었어요. 나는 내가 뭘 원하는지 몰랐어요. 불안하고 초조하게, 다달이 이 남자 저 남자를 만났지만 반항심과 불만만 늘어 갔죠. 자리에 앉아 입속을 깨물며 내가 미쳐 가는 게 아닌가 생각하곤 했어요. 소름 끼칠 정도의 공허함을 느꼈죠. 나는 뭐든 당장 갖기를 원했어요. 당장, 바로 지금! 게다가 난 아름다웠죠…… 지금도 그렇지 않나요?"

"그렇소."

칼라일이 조심스럽게 대답했다. 아디타가 벌떡 일어났다.

"잠깐만요. 이 유쾌해 보이는 바다에 들어가 볼래요."

아디타는 바위 선반 끝으로 다가가 바다를 향해 휙 몸을 날렸다. 공중에서 몸을 웅크렸다가 쭉 펴더니 칼날처럼 직선을 그리며 입수했다. 완벽한 잭나이프형 다이빙이었다.

잠시 후 그녀의 목소리가 칼라일에게 둥실 떠올랐다.

"있잖아요, 나는 하루 종일 그리고 밤이 새도록 책을 읽곤 했어요. 사회에 화가 나기 시작했는데……."

"얼른 올라와요."

칼라일이 끼어들었다.

"대체 뭘 하고 있는 거요?"

"그냥 누워서 떠다니고 있어요. 곧 올라갈게요. 내 얘기 좀 들어 봐요. 내 유일한 즐거움은 사람들을 깜짝 놀라게 하는 거였어요. 꼴불견이면서도 꽤 매력적인 차림으로 가장무도회에 갔고, 뉴욕에서 가장 방탕한 남자들과 돌아다녔고, 상상할 수 있는 가장 끔찍한 곤경을 자초하기도 했죠."

아디타의 말에 텀벙거리는 소리가 뒤섞이더니, 그녀가 바위 선반 옆으로 올라오느라 숨을 가쁘게 몰아쉬는 소리가 들렸다.

"어서 들어가요!"

아디타가 외쳤다.

칼라일은 순순히 일어나 물에 뛰어들었다. 다시 나타나 물을 뚝뚝 흘리며 바위에 올랐는데 그녀가 없었다. 그는 소스라치게 놀랐지만 다음 순간 3미터 높이의 다른 바위 선반에서 그녀의 경쾌한 웃음소리가 들렸다. 그는 그 바위로 옮겨 갔다. 둘은 각자 무릎을 끌어안고 잠시 조용히 앉아 바위를 오르느라 가빠진 숨을 골랐다.

"가족들은 격분했어요."

아디타가 불쑥 말했다.

"나를 결혼시켜서 내보내려 했죠. 그런데 그 후에, 삶이란 살아갈 가치가 거의 없는 거라고 느끼게 되었을 때 뭔가를 찾게 되었어요."

아디타의 눈이 의기양양하게 하늘로 향했다.

"뭔가를 찾았다고요!"

칼라일은 잠잠히 기다렸고 아디타의 입에서 말이 마구 쏟아져 나왔다.

"용기…… 바로 그거였어요. 삶의 규칙으로서의 용기, 늘 굳게 지켜야 할 존재로서의 용기. 내 자신에 대한 크나큰 믿음이 움트기 시작했어요. 과거에 내가 숭배했던 모든 것들은, 무의식적이지만 어떤 식으로든 용기를 표명하고 있어서 거기 매혹되었다는 걸 깨닫게 되었어요. 나는 삶의 다른 것들과 용기를 구분하기 시작했어요. 용기도 각양각색이었어요. 흠씬 두들겨 맞아 피투성이가 되었어도 링에 오르고 또 오르는 권투 선수…… 남자들에게 권투 경기장에 데려가 달라고 했거든요. 남자들 사이를 유유히 지나가며 그들을 자기 발밑의 때처럼 바라보는 미천한 여자, 좋은 게 있으면 스스럼없이 좋아하는 것, 다른 사람들의 견해를 깡그리 무시하는 것…… 내 마음이 원하는 대로 살고 내 방식대로 죽는 것…… 담배 가져왔어요?"

칼라일이 담배 한 개비를 건넸고 말없이 불을 붙여 주었다.

"그래도……."

아디타가 말을 이었다.

"남자들은 모여들었어요…… 늙은 남자도, 젊은 남자도. 대부분은 정신적으로든 신체적으로든 나보다 못한 남자들이었지만 몹시도 나를 가지고 싶어 했어요…… 내가 주변에 쌓아 올린 이 당당하고 화려한 전설을 소유하고 싶었던 거죠. 무슨 말인지 알겠어요?"

"어느 정도는. 당신은 패배도, 사과도 모르는 사람이었을 테니."

"당연하죠!"

아디타가 벌떡 일어나 바위 끝으로 가서 십자가에 못 박힌 사람처럼 잠시 하늘을 향해 두 팔을 벌렸다. 그러고는 거무스름한 포물선을 그리며 바다로 풍덩 뛰어들었다. 6미터 아래에서 은빛으로 찰랑이는 두 물결 사이에는 갈라진 흔적조차 남지 않았다.

아디타의 목소리가 다시 둥실 떠올랐다.

"그리고 나에게 용기란 삶에 내려앉는 흐릿한 회색 안개를 헤쳐 나간다는 뜻이에요…… 사람들이나 환경뿐 아니라 삶 자체의 황량함까지도 뛰어넘는 거죠. 삶의 소중함과 덧없는 것들의 가치를 역설한다고나 할까."

아디타는 어느새 바위를 오르고 있었다. 마지막 말과 함께 물에 젖어 매끈하게 넘어간 그녀의 노랑머리가 칼라일의 눈앞에 나타났다.

"다 좋소."

칼라일이 반박했다.

"당신은 그걸 용기라고 부를 수 있겠지만 그 용기도 실은 당당한 태생 위에 세워진 것이오. 성장 환경 덕분에 그런 도전적인 태도를 갖게 된 거지. 내가 보낸 잿빛 세월 속에서는 용기조차도 생기 없는 잿빛이오."

아디타는 무릎을 끌어안고 바위 언저리에 앉아 하얀 달을 멍하니 바라보았다. 그는 좀 더 뒤쪽, 바위의 움푹 팬 부분을 괴기스러운 신처럼 차지하고 있었다.

"난 폴리애너(*미국 여류 작가 엘리너 포터의 소설『폴리애너』의 주인공으로 낙천주의의 표상.)처럼 보이고 싶진 않아요."

아디타가 입을 열었다.

"하지만 당신은 아직 내 말을 이해하지 못했군요. 내 용기는 믿음이에요. 내가 영원히 회복되리란 믿음이죠. 기쁨과 희망과 자연스러움을 되찾게 되리란 믿음. 그리고 그날이 올 때까지 나는 입을 꼭 다물고 턱을 치켜들고 눈을 크게 뜨고 있어야 한다는 생각이 들어요. 바보 같은 미소를 지을 필요는 없겠지만. 오, 나는 투정 한 번 부리지 않고 수많은 지옥을 통과했는걸요…… 여자의 지옥은 남자의 것보다 더 끔찍하죠."

"하지만 만약……."

칼라일이 말했다.

"기쁨과 희망과 그 모든 게 회복되기 전에 당신에게 영원히 커튼이 드리워진다면 어떻게 되는 거요?"

아디타는 자리에서 일어나 암벽으로 다가가더니 머리 위로 삼사 미터쯤 솟아오른 다음 바위를 힘겹게 올랐다.

아디타가 외쳤다.

"뭐, 그럼 내가 이긴 거예요!"

칼라일은 그녀가 보일 때까지 조금씩 움직였다.

"거기에서는 뛰어내리지 않는 게 좋겠소! 등이 부러질 거요."

칼라일이 다급히 말했다. 아디타가 웃음을 터뜨렸다.

"난 아니에요!"

아디타는 천천히 두 팔을 펴고 백조 같은 모습으로 서서 완벽한 젊음에 대한 자부심을 발산하고 있었다. 그 모습에 칼라일의 가슴에는 따뜻한 불꽃이 일었다.

"우리는 두 팔을 활짝 펼치고 깜깜한 허공을 헤쳐 나갈 거예요."

아디타가 외쳤다.

"발을 돌고래의 꼬리처럼 뒤로 쭉 뻗고 말이에요. 저 아래 은빛 물결에 영영 닿지 못하리라는 생각이 들겠지만 순식간에 따스함이 우릴 감쌀 거예요. 다정하게 어루만지며 입을 맞추는 작은 물결들이 사방에 가득할 거예요."

다음 순간 아디타는 공중에 떠 있었다. 칼라일은 무심결에 숨을 죽였다. 바위의 높이가 10미터도 넘는다는 사실을 모르고 있었다. 영원 같은 시간이 지나고 아디타가 수면에 닿는 빠르고 간결한 소리가 들렸다.

그리고 그녀의 경쾌하고 물기 어린 웃음소리가 절벽을 타고 또르르 올라와 근심 어린 그의 귓속을 파고든 순간, 반갑게 안도의 한숨을 내쉬던 그는 그녀를 사랑한다는 사실을 깨달았다.

6

아무 속셈 없는 시간은 두 사람에게 사흘간의 오후를 쏟아부어 주었다. 동 트고 한 시간 후 태양이 아디타의 선실 채광창을 밝히자 그녀는 기분 좋게 일어나 수영복을 입고 갑판으로 올라갔다. 흑인들은 그녀를 보면 하던 일을 멈추고 킬킬 웃고 떠들면서 난간으로 몰려갔고 그녀는 민첩한 잉어처럼 맑은 물 안팎을 누비며 떠다녔다. 시원한 오후에도 그녀는 수영을 했다. 그리고 절벽 위에 축 늘어져 칼라일과 담배를 피웠다. 아니면 남쪽 해변의 백사장에 모로 누워 대화도 거의 없이, 열대 저녁의 무한한 나른함 속으로 하루가 울긋불긋 구슬프게 사라지는 광경을 지켜보았다.

길고 찬란한 낮 시간을 보내는 동안 이 사건을 우발적이고 무모하며 현실이라는 사막에 돋아난 잔가지 같은 낭만 정도로 치부하던 아디타의 생각이 점차 사라졌다. 그녀는 칼라일이 남쪽으로 가 버릴 순간이 두려웠다. 앞에 나타난 모든 돌발 상황이 두려웠다. 갑자기 생각하기가 귀찮아지고 결정을 내리기가 싫어졌다. 혹 이교도적인 관습에 젖은 그녀의 영혼 속에 기도가 자리할 곳이 있었다면 그녀는 삶에게 잠시 방해하지 말아 달라고 기도했을 것이다. 스스럼없이 천진난만하게 흘러가는 칼라일의 생각, 그 생생하고 소년 같은 상상력, 그의 기질을 비스듬히 관통하며 모든 행동에 영향을 미치는 편집증적인 성향에 한가로이 따라 달라고 삶에게 빌었을 것이다.

그러나 이것은 섬에 상륙한 두 사람의 이야기도 아니요, 고립 상황에서 피어난 사랑에 집중된 이야기도 아니다. 그저 두 인물을 보여 주는 것뿐이며 멕시코 만류의 야자나무 사이라는 목가적 배경은 우연일 따름이다. 대부분의 사람들은 생존하고 번식하는 데 만족하며 이 두 가지를 실행할 권리를 얻기 위해 싸운다. 그리고 그보다 높은 생각, 운명을 통제하려는 숙명적인 시도는 운이 좋거나 나쁜 소수의 전유물이다. 우리가 보기에 아디타의 흥미로운 점은 그녀의 아름다움, 젊음과 더불어 변색되어 갈 용기다.

"날 데려가요."

잎이 우거져 그늘진 야자나무 밑 풀밭에 함께 나른히 앉아 있던 어느 늦은 밤, 아디타가 말했다. 흑인들은 악기를 해변으로 가져왔고 기묘한 래그타임 소리가 따뜻한 밤의 숨결을 타고 나긋나긋 떠돌았다.

"십 년 후에 어마어마한 갑부에다 계급이 높은 인도 여인이 되어 다시 나타나고 싶어요."

아디타가 덧붙였다. 칼라일은 그녀에게 휙 고개를 돌렸다.

"그럴 수 있소, 얼마든지."

아디타가 웃음을 터뜨렸다.

"이거 청혼이에요? 호외요! 아디타 파남, 해적의 신부가 되다. 사교계 아가씨가 래그타임 연주자였던 은행 강도에게 납치되다."

"은행은 아니었소."

"어디예요? 왜 말해 주지 않죠?"

"당신의 환상을 깨뜨리고 싶지 않아서."

"어머, 난 당신에 대한 환상 같은 거 없다고요."

"내 말은 당신 자신에 대한 환상 말이오."

아디타가 흠칫 놀라 고개를 들었다.

"내 자신요? 당신이 어떤 반역죄를 저질렀는지 모르겠지만 대체 그게 나와 무슨 상관이에요?"

"곧 알게 될 거요."

아디타는 팔을 뻗어 그의 손을 쓰다듬었다.

"친애하는 커티스 칼라일 씨."

아디타가 부드럽게 말했다.

"날 사랑하게 되었나요?"

"중요하다는 듯이 말하는군."

"중요한걸요…… 왜냐하면 난 당신을 사랑하게 된 것 같거든요."

칼라일이 얄궂은 표정으로 그녀를 바라보았다.

"그럼 당신의 일월 총합은 여섯으로 늘어나겠군."

그가 말했다.

"내가 당신의 허세에 맞장구쳐 함께 인도로 가자고 한다면 어떡할 거요?"

"갈까요?"

칼라일이 어깨를 으쓱했다.

"카야오에서 결혼할 수도 있겠지."

"나에게 어떤 삶을 제시할 수 있죠? 심술을 부리려는 게 아니라 진지하게 묻는 거예요. 현상금 이만 달러를 원하는 사람들이 당신을 따라잡기라도 하면 나는 어떻게 되는 거죠?"

"두려워하지 않는 줄 알았는데."

"두렵진 않아요…… 하지만 그저 한 남자에게 내가 두렵지 않다는 걸 보여 주려고 내 삶을 던지진 않겠어요."

"당신이 가난했더라면 좋았을걸. 따뜻한 목축 지대의 울타리에 기대어 꿈을 꾸는 가난하고 어린 소녀였더라면."

"그랬다면 즐거웠을까요?"

"난 당신을 놀라게 하며 즐거워했겠지…… 당신이 물질에 눈 뜨는 모습을 지켜보면서. 당신이 물질을 원하는 사람이었다면! 무슨 말인지 알겠소?"

"알아요…… 보석 가게 창문을 빤히 들여다보는 여자들처럼 말이죠."

"그렇소…… 그리고 당신은 백금으로 만들었고 테두리에 다이아몬드가 촘촘히 박힌 커다란 타원형 시계를 갖고 싶어 하는 거요. 하지만 너무 비싸다고 판단해 도금한 백 달러짜리 시계를 고르지. 그러면 내가 이렇게 말하는 거요. '비싸다고? 그렇지 않아!' 우리는 보석 가게로 들어가고 곧 백금 시계가 당신의 팔목에서 번쩍이게 되겠지."

"근사하고 통속적인 이야기네요…… 재미있기도 하고요. 그렇지 않아요?"

아디타가 투덜거렸다.

"그렇지 않느냐고? 우리가 세계 곳곳을 돌아다니며 이쪽저쪽 돈을 뿌려 대고, 벨보이와 웨이터들의 숭배를 받는 모습이 보이지 않소? 오, 순수한 부자들은 복이 있나니 땅을 물려받을 것이니라!"

"솔직히 우리가 그렇게 되면 좋겠어요."

"사랑하오, 아디타."

칼라일이 다정하게 말했다. 아디타의 얼굴에서 잠시 어린애 같은 표정이 사라지더니 이상할 정도로 엄숙해졌다.

"정말로 당신과 함께 있고 싶어요."

아디타가 말했다.

"지금껏 만난 그 어떤 남자보다도. 그리고 당신의 용모와 검은 머리카락, 함께 육지에 오를 때 난간을 타넘는 그 모습이 좋아요. 커티스 칼라일, 사실 나는 당신이 완전히 자연스러운 상태일 때 하는 모든 행동이 좋아요. 내 생각에 당신은 용기 있고, 내가 그걸 어떻게 생각하는지 알 거예요. 당신 옆에 있으면 때로는 느닷없이 당신에게 키스를 하고, 터무니없는 계급 의식으로 머리가 가득 찬 이상주의자 소년 같다고 말해 주고 싶었어요. 아마 내가 조금만 더 나이를 먹었거나 조금만 더 지루했다면 당신을 따라갔겠죠. 지금의 나는 돌아가서 결혼할 거예요…… 당신이 아닌 그 남자와."

은빛 호수 저편에서는 흑인들의 형체가 달빛 속에서 몸부림치고 있었다. 활동을 너무 오래 쉰 나머지 남아돌다 못해 넘치는 기운으로 묘기를 부려 대는 곡예사들 같았다. 그들은 동심원을 이루고 한 줄로 행진하면서, 가끔은 고개를 뒤로 젖히고 가끔은 피리 부는 파우누스(*고대 로마 신화에 등장하는 숲의 신으로 얼굴과 몸은 남자이고 다리는 염소이며 뿔이 달렸다.)처럼 악기 위로 머리를 숙였다. 트롬본과 색소폰에서는 뒤섞인 선율이 애처롭게 이어졌는데 때로는 소란스럽게 환호하고 때로는 콩고의 깊은 내륙에서 추는 죽음의 춤처럼 구슬프게 뇌리를 맴돌았다.

"같이 춤춰요!"

아디타가 외쳤다.

"저렇게 완벽한 재즈가 흐르는데 가만히 앉아 있을 수 없어요."

칼라일은 그녀의 손을 잡고 단단한 모래흙이 넓게 펼쳐진 땅으로 인도했다. 휘황찬란한 달빛이 가득한 곳이었다. 둘은 희뿌연 불빛 아래를 떠도는 나방처럼 이리저리 떠돌았다. 환상적인 교향곡이 눈물을 흘렸다가 기뻐 날뛰었다가 망설였다가 절망하는 동안, 마지막 남은 아디타의 현실 감각은 점차 희미해졌다. 아디타는 열대의 꽃들이 내뿜는 황홀한 여름 향기와 머리 위에 무한히 펼쳐진 별빛 우주에 상상력을 내맡겼다. 그리고 눈을 뜨면 스스로의 상상이 만들어 낸 땅에서 허깨비와 춤추는 자신을 발견하게 되리라고 생각했다.

"이거야말로 최고급 개인 댄스파티로군."

칼라일이 속삭였다.

"내가 돌았나 봐요…… 하지만 아주 기분 좋게 돌았어요!"

"우린 마법에 걸렸소. 헤아릴 수 없이 오랫동안 대대손손 이어진 식인종의 망령들이 저 높은 절벽 옆에서 우리를 지켜보고 있소."

"분명 그 식인종 여자들은 우리가 너무 찰싹 달라붙어서 춤추고 있다고, 내가 뻔뻔스럽게 코걸이도 하지 않고 나왔다고 수군대고 있겠죠."

둘은 조용히 웃었다. 그런데 호수 저편에서 트롬본이 연주하던 소절을 채 마치지 않고 멈추었다. 그리고 색소폰이 깜짝 놀라 신음하다 사라지는 소리도 들렸다. 둘의 웃음도 사라졌다.

"무슨 일이냐?"

칼라일이 물었다.

잠시 정적이 흐른 후 두 사람의 눈에 은빛 호수를 에둘러 뛰어오는 남자의 컴컴한 형체가 보였다. 거리가 가까워지자 평소답지 않게 흥분한 베이브임을 알 수 있었다. 베이브는 두 사람

앞에 멈춰 서서 숨을 헐떡이며 소식을 전했다.

"해안가에서 팔백 미터쯤에 배가 나타났습니다. 모세가 망을 보고 있었는데 이미 닻을 내린 것 같다네요."

"배라…… 어떤 배?"

칼라일이 걱정스럽게 물었는데 낙담한 목소리였다. 순식간에 파리해지는 그의 얼굴을 보자 아디타는 갑자기 가슴이 아렸다.

"모르겠다고 합니다."

"작은 보트로 섬에 상륙하고 있다든가?"

"아닙니다."

"우리가 가 보지."

두 사람은 말없이 언덕을 올랐다. 아디타의 손은 춤이 끝났을 때의 상태 그대로 칼라일의 손안에 들어가 있었다. 칼라일은 손을 잡고 있다는 것을 인식하지 못하는 듯 이따금씩 초조하게 주먹을 불끈 쥐었고, 그래서 아프기는 했지만 아디타는 손을 빼려 들지 않았다. 한 시간쯤 올랐을까, 둘은 꼭대기에 이르러 검은 윤곽만 보이는 고원을 살금살금 기어서 절벽 끝으로 다가갔다. 칼라일이 힐끔 내다보고는 자신도 모르게 작은 비명을 질렀다. 그 배는 구경이 15센티미터인 대포 여섯 대를 앞뒤로 장착한 세관 감시정이었다.

"들켰군!"

칼라일이 숨을 훅 들이마시며 말했다.

"들켰어! 어딘가에서 자취를 발견한 모양이야."

"그래도 설마 수로를 알겠어요? 아침에 섬을 한번 살펴보려고 들른 것뿐일지도 몰라요. 저기에서는 절벽 틈새가 보이지 않을 거예요."

"쌍안경이 있으면 보일 거요."

칼라일이 힘없이 말했다. 그가 손목시계를 보았다.

"이제 두 시가 다 됐군. 새벽까지는 아무 행동도 하지 않겠지, 분명. 물론 저들이 다른 배가 지원군으로 오기를 기다릴 가능성도 없다고는 못하지. 석탄 수송선을 기다릴 수도 있고."

"우린 여기 그대로 있는 게 좋겠어요."

몇 시간이 지났다. 둘은 나란히 엎드린 채로 꿈꾸는 아이들처럼 두 손으로 턱을 괴고 매우 조용하게 있었다. 그들 뒤에는 흑인들이 끈기 있게, 묵묵히, 순종적으로 몸을 웅크리고 이따금씩 드르렁드르렁 코를 골며, 어떤 위험이 닥쳐도 아프리카 인의 잠에 대한 불굴의 갈망을 이길 수 없노라 선언하고 있었다.

다섯 시가 되기 직전 베이브가 칼라일에게 다가왔다. 나르키소스 호에 소총 여섯 정이 있다고 말했다. 설마 저항하지 않기로 결심했느냐며 계획만 잘 짜면 제법 해볼 만한 싸움이 될 거라고, 베이브는 말했다.

칼라일이 웃으며 고개를 저었다.

"저기 있는 건 남미의 어느 군대가 아니야, 베이브. 세관 감시정이라고. 활과 화살을 들고 기관총에 대항하려는 것과 똑같은 짓이지. 저 자루들을 어딘가 묻었다가 나중에 기회를 봐서 되찾고 싶다면, 어서 그렇게 해. 하지만 소용없을 거야…… 저들이 이 섬을 한쪽 끝에서 다른 쪽 끝까지 샅샅이 파낼 테니까.

어느 모로 보나 진 싸움이야, 베이브."

베이브는 말없이 고개를 숙인 채 가 버렸고, 아디타에게 고개를 돌린 칼라일은 쉰 목소리로 말했다.

"나에겐 누구보다도 좋은 친구지. 내가 허락만 하면 나를 위해 자랑스럽게 죽을 거요."

"포기한 거예요?"

"선택의 여지가 없소. 물론 빠져나갈 방법이 하나쯤은 있지…… 확실한 방법이. 하지만 그건 나중으로 미루고. 무슨 일이 있어도 내 재판을 놓칠 순 없소. 악명을 흥미롭게 실험할 기회요. '파남 양, 그녀를 대하는 해적의 태도가 언제나 신사다웠다고 증언하다.'"

"그만둬요!"

아디타가 말했다.

"정말 너무나 미안해요."

하늘의 색이 차츰 옅어지며 탁한 푸른색이 흐린 회색으로 변했을 때 배의 갑판이 눈에 띄게 소란해졌다. 흰 즈크(*삼베나 무명실로 두껍게 짠 직물.) 바지를 입은 장교들이 난간 근처에 모여 있는 모습이 보였다. 장교들은 손에 쌍안경을 들고 섬을 주의 깊게 살폈다.

"다 끝났군."

칼라일이 엄숙하게 말했다.

"젠장!"

아디타는 낮게 내뱉었다. 눈에 차오르는 눈물이 느껴졌다.

"요트로 돌아갑시다."

칼라일이 말했다.

"여기 있다가 주머니쥐처럼 포획당하느니 그 편이 낫겠소."

그들은 고원을 벗어나 언덕을 내려갔다. 그리고 호수에 이르러 흑인들이 말없이 젓는 보트를 타고 요트로 향했다. 그런 다음 창백하고 지친 얼굴로 고리버들 의자에 주저앉아 기다렸다.

30분 후 어스름한 회색빛 속에서 감시정의 뱃머리가 수로에 나타났다가 멈추었는데, 만이 너무 얕은 건 아닐지 걱정하는 게 분명했다. 그들은 요트의 평화로운 풍경과 의자에 앉은 남자와 여자 그리고 호기심 어린 얼굴로 난간에 느긋하게 기댄 흑인들을 보고 저항이 없으리라 판단했는지 태연하게 보트 두 척을 배 옆으로 내렸다. 한 척에는 장교 한 명과 수병 여섯 명이 탔고 다른 보트에는 노 젓는 사람과 요트용 플란넬 바지를 입고 고물에 선 백발 남자 두 명이 타고 있었다. 아디타와 칼라일이 일어섰고 반쯤은 무의식적으로 서로에게 다가갔다. 칼라일은 걸음을 멈추고 갑자기 주머니에 손을 넣어 반짝거리는 둥근 물건을 꺼내 아디타에게 내밀었다.

"뭐예요?"

아디타가 궁금한 듯 물었다.

"확신할 수는 없지만 안쪽에 러시아 어가 새겨진 걸로 봐서 당신이 받기로 했던 팔찌 같소."

"어디에서…… 대체 어디에서……."

"저 자루 중 하나에서 나왔소. 그러니까 커티스 칼라일과 육인조 흑인 친구들은 팜비치의 호텔 찻집에서 공연을 하던 중 갑자기 악기 대신 자동 권총을 꺼내 사람들을 붙잡고 주머니를 털었소. 이 팔찌는 립스틱을 짙게 바른 예쁜 빨간 머리 여자한 테서 뺏었소."

아티다는 눈살을 찌푸렸다가 웃음을 지었다.

"당신이 저지른 일이 바로 그거군요! 담력이 대단해요!"

칼라일이 허리를 숙였다.

"부르주아의 이름난 특징이오."

새벽이 기세 좋게 갑판을 비스듬히 가로지르며 비틀거리던 그림자를 어두운 구석으로 내몰았다. 이슬이 돋아나 꿈처럼 흐 릿한 금빛 안개로 변해 둘을 감쌌다. 이제 두 사람은 한순간 나 타났다가 어느새 희미해져 가는, 지난밤의 투명한 유물처럼 보 였다. 바다와 하늘은 잠시 숨을 죽였고 새벽은 분홍빛 손으로 생명의 어린 입을 막았다. 곧 호수 저쪽에서 보트의 푸념 소리 와 노가 휙휙 허공을 가르는 소리가 들려왔다.

동쪽에 낮게 떠오른 황금빛 용광로를 배경으로 두 사람의 우 아한 형체가 갑자기 하나로 합쳐졌다. 칼라일은 아디타의 발칙 하고도 싱그러운 입술에 키스하고 있었다.

"영광스러운 순간이군."

잠시 후 칼라일이 중얼거렸다. 아디타는 그를 올려다보며 웃음 지었다.

"행복…… 하오?"

그녀의 한숨은 감사 기도였다. 지금의 자신이 일찍이 알고 있었던 것만큼이나 젊고 아름답다는 황홀한 확신이었다. 그 후 이어진 아주 짧은 순간 동안 삶은 찬연했고 시간은 존재하지 않았으며 둘의 힘은 영원했다. 그러나 곧 보트가 요트의 뱃전을 스치며 쿵쿵거리고 삐걱거리는 소리가 들렸다.

백발의 두 남자와 장교 한 명 그리고 선원 두 사람이 손에 권총을 들고 사다리를 타고 올라왔다. 파남 씨는 팔짱을 끼고 서서 조카를 바라보았다.

"그러니까."

파남 씨가 고개를 천천히 끄덕였다.

아디타는 한숨을 내쉬며 칼라일의 목에서 팔을 풀었다. 예전과 달라진 아득한 눈빛이 승선한 일행에게 꽂혔다. 아디타의 삼촌은 그녀의 윗입술이 서서히 부풀어 오르며 그가 무척이나 잘 아는 그 오만한 모습으로 삐죽거리는 것을 보았다.

"그러니까."

그가 잔인하게 되풀이했다.

"그러니까 이게…… 낭만에 대한 네 생각이구나. 망망대해를 떠도는 해적과 도주하는 것이."

아디타는 무심하게 삼촌을 흘끗 보았다.

"삼촌은 정말 바보예요!"

아디타가 조용히 말했다.

"변명이라고 한다는 말이 고작 그거냐?"

"아니에요."

아디타는 생각에 잠긴 듯이 말했다.

"아니에요. 또 있어요. 지난 몇 년 동안 우리의 대화가 끝날 무렵 제가 곧잘 말했던 친숙한 구절이죠…… 입 닥쳐요!"

아디타가 그 말을 남기고 몸을 돌렸다. 그리고 두 노신사와 장교, 두 선원을 경멸 어린 눈초리로 힐끗 보고는 당당하게 계단을 내려갔다.

그러나 아디타가 조금만 더 기다렸다면 삼촌이 내는 생소한 소리를, 평소 둘의 대화에서는 거의 듣지 못했던 소리를 들었을 것이다. 그는 재미있어 죽겠다는 듯이 마구 킬킬댔고 곧바로 다른 노신사도 웃음을 터뜨렸다.

다른 노신사가 거침없이 칼라일에게 얼굴을 돌렸다. 칼라일은 남몰래 즐거워하는 듯한 표정으로 그동안의 장면을 지켜보고 있었다.

"그래, 토비."

노신사가 다정하게 말했다.

"이 구제불능에다 무모하고 무지개를 쫓아다니는 낭만주의자 녀석아, 저 애가 네가 원하던 사람이 맞더냐?"

칼라일이 자신 있게 웃음 지었다.

"뭐…… 당연하죠. 그녀의 격정적인 이력을 처음 들었을 때부터 눈곱만큼도 의심하지 않았어요. 그래서 어젯밤 베이브에게 로켓을 쏘아 올리라고 한 겁니다."

"다행이다."

모어랜드 대령이 진지하게 말했다.

"우린 네가 저 낯선 흑인 여섯 명과 문제를 일으킬까 봐 바싹 따라가고 있었다. 그리고 너희 둘을 찾았을 때 상당히 낯 뜨거운 장면을 연출하고 있기를 바랐지."

모어랜드 대령은 한숨을 쉬었다.

"그래, 괴짜를 잡으려면 괴짜를 보내는 수밖에!"

"네 아버지와 나는 뜬눈으로 밤을 새우며 최상의 상황을 기대했다…… 아니면 최악의 상황이리라 예상했지. 그 애가 널 받아들일 줄 누가 알았겠느냐, 토비. 난 그 애 때문에 미칠 지경이니까. 내가 고용한 탐정이 그 미미라는 여자한테서 받아온 러시아 팔찌는 주었느냐?"

"쉿!"

칼라일이 고개를 끄덕이다가 말했다.

"그녀가 갑판으로 올라와요."

계단 꼭대기에 나타난 아디타는 무심코 칼라일의 손목을 힐끔 보았다. 그녀의 얼굴에 얼떨떨한 표정이 스쳤다. 고물 뒤에서는 흑인들이 노래를 불렀고, 그들의 나직한 목소리가 새벽을 맞아 새로워진 호수에 울려 퍼졌다.

"아디타."

칼라일이 머뭇머뭇 말했다. 아디타는 그에게 한 걸음 다가갔다.

"아디타."

칼라일이 숨을 죽이고 되풀이했다.

"당신에게 말할…… 진실이 있소. 모두 속임수였소. 내 이름은 칼라일이 아니오. 모어랜드요, 토비 모어랜드. 꾸며 낸 이야기였소, 아디타. 플로리다의 엷은 공기로부터 꾸며 낸 것."

아디타는 그를 빤히 바라보았다. 얼떨떨한 놀라움, 의심, 분노가 그녀의 얼굴에서 거세게 물결쳤다. 세 남자는 숨을 죽였다. 아버지인 모어랜드 대령이 그녀에게 한 걸음 다가섰다. 파남 씨는 입을 조금 벌리고 공포에 사로잡혀 예상되는 폭발을 기다렸다.

그러나 그런 일은 일어나지 않았다. 아디타의 얼굴이 갑자기 환해졌고 그녀는 가볍게 웃으며 젊은 모어랜드에게 재빨리 다가갔다. 그를 올려다보는 그녀의 잿빛 눈동자에 분노한 기색은 조금도 없었다.

아디타가 조용히 말했다.

"그게 전적으로 당신의 머리에서 나온 거라고 맹세할 수 있나요?"

"맹세하오."

젊은 모어랜드가 열렬히 대답했다.

아디타가 그의 머리를 끌어당겨 다정하게 입을 맞추었다.

"정말 대단한 상상력이에요!"

아디타는 차분하게 그리고 부럽다는 듯이 말했다.

"앞으로 평생, 있는 힘껏 나에게 달콤한 거짓말을 해 줘요."

흑인들의 목소리가 다시 몽롱하게 날아왔고 그녀가 전에도 들었던 선율과 어우러졌다.

시간은 도둑,
기쁨과 슬픔은
나뭇잎에 매달려
노랗게 물들어 가고…….

"자루에는 뭐가 들었어요?"

아디타가 부드럽게 물었다.

"플로리다의 진흙."

그가 대답했다.

"그게 내가 당신에게 말한 두 가지 진실 중 하나지."

"다른 하나는 뭔지 알 것 같아요."

아디타가 말했다. 그리고 설명 대신 발꿈치를 들어 그에게 살며시 키스했다.

얼음 궁전

1

금색 페인트가 장식용 유리병에 떨어지는 것처럼 햇빛이 집 위로 방울져 떨어졌다. 곳곳에 점점이 흩어진 그늘은 쏟아지는 햇빛의 가혹함을 더욱 부채질할 뿐이었다. 나란히 선 버터워스와 라킨의 집은 크고 빽빽한 나무들 뒤에 안전히 숨어 있었다. 하퍼의 집만이 햇빛을 고스란히 받으며 너그럽고 친절한 인내심으로 먼지투성이 도로를 종일 마주하고 있었다. 여기는 조지아 주의 최남단에 위치한 탈턴이라는 도시였고 때는 9월의 어느 오후였다.

샐리 캐럴 하퍼는 열아홉 살 먹은 턱을 2층 침실의 쉰두 살 먹은 창턱에 올려놓고 클라크 대로우의 고물 포드 자동차가 모퉁이를 도는 모습을 지켜보았다. 자동차는 뜨거웠다. 일부분이 금속이라서 흡수한 모든 열을 간직하거나 발산하기 때문이다. 운전대 뒤에 허리를 곧게 세우고 앉은 클라크 대로우는 자신이 자동차 예비 부품, 그것도 고장 나기 쉬운 부품이라고 생각하는지 피곤하고 성난 얼굴이었다. 그가 도로에 오목하게 팬 먼지투성이 바큇자국 두 개를 힘겹게 건널 때 바큇자국을 만난 자동차 바퀴는 화가 난 듯 끼익 거렸다. 그가 무서운 표정을 지으며 마지막으로 기어를 비틀어 얼추 하퍼네 계단 앞에 차를 세웠다. 죽어 가는 사람의 가래 끓는 소리처럼 애처로운 쉭쉭 소리가 들리더니 뒤이어 짧은 정적이 흘렀다. 그리고 곧 사람을 놀라게 하는 휘파람 소리가 허공을 갈랐다.

샐리 캐럴은 졸린 눈으로 아래를 응시했다. 하품을 하려다가 창턱에서 턱을 들지 않고서는 불가능하다는 사실을 깨닫고 생각을 바꿔 조용히 자동차를 바라보았다. 차의 주인은 신호에 대한 응답을 기다리며 형식적으로나마 꼼짝 않고 멋지게 앉아 있었다. 잠시 후 또 한 번의 휘파람이 먼지 날리는 허공을 갈랐다.

"좋은 아침."

클라크는 기다란 몸을 어렵게 비틀고 일그러진 시선을 창문으로 던졌다.

"아침이 아니잖아, 샐리 캐럴."

"그건 그렇지?"

"뭐 해?"

"사과 먹어."

"수영하러 가자…… 갈래?"

"아마도."

"서두르는 게 어때?"

"그래야지."

샐리 캐럴은 한숨을 푹 내쉬고 도무지 떼어지지 않는 몸을 바닥에서 일으켰다. 그녀는 바닥에서 풋사과를 이쪽저쪽 베어 먹으며 여동생에게 줄 종이 인형에 색칠하던 중이었다. 그녀는 거울로 다가가 만족스럽고 기분 좋은 피로감을 느끼며 낯빛을 살폈다. 그리고 입술에 립스틱을 칠하고 코에 가루분을 살짝 바르고 장미 무늬로 정신없는 챙 넓은 보닛 모자를 담황색 머리 위에 썼다. 그러다가 그림용 물통이 발에 걸려 넘어지자 "오, 젠장!" 하고 말하고(물론 그대로 내버려 둔 채) 방을 나갔다.

"어떻게 지내니, 클라크?"

샐리 캐럴은 자동차 옆으로 날렵하게 몸을 밀어 넣은 지 1분 후에 물었다.

"아주 잘 지내, 샐리 캐럴."

"어디로 수영하러 갈 건데?"

"월리네 저수지로. 메릴린한테 우리가 그 애랑 조 유잉을 태워 간다고 말했어."

클라크는 가무잡잡하고 말랐으며 서 있으면 자세가 약간 구부정했다. 눈은 불길한 느낌을 풍겼고 표정은 다소 심술궂었지만 자주 그러듯이 웃기만 하면 놀랄 만큼 빛나 보였다. 클라크는 '수입'이 있었다. 걱정 없이 지내며 자동차에 기름을 넣을 만큼은 되었다. 그는 조지아 공대를 졸업한 후 2년 동안 고향의 한가한 거리를 멍하니 돌아다니면서 일확천금을 거머쥐려면 자신의 자본을 어떻게 투자하는 게 좋은지 떠들어 댔다.

그에게는 어슬렁어슬렁 돌아다니는 것이 조금도 힘들지 않았다. 어린 소녀들은 어느덧 아름답게 자라 있었고 경이로운 샐리 캐럴이 그중 일인자였다. 클라크는 소녀들과 함께 수영하고 춤추고 꽃이 만발한 여름 저녁에 사랑을 나누며 즐거워했다. 그리고 소녀들은 모두 클라크를 매우 좋아했다. 여자들과 노는 데 싫증이 나도 다른 젊은이들이 여섯 명은 있었다. 그들은 늘 뭔가를 하려던 중이었다. 하지만 그 전에 그와 함께 골프 몇 홀을 치거나 당구 게임을 하거나 '노란 독주' 한 병을 마시며 얼마든지 어울려 주었다. 이따금씩 그런 또래 젊은이들 중 한 사람이 돌아다니며 작별 인사를 한 뒤 뉴욕이나 필라델피아나 피츠버그로 일하러 떠났지만, 대부분의 젊은이들은 환상적인 하늘과 반딧불이가 날아다니는 저녁과 흑인들이 벌이는 떠들썩한 거리 축제가 있는 이 나른한 낙원을 벗어나지 않았다. 특히 좋은 것은 우아하고 목소리가 나긋나긋한 아가씨들, 돈 대신 추억으로 자란 아가씨들이었다.

흥분한 포드 자동차가 들썩들썩 화를 내며 살아났고, 클라크와 샐리 캐럴은 살아난 포드 자동차를 타고 밸리 대로를 덜컹덜컹 굴러가 제퍼슨 가로 진입했다. 그러자 흙길이 포장도로로 바뀌었다. 부유하고 튼튼해 보이는 대저택 여섯 채가 위치한, 중독성 있는 밀리센트 플레이스를 지나 시내 구역으로 들어갔다. 쇼핑 시간대라 운전이 위태로웠다. 사람들은 느릿느릿 무심하게 길을 건넜고 낮게 신음하는 소 떼들이 차분한 전차 앞을 우르르 지나갔다. 상점들조차 완전하고 한시적인 혼수상태로 돌입하기 전에 문을 열어 하품을 하고 햇빛이 비치는 창문을 깜빡이는 것 같았다.

"샐리 캐럴."

클라크가 불쑥 말했다.

"약혼했다는 게 사실이야?"

샐리 캐럴이 그에게 고개를 휙 돌렸다.

"어디에서 들었어?"

"정말 약혼했어?"

"질문 한번 멋지네!"

"네가 지난여름 애슈빌에서 만난 북부 사람이랑 약혼했다고 어떤 여자애가 말해 주던데."

샐리 캐럴은 한숨을 쉬었다.

"이렇게 소문이 빨리 퍼지는 동네도 없다니까."

"북부 사람이랑 결혼하지 마, 샐리 캐럴. 넌 여기 있어야 해."

샐리 캐럴은 잠시 말이 없었다.

"클라크."

샐리 캐럴이 갑자기 물었다.

"대체 난 누구랑 결혼할까?"

"내가 해 주지."

"얘, 넌 아내를 부양할 수 없잖니."

샐리가 쾌활하게 대답했다.

"어쨌든 난 너를 너무 잘 알아서 너와 사랑에 빠질 수가 없어."

"그렇다고 북부 사람이랑 결혼해야 하는 건 아니잖아."

클라크가 고집을 부렸다.

"내가 그 사람을 사랑한다면?"

클라크는 고개를 저었다.

"안 돼. 그 사람은 우리랑 매우 다를 거야, 모든 면에서."

그는 산만하고 낡아 빠진 집 앞에 차를 세우며 잠시 말을 멈추었다. 메릴린 웨이드와 존 유잉이 출입문에 나타났다.

"안녕, 샐리 캐럴."

"안녕!"

"다들 잘 지냈니?"

"샐리 캐럴."

차가 다시 출발하자 메릴린이 물었다.

"너 약혼했어?"

"어휴, 이 얘기가 어디에서 시작된 거야? 남자 좀 만났다고 사방팔방에서 약혼했느냐는 소릴 들어야 해?"

클라크는 정면을 응시하며 덜걱거리는 방풍창의 볼트 하나를 바라보았다.

"샐리 캐럴."

클라크가 이상스러울 정도로 강하게 말했다.

"우리가 좋지 않아?"

"뭐?"

"여기 있는 우리들 말이야."

"어머, 클라크. 내가 좋아한다는 거 알잖아. 난 너희 남자애들 모두를 무척 좋아한다고."

"그럼 왜 북부 사람이랑 약혼을 한 거야?"

"클라크, 나도 몰라. 앞으로 어쩔지 확실히 모르겠어. 하지만…… 음, 난 여기저기 돌아다니며 사람들을 만나 보고 싶어. 시야를 넓히고 싶어. 대단한 일들이 일어나는 곳에서 살고 싶어."

"무슨 말이야?"

"아, 클라크, 난 너를 사랑해. 그리고 여기 있는 조도, 벤 애러트도, 모두를 사랑해. 하지만 너희는…… 너희는……."

"우리 모두 낙오자가 될 거라고?"

"그래. 그저 돈을 못 벌 거란 뜻이 아니라 뭐랄까…… 무력하고 서글프고 그리고…… 오, 어떻게 말하면 좋을까?"

"우리가 여기 탈턴에 살기 때문이란 거야?"

"그래, 클라크. 그리고 너희가 그걸 좋아하고 상황을 바꾸거나 고민하거나 앞으로 나아가는 걸 결코 원하지 않기 때문이야."

클라크가 고개를 끄덕였고 그녀는 팔을 뻗어 그의 손을 꼭 잡았다.

"클라크."

샐리 캐럴이 다정하게 말했다.

"세상을 준대도 난 너더러 달라지라고 하지 않을 거야. 지금 모습 그대로 매력적이야. 너를 낙오자로 만드는 그 모든 것들을 나는 언제까지나 사랑할 거야…… 과거 속에 사는 것, 밤낮으로 빈둥거리는 삶 그리고 그 태평함과 너그러움까지."

"하지만 넌 떠날 거지?"

"그래…… 너랑 결혼할 수는 없으니까. 내 마음속에는 다른 누구도 차지할 수 없는 너의 자리가 있어. 하지만 여기 매여 있으면 난 불안해질 거야. 내가…… 스스로를 허비하고 있다고 생각할 거야. 알겠지만 나에겐 두 가지 면이 있어. 네가 무척 좋아하는 나른한 면도 있지만 일종의 활력 같은 것…… 나 스스로 무모한 짓을 하게 만드는 그런 감정이 있어. 그런 면은 언젠가 유용해질 거고 내가 아름다움을 잃어버리더라도 지속될 거야."

샐리 캐럴은 습관대로 갑작스레 말을 멈추었다가 기분을 바꾸며 "어휴, 귀여운 녀석!" 하고 한숨짓듯 말했다.

그녀는 눈을 반쯤 감고 머리를 쭉 젖혀 의자 등받이에 기대고는, 향기로운 산들바람이 눈을 어루만지고 솜털 같은 단발머리에 잔물결을 일으키도록 내맡겼다. 차는 어느덧 시골로 접어들었다. 풀이 뒤엉킨 연녹색 잡목 숲과 잎이 달린 가지들을 뻗어 반가우리만치 길을 시원하게 만드는 높다란 나무 사이를 서둘러 지났다. 곳곳에서 낡아 빠진 흑인 오두막이 나타났다. 그 집에 사는 백발노인은 문가에서 옥수수 속대로 만든 담배를 피웠고 옷을 제대로 입지 않은 흑인 아이 대여섯 명이 마구 자란 집 앞 풀 위에 너덜너덜한 인형들을 늘어놓고 있었다. 저 멀리 지루한 목화밭이 펼쳐졌다. 그곳의 일꾼들조차 태양이 일손으로 쓰기 위해서가 아니라 9월의 황금 들판에서 오래된 전통을 즐기며 느긋이 보내라고 땅에게 빌려 준 형체 없는 그림자처럼 보였다. 그리고 이 나른하고 그림 같은 풍경 주변, 나무와 오두막과 흐리멍덩한 강물 위에서 적의라고는 찾아볼 수 없었고 어린 대지에게 젖을 먹이는 크고 따뜻한 가슴처럼 위안만을 주는 더위가 흘렀다.

"샐리 캐럴, 다 왔어!"

"가엾게도 푹 잠들었네."

"얘, 결국 게으르다 못해 죽어 버린 거야?"

"물이야, 샐리 캐럴! 시원한 물이 널 기다리고 있어!"

샐리 캐럴은 졸린 듯이 눈을 떴다.

"안녕."

그녀가 웃으며 중얼거렸다.

2

11월, 훤칠하고 건장하고 활기찬 해리 벨러미가 북부 도시에서 내려와 나흘을 보냈다. 목적이 있었다. 한여름에 노스캐롤라이나의 애슈빌에서 샐리 캐럴과 만난 후로 제자리걸음인 문제를 해결하기 위해서였다. 그 문제는 이글거리는 난롯불 앞에서 보낸 조용한 오후와 저녁 시간만으로 해결되었다. 해리 벨러미는 그녀가 원하는 모든 것을 가지고 있었기 때문이다. 게다가 그녀는 그를 사랑했다. 그녀는 특별히 사랑을 위해 간직했던 모습으로 그를 사랑했다. 샐리 캐럴에게는 선명하게 윤곽이 드러나는 몇 가지 모습이 있었다.

해리가 머문 마지막 날 오후에 둘은 산책을 했다. 둘의 발걸음은 그녀가 즐겨 찾는 묘지로 무심결인 듯 아닌 듯 향했다. 명랑한 오후의 햇살 아래 흰회색과 금빛 도는 녹색으로 뒤덮인 묘지가 시야에 들어올 무렵 샐리 캐럴은 철문 앞에서 망설이며 걸음을 멈추었다.

"당신은 슬픔을 잘 느끼는 성격인가요, 해리?"

그녀가 희미하게 웃음 지으며 물었다.

"슬픔이라고? 난 아니야."

"그럼 들어가요. 여기 오면 우울해하는 사람들도 있지만 난 여기가 좋아요."

둘은 출입문을 지나 좁은 길을 따라갔다. 길은 무덤들이 굽이치는 골짜기로 이어졌다. 1850년대 무덤은 먼지투성이 잿빛에 곰팡이가 슬어 있었다. 70년대 무덤에는 꽃과 꽃병들이 예스럽게 새겨졌다. 90년대 무덤은 돌베개를 베고 곤히 잠든 통통한 대리석 아기 천사들과 놀라울 만큼 커다란 이름 모를 화강암 꽃들 때문에 화려하면서도 흉물스러웠다. 때때로 무릎을 꿇고 꽃을 바치는 사람들의 모습이 보였지만, 묘지 대부분은 침묵과 시든 나뭇잎으로 뒤덮여 있었다. 그 나뭇잎에는 사람들에게 희미한 기억을 일깨워 줄 향기만 남아 있었다.

둘은 언덕 꼭대기에 이르러 높고 둥근 묘비 앞에 섰다. 거무스름한 습기 자국으로 얼룩덜룩했고 덩굴로 반쯤 뒤덮여 있다.

"마저리 리."

샐리 캐럴이 읽었다.

"1844년부터 1874년까지. 근사하지 않아요? 스물아홉 살 때 죽은 거예요. 사랑스러운 마저리 리."

샐리 캐럴은 살며시 덧붙였다.

"그녀가 보이지 않아요, 해리?"

"보여, 샐리 캐럴."

그는 자신의 손안에 들어오는 자그마한 손을 느꼈다.

"그녀는 가무잡잡했을 거예요. 그리고 늘 리본으로 머리를 묶고 엷은 감색과 그을린 듯한 장미색이 어우러진 화려한 후프 스커트(*테를 넣어 모양을 부풀린 치마.)를 입었겠죠."

"그래."

"오, 그녀는 사랑스러웠어요, 해리! 기둥이 세워진 넓은 현관에 서서 들어오는 사람들을 환영해 주려고 태어난 것 같은 여자였어요. 아마 많은 남자들이 그녀에게 돌아오기 위해 전쟁터로 갔을 거예요. 하지만 그중 누구도 소원을 이루지 못했겠죠."

해리는 결혼 기록이 있는지 알아내려고 묘비 가까이로 몸을 숙였다.

"여기에는 아무 내용이 없군."

"물론이죠. '마저리 리'라는 이름과 많은 이야기를 품은 저 연도보다 더 나은 것이 있을 수 있겠어요?"

그녀가 해리에게 가까이 다가갔다. 그녀의 노란 머리카락이 해리의 뺨을 스치자 그는 갑자기 가슴이 뭉클해졌다.

"그녀가 어떤 모습이었을지 알겠죠, 해리?"

"알겠어."

그는 다정하게 동의했다.

"너의 보석 같은 눈동자를 보니 알겠어. 지금 아름다운 너처럼 그녀도 분명 아름다웠겠지."

둘은 말없이 가까이 서 있었다. 해리는 그녀의 어깨가 파르르 떨리는 것을 느낄 수 있었다. 느린 산들바람이 언덕을 타고 올라와 그녀의 축 늘어진 모자챙을 흔들었다.

"저기로 내려가요!"

샐리 캐럴이 언덕 너머 펼쳐진 평지를 가리켰다. 초록색 잔디밭을 따라 수많은 흰회색 십자가들이, 집결해서 전투 대형을 갖춘 군대처럼 질서정연하게 끝없이 펼쳐져 있었다.

"남부군 전사자들이에요."

샐리 캐럴이 짤막하게 말했다.

둘이 걸어가며 비문을 읽었는데 늘 이름과 연도뿐이었고 도저히 알아볼 수 없는 것들도 있었다.

"마지막 줄이 가장 슬퍼요…… 봐요, 저기 저쪽. 모두 십자가에 연도와 '무명'이라고만 새겨져 있어요."

그녀는 그를 바라보았고 눈가에 눈물이 맺혔다.

"이게 나에게 얼마나 생생한 현실인지 표현할 수가 없어요…… 당신이 모른다면."

"그렇게 느끼는 네가 아름다워."

"아니, 아니에요. 아름다운 건 내가 아니라 저들이에요. 내가 내 안에서 되살리려 했던 그 옛 시간들 말이에요. 이 사람들은 분명 중요하지 않은 평범한 사람들이었어요. 그렇지 않았다면 '무명'으로 남지 않았겠죠. 하지만 저들은 세상에서 가장 아름다운 것을 위해 싸우다 죽었어요…… 죽은 남부를 위해. 알겠어요?"

그녀는 여전히 쉰 목소리였고 눈물로 눈을 반짝거리며 말을 이었다.

"사람들은 뭔가를 붙잡고 그것을 꿈으로 생각하죠. 나도 늘 그런 꿈과 함께 자랐어요. 쉬운 일이었어요. 내 꿈은 오래전에 죽었고 어떤 환멸도 찾아오지 않았으니까요. 나는 어떤 면에서는 지나간 그 시절의 노블레스 오블리주(*고귀한 신분에 뒤따르는 도덕적 의무.)라는 기준에 따라 살려고 노력했어요. 지금은 그것의 마지막 흔적만 남았지만요. 우리 주변에서 죽어 가는 오래된 뜰의 장미처럼 말이에요…… 여기 묻힌 소년들 그리고 내가 옆집에 살던 남부군 병사와 몇몇 늙은 흑인에게 들은 이야기에는 낯선 품격과 기사도가 느껴져요. 오, 해리, 뭔가가 있어요. 뭔가 있다고요! 당신이 이해하도록 설명할 수는 없겠지만 정말 뭔가 있어요."

"이해해."

해리가 낮은 목소리로 다시 한 번 장담했다.

샐리 캐럴은 웃음을 지으며 그의 옷가슴 주머니에 꽂힌 손수건 끝으로 눈물을 닦았다.

"우울해진 건 아니죠? 그렇죠, 해리? 난 울더라도 여기 있으면 행복해요. 그리고 덕분에 기운 같은 게 생겨요."

둘은 손을 맞잡고 방향을 돌려 천천히 걸음을 옮겼다. 보드라운 잔디밭을 발견한 샐리 캐럴은 그를 끌어당겨 낮게 부서진 벽의 잔해에 등을 기대고 나란히 앉았다.

"저 세 아줌마들이 어서 가 주면 좋으련만."

그가 투덜거렸다.

"너와 키스하고 싶어, 샐리 캐럴."

"나도 그래요."

둘은 허리를 숙인 세 사람이 자리를 뜨기를 초조하게 기다렸다. 그리고 그녀는 하늘이 희미해지고 그녀의 모든 미소와 눈물이 끝없이 이어지는 순간순간의 황홀함 속으로 사라질 때까지 그와 키스를 나누었다.

그 후 둘은 천천히 길을 되돌아왔다. 그러는 동안 길모퉁이에서는 황혼이 낮의 끝머리와 함께 꾸벅꾸벅 졸며 검은색과 흰색이 겨루는 체커(*서양 놀이로 체스와 비슷하지만 12개의 말을 사용하는 특징이 있다.)를 하고 있었다.

"일월 중순쯤엔 내가 있는 곳으로 올 거지?"

해리가 말했다.

"적어도 한 달은 머물러야 해. 정말 멋질 거야. 겨울 축제가 열릴 텐데. 눈을 제대로 본 적이 없다면 동화 나라에 온 기분일 거야. 스케이트에다 스키, 봅슬레이, 썰매도 타고. 눈신을 신고 온갖 횃불 행렬에도 참여할 수 있어. 몇 년간 한 번도 없었으니 이번에는 끝내주는 행사가 될 거야."

"추울까요, 해리?"

샐리 캐럴이 불쑥 물었다.

"절대 그렇지 않을 거야. 코가 얼어붙을 수는 있지만 몸이 떨릴 정도로 춥진 않을 거야. 알겠지만 거긴 날씨가 매섭고 건조해."

"난 여름 체질인 것 같아요. 지금까지 겪은 어떤 추위도 좋지 않았어요."

그녀가 말을 멈추었고 둘 사이에 잠시 침묵이 흘렀다.

"샐리 캐럴."

해리가 몹시 천천히 말했다.

"우리 어때…… 삼월에?"

"당신을 사랑해요."

"삼월?"

"삼월이에요, 해리."

3

풀먼 기차(*안락한 침대 설비를 갖춘 특별 기차.)는 밤새 몹시
추웠다. 샐리 캐럴은 벨을 울려 승무원에게 담요를 하나 더 갖
다 달라고 했다. 그럴 수 없다는 대답에 그녀는 침대 시트를 헤
집고 들어가 그 위에 다시 이불을 덮으며 몇 시간이라도 잠을
자려 했지만 소용이 없었다. 그녀는 아침에 가장 멋진 모습으
로 도착하고 싶었다.

그녀는 여섯 시에 일어나 어렵사리 옷을 걸치고 커피를 마시
러 비틀비틀 식당차로 향했다. 연결 통로까지 눈이 들어와 바
닥을 덮은 바람에 표면이 미끄러웠다. 사방으로 기어 들어오다
니 흥미로운 추위였다. 숨 쉴 때마다 입김이 보였고 그녀는 천
진하게 즐거워하며 입김을 후후 불었다. 식당차에 앉아서 창밖
으로 흰 언덕과 골짜기 그리고 여기저기 흩어진 소나무를 바라
보았다. 소나무 가지는 저마다 커다란 접시처럼 눈이라는 차가
운 성찬을 진열하고 있었다. 이따금씩 외떨어진 농가가 휙 지
나갔다. 하얀 벌판에 음산하고 황량하고 외롭게 서 있었다. 그
런 집이 지나갈 때마다 그녀는 그곳에 갇혀 봄을 기다리는 사
람들에게 선뜩한 연민을 느꼈다.

식당차에서 나와 침실차로 휘청휘청 돌아가는데 활력이 파도처럼 솟구쳤다. 이것이 해리가 말한 활기찬 공기일까 하는 생각이 들었다. 여기는 북부였다…… 이제는 그녀의 땅인 북부!

불어라, 바람이여, 이야호!
나는 방랑길을 떠나리.

그녀가 의기양양하게 노래를 불렀다.
"뭐라고 하셨습니까?"
승무원이 공손하게 물었다.
"'신경 쓰지 말아요.'라고 말했어요."
전신주의 긴 전선들이 두 배로 많아졌다. 기차 옆으로 선로 두 개가 나란히 달리다가 세 개, 네 개로 늘어났다. 하얀 지붕의 집들이 이어졌고 창문에 서리가 낀 노면 전차가 얼핏 나타났으며 더 많은 거리가 보였다. 도시였다.
그녀는 몸이 얼어붙을 것 같은 기차역에 잠시 멍하니 서 있다가 그녀 쪽으로 내려오는 모피에 싸인 세 형체를 보았다.
"저기 있다!"
"오, 샐리 캐럴!"
샐리 캐럴은 가방을 떨어뜨렸다.
"안녕!"
얼음처럼 차갑고 알아볼 듯 말 듯한 얼굴이 그녀에게 키스했다. 어느새 그녀는 짙은 연기를 뭉게뭉게 뿜어 대는 여러 얼굴들에 둘러싸여 악수를 하고 있었다. 키가 작고 적극적인 서른 살의 남자 고든은 우스꽝스럽게 꾸민 해리처럼 보였고, 그의 아내 마이라는 열의 없는 여인으로 담황색 머리에 자동차용 털모자를 쓰고 있었다. 샐리 캐럴은 그녀를 보자 곧바로 스칸디나비아 인 같다고 생각했다. 쾌활한 운전사가 그녀의 가방을 들었다. 반쪽짜리 대화와 감탄사, 마이라가 형식적으로 무심하게 내뱉는 '이봐요들.'이라는 말이 뒤섞여 빗발치는 가운데 일행은 미끄러지듯 역에서 빠져나왔다.

그들은 세단을 타고 구불구불 이어지는 눈 쌓인 거리를 지났다. 거리에는 수많은 소년들이 식료품점 트럭과 자동차 뒤에 썰매를 동여매고 있었다.

"오."

샐리 캐럴이 외쳤다.

"나도 하고 싶어! 할 수 있을까요, 해리?"

"아이들이 하는 짓이야. 대신 우린……."

"서커스 같아 보이는데!"

그녀가 애석한 듯 말했다.

집은 하얀 눈밭에 넓게 펼쳐진 목조 가옥이었다. 그곳에서 그녀는 우람하고 머리가 흰 남자를 만났는데 그 사람이 마음에 들었다. 그리고 달걀을 닮은 여인이 그녀에게 입을 맞추었다. 이들은 해리의 부모님이었다. 그녀는 숨을 죽이고 말로 표현할 수 없는 시간을 보냈다. 흐지부지한 대화, 뜨거운 물, 베이컨과 달걀 그리고 혼돈이 가득 찬 시간이었다. 그 후에 그녀는 해리와 단둘이 서재로 가서 담배를 피워도 되느냐고 물었다.

서재는 벽난로 위에 성모상이 있는 커다란 방으로, 밝은 금색과 짙은 금색과 반짝거리는 빨간색으로 표지를 입힌 책들이 빽빽이 꽂혀 있었다. 모든 의자의 머리 부분에는 작고 네모난 레이스가 덮였고 소파는 안락함 그 자체였으며 책은 누군가 읽은 것처럼 보였다…… 적어도 일부는. 순간 샐리 캐럴에게 고향집의 허름하고 오래된 서재가 떠올랐다. 아버지의 방대한 의학 서적들, 증조부 세 분의 유화 그리고 45년 동안 수선하며 써 왔지만 몸을 파묻고 꿈꾸기에는 여전히 편안하기만 한 소파가 있는 곳이었다. 그녀에게 이 집의 서재는 썩 매력적이지는 않았지만 딱히 매력이 없는 것도 아니었다. 그저 하나같이 15년쯤 되어 보이는 꽤 값비싼 물건들을 잔뜩 갖춘 방이었다.

"여기 오니까 어때?"

해리가 들뜬 모습으로 물었다.

"놀랐나? 그러니까 기대했던 대로야?"

"내가 기대한 건 당신이에요, 해리."

그녀가 조용히 말하고 두 팔을 그에게 내밀었다. 그러나 그는 짧은 키스를 나눈 후 그녀로 하여금 어떻게든 강한 흥미를 불러일으키게 만들려고 속을 태우는 것 같았다.

"도시 말이야. 마음에 들어? 활기찬 공기가 느껴져?"

"오, 해리."

샐리 캐럴은 웃음을 터뜨렸다.

"시간을 좀 줘요. 질문을 마구 던져 대지 말고요."

그녀는 만족스럽게 한숨을 쉬며 담배를 피웠다.

"부탁이 하나 있어."

해리가 미안하다는 듯이 말을 꺼냈다.

"당신 같은 남부인들은 가족이며 뭐며 그런 걸 꽤 중요하게 생각하지. 그게 나쁘다는 말은 아니야. 하지만 여기는 좀 다르다는 걸 알게 될 거야. 그러니까…… 처음에는 저속해 보이는 것들이 눈에 많이 띌 거야, 샐리 캐럴. 하지만 여기도 삼대가 사는 도시란 것만 기억해 줘. 모두에게 아버지가 있고 우리 중 절반은 할아버지가 있어. 그 위로는 올라가지 않아."

"그렇겠죠."

샐리 캐럴이 웅얼거렸다.

"우리의 할아버지들이 이 도시를 세웠고 그중 많은 분들은 그 과정에서 좀 별난 일들을 해야 했어. 예를 들어 현재 이 도시의 사회적 모범인 여자가 있어. 음, 그 여자의 아버지는 최초의 도시 청소부였어."

"어머, 내가 사람들을 비평할 거라고 생각한 거예요?"

샐리 캐럴이 당황한 얼굴로 말했다.

"전혀."

해리가 끼어들었다.

"그리고 누군가에 관해 해명할 생각도 없어. 그냥…… 사실 지난여름 어떤 남부 아가씨가 여기 와서 유감스러운 말들을 했거든. 그래서…… 너한테 말해 둬야겠다고 생각했어."

샐리 캐럴은 갑자기 분한 생각이 들었다. 부당하게 찰싹 얻어맞은 것 같았다. 그러나 몹시 들떠서 말을 잇는 해리를 보니 그는 분명 이 이야기가 마무리되었다고 생각하는 모양이었다.

"축제 기간이야. 십 년 만에 처음이라고. 그리고 지금 얼음 궁전을 짓고 있는데 그건 1885년 이후 최초야. 찾아낼 수 있는 가장 깨끗한 얼음덩어리로 짓고 있어…… 그것도 어마어마한 규모로."

샐리 캐럴이 일어나 창가로 가서 묵직한 터키풍 칸막이 커튼을 젖히고 밖을 보았다.

"오!"

그녀가 갑자기 외쳤다.

"남자아이 둘이 눈사람을 만들고 있네! 해리, 나도 나가서 거들어도 돼요?"

"꿈같은 소리! 이리 와서 키스해 줘."

샐리 캐럴은 마지못해 창가를 떠났다.

"지금은 키스할 만한 분위기가 아닌 것 같은데요? 그러니까 잠자코 자리에 있을 분위기잖아요?"

"그러진 않을 거야. 네가 여기서 보낼 첫 일주일 동안은 나도 휴가야. 오늘 밤에 저녁 댄스파티가 있고."

"오, 해리."

샐리 캐럴은 반은 그의 무릎에, 반은 쿠션에 털썩 주저앉으며 털어놓았다.

"정말이지 혼란스러워요. 그 파티가 마음에 들지 어떨지 모르겠고 사람들이 뭘 기대하는지도 모르겠어요. 뭐라고 말 좀 해 줘요, 자기가."

"내가 얘기해 줄게."

그가 부드럽게 말했다.

"여기 와서 기쁘다고 말해 준다면."

"기뻐요…… 무지무지 기뻐요!"

그녀는 이렇게 속삭이며 버릇대로 그의 품에 살포시 안겼다.

"당신이 있는 곳이 내 집이에요, 해리."

그리고 이 말을 하면서 그녀는 태어나서 거의 처음으로 연기를 하고 있다는 기분을 느꼈다.

그날 밤 디너파티의 반짝거리는 촛불에 둘러싸인 가운데 이야기의 대부분을 남자들이 주도하고 여자들은 거만하고 도도한 무관심으로 일관하며 앉아 있었다. 샐리 캐럴은 자기 왼쪽에 해리가 앉아 있는데도 집에 온 듯한 편안함을 느끼지 못했다.

"인물들이 훤칠하지?"

해리가 물었다.

"쓱 둘러보라고. 저긴 작년에 프린스턴 미식축구 팀 수비수를 맡았던 스퍼드 허버드고, 주니 모튼도 있네. 저 녀석이랑 그 옆의 빨간 머리는 둘 다 예일대 하키 팀 주장이었지. 주니는 내 동기생이야. 뭐, 세계 최고의 운동선수들은 이 부근 동네에서 나온다니까. 여긴 남자들의 나라니까. 저기 존 J. 피시번을 봐!"

"누군데요?"

샐리 캐럴이 순진하게 물었다.

"몰라?"

"이름은 들었어요."

"북서부 최고의 밀 생산업자야. 이 나라에서 손꼽히는 자본가이기도 하고."

오른쪽에서 목소리가 들려 그녀는 고개를 휙 돌렸다.

"우리를 인사시켜 주는 걸 깜빡한 모양이군요. 제 이름은 로저 패턴입니다."

"제 이름은 샐리 캐럴 하퍼예요."

그녀가 우아하게 말했다.

"네, 압니다. 여기 오신다고 해리가 말하더군요."

"친척이세요?"

"아니, 선생입니다."

"오."

샐리 캐럴이 웃었다.

"대학교수죠. 남부에서 오셨죠?"

"네, 조지아 주 탈턴에서요."

그녀는 이 남자가 금세 좋아졌다. 적갈색 콧수염을 길렀고 그 위의 촉촉한 푸른 눈에는 다른 사람들의 눈에는 없는 어떤 것, 마음을 헤아리는 능력 같은 것이 깃들어 있었다. 둘은 저녁을 먹는 동안 때때로 대화를 나누었고 그녀는 그를 다시 만나기로 마음먹었다.

커피를 마신 후 샐리 캐럴은 잘생긴 젊은 남자들과 수없이 인사했는데, 그들은 일부러 딱딱하게 춤을 추었고 그녀가 당연히 해리 말고 다른 화제는 원하지 않는다고 생각하는 듯했다.

그녀는 생각했다.

'맙소사! 내가 약혼했다고 자기들보다 나이 많은 사람이 된 것처럼 말하네…… 자기들 엄마한테 내가 고자질이라도 할 것처럼 말이야!'

남부에서는 약혼한 여자와 젊은 기혼녀들에게도 사교계 새내기 아가씨에게 하는 만큼의 다정한 농담과 아첨을 하기 마련이었지만, 이곳에서는 그 모든 게 금지된 것처럼 보였다. 어떤 젊은이는 샐리 캐럴의 눈동자를 화제로 삼아 그녀가 방에 들어온 순간부터 그 눈에 매료되었다고 하더니 그녀가 벨라미 가의 손님, 그러니까 해리의 약혼녀인 것을 알게 되자 몹시도 당황스러워했다. 자신이 음란하고 용서할 수 없는 실수를 저질렀다고 생각하는 것 같았다. 그리고 즉시 사무적인 태도로 돌변하더니 틈이 보이자마자 자리에서 떠나 버렸다.

로저 패튼이 춤추던 샐리 캐럴을 가로채 잠시 밖에 나가서 앉자고 제안하자 그녀는 오히려 반가웠다.

"자."

그는 쾌활하게 눈을 깜빡이며 물었다.

"남부에서 오신 카르멘 양은 어떠신가요?"

"무척 좋아요. 그럼…… 그럼 위험한 댄 맥그루 씨는 어떠세요? 미안해요. 제가 잘 아는 북부인은 그 사람뿐이라서."

그는 즐기는 눈치였다. 그리고 순순히 털어놓았다.

"물론 문학을 가르치는 대학교수로서 『위험한 댄 맥그루』는 읽으면 안 됩니다만."

"여기 태생이신가요?"

"아니, 필라델피아 사람입니다. 프랑스 어를 가르쳐 달라고 해서 하버드에서 왔습니다. 여기 온 지 십 년째로군요."

"저보다 구 년 하고도 삼백육십사일 더 오래 계셨네요."

"여기가 마음에 드나요?"

"그럼요, 그렇고말고요!"

"정말입니까?"

"뭐, 왜 안 그렇겠어요? 제가 즐거운 시간을 보내는 것처럼 보이지 않으세요?"

"바로 조금 전에 창밖을 바라보고 있는 모습을 봤습니다…… 몸까지 떨면서."

"그냥 상상을 해 봤어요."

샐리 캐럴이 웃으며 말했다.

"전 사방이 고요한 바깥 풍경에 익숙한데 가끔 밖을 보면 눈이 휘날리고 있잖아요. 꼭 죽은 뭔가가 움직이는 것처럼요."

그는 공감하듯이 고개를 끄덕였다.

"북부에 온 적이 있습니까?"

"노스캐롤라이나 애슈빌에서 칠월을 두 번 보냈죠."

"여기 인물들이 훤칠하지 않습니까?"

패턴이 소용돌이치는 댄스 플로어를 가리키며 말했다.

샐리 캐럴은 흠칫 놀랐다. 해리가 했던 말이었다.

"그렇고말고요! 저들은…… 갯과예요."

"뭐라고요?"

그녀가 얼굴을 붉혔다.

"죄송해요. 본뜻보다 더 고약하게 들렸나 봐요. 전 늘 사람들을 성별에 상관없이 고양잇과와 갯과로 나누거든요."

"당신은 어느 쪽입니까?"

"전 고양잇과예요. 당신도요. 대부분의 남부 남자들과 이곳 여자들 대부분도 마찬가지예요."

"해리는 어떻습니까?"

"해리는 분명히 갯과예요. 제가 오늘 밤에 만난 남자들은 모두 갯과인 것 같아요."

"'갯과'라는 말은 무슨 뜻입니까? 섬세함과 반대되는 의도적인 남성성 같은 것?"

"아마도요. 분석해 본 적은 없어요…… 그냥 사람들을 보고 곧바로 '갯과'나 '고양잇과'라고 말하는 거죠. 정말이지 터무니없는 생각이죠."

"그렇지 않습니다. 흥미롭군요. 저에게도 이 사람들에 관한 이론을 세웠죠. 제 생각에 저들은 얼어붙고 있어요."

"네?"

"스웨덴 사람들처럼 되고 있다는 거죠…… 입센의 스타일을 그리워하는 사람들 말입니다. 매우 서서히 어둡고 우울해집니다. 이 긴 겨울 때문이죠. 입센의 작품을 읽어 보았습니까?"

샐리 캐럴은 고개를 저었다.

"음, 그의 등장인물들은 음울한 경직성 같은 것을 띠고 있습니다. 정의롭고 편협하고 우울하고 크나큰 슬픔이나 기쁨을 느낄 무한한 가능성조차 없죠."

"웃음도, 눈물도 없이요?"

"바로 그겁니다. 이게 내 이론이에요. 이곳에는 수많은 스웨덴 사람들이 살고 있습니다. 제 생각엔 이곳 기후가 고국과 매우 비슷해서 찾아왔을 것이고 차츰 뒤섞여 왔습니다. 오늘 밤에는 여섯 명도 채 오지 않았지만 스웨덴 출신 주지사가 네 명입니다. 혹시 제 얘기가 지루합니까?"

"굉장히 재미있어요."

"장차 당신의 동서가 될 사람도 반은 스웨덴 사람이죠. 개인적으로는 그녀를 좋아하지만 제 이론상 스웨덴 사람은 전체적으로 우리에게 좋지 않은 반응을 보입니다. 알겠지만 스칸디나비아 인의 자살률이 세계 최고입니다."

"그렇게 우울한 곳이라면 왜 이곳에 사시나요?"

"오, 저에게는 전염되지 않습니다. 혼자 틀어박혀 보내는 편이고 어쨌든 저에게 사람들보다는 책이 더 의미 있으니까요."

"하지만 작가들은 늘 비극적인 남부에 대해 이야기하잖아요. 아시겠지만…… 스페인 아가씨, 검은 머리, 단검, 뇌리를 떠도는 음악 같은 것들요."

그는 고개를 저었다.

"아니, 북부에 사는 종족들이 비극적이지요. 눈물이라는 기분 좋은 사치를 만끽하지 못하니까요."

샐리 캐럴은 고향의 묘지를 떠올렸다. 그곳에 있어도 우울해지지 않는다고 말했을 때 뜻했던 것과 막연하게나마 비슷한 것 같았다.

"이탈리아 인들은 세계에서 가장 명랑한 사람들일 겁니다. 하지만 그건 지루한 주제죠."

그가 말을 끊었다.

"어쨌든 당신이 꽤 멋진 남자와 결혼하게 되었다는 말을 하고 싶군요."

샐리 캐럴은 문득 확신이 생기며 가슴이 뭉클했다.

"알아요. 전 어느 시점이 지나면 보살핌을 받고 싶어 하는 그런 부류의 사람이죠. 그렇게 되리라고 확신해요."

"춤출까요?"

함께 일어서며 그가 말했다.

"결혼하는 이유를 아는 아가씨를 만나게 되다니 기운이 나는군요. 열 명 중 아홉 명은 결혼을 영화 속 노을로 들어가는 것이라고 생각하니 말입니다."

샐리 캐럴은 웃음을 터뜨렸다. 그가 몹시 마음에 들었다.

두 시간 후 집으로 돌아가는 길에 그녀는 자동차 뒷좌석에서 해리 옆에 붙어 있었다.

"오, 해리."

그녀가 속삭였다.

"너어어무 추워요!"

"하지만 이 안은 따뜻하잖아, 내 사랑."

"하지만 밖은 추운걸요. 그리고 오, 저 울부짖는 바람!"

그녀는 해리의 모피 코트에 얼굴을 푹 파묻었고 그의 차가운 입술이 귀 끝에 닿자 자신도 모르게 몸을 떨었다.

4

방문 첫 주는 정신없이 지나갔다. 그녀는 약속 받은 대로 자동차 뒤에 터보건 썰매를 매달고 싸늘한 1월 황혼 속을 달렸다. 온몸을 모피로 감싸고 컨트리클럽 언덕에서 아침 터보건을 탔다. 스키까지 시도해 보았는데 영광스런 순간을 연출하며 허공을 가른 다음 웃음소리가 나는 눈뭉치가 되어 푹신한 눈 더미에 내려앉았다. 눈신을 신고서 창백하고 노란 햇빛을 받아 번쩍번쩍 빛나는 평원을 걸었던 어느 오후를 빼고는 모든 겨울 스포츠가 마음에 들었다. 그러나 곧 이런 것이 아이들이 하는 활동임을 알게 되었다. 사람들이 그녀의 비위를 맞춰 주고 있었고 즐거워 보이던 주변 사람들의 모습은 자신의 즐거움이 반향된 것에 지나지 않는다는 사실도 깨달았다.

처음에 그녀는 벨라미 가족이 당황스러웠다. 남자들은 믿음직했고 그녀의 마음에 들었다. 특히 진회색 머리카락과 활기찬 기품이 있는 벨라미 씨가 좋았다. 그가 켄터키 태생임을 알게 되자 즉시 호감이 생겼고, 이로써 그는 샐리 캐럴에게 옛 생활과 새 생활의 연결 고리가 되었다. 그러나 여자들에게는 명확한 반감을 느꼈다. 예비 동서인 마이라는 생기 없는 인습의 정수처럼 보였다. 마이라의 대화에는 개성이란 게 아예 없어서, 여성이 매력과 자신감을 어느 정도 갖춰야 한다고 여기는 지방에서 자란 샐리 캐럴은 그녀를 경멸하고픈 마음이 들 정도였다.

샐리 캐럴은 생각했다.

'이 여자들은 아름답지 않다면 아무것도 아니야. 바라보면 그냥 서서히 사라져 버리는 사람들이야. 미화된 가정부인 거야. 남녀가 섞여 있어도 중심은 반드시 남자들이야.'

마지막으로 벨라미 부인이 있었는데 샐리 캐럴은 그녀가 몹시 싫었다. 달걀 같다는 첫날의 인상은 그대로 굳어졌다. 그것도 금이 간 달걀이다. 핏대 오른 목소리에다 땅딸막한 몸을 품위 없이 놀려 대서 샐리 캐럴은 그녀가 넘어지면 분명 스크램블드에그가 되고 말 거라고 생각했다. 게다가 선천적으로 이방인을 적대시하는 벨라미 부인의 모습은 그 도시의 전형적인 특색인 것 같았다. 그녀는 샐리 캐럴을 '샐리'라고 불렀으며 두 단어로 된 이름이 장황하고 우스꽝스러운 별명일 뿐이라는 생각을 도무지 꺾으려 하지 않았다.

샐리 캐럴에게 그렇게 짧아진 이름은 옷을 반쯤 벗고 사람들 앞에 나서는 것과 마찬가지였다. 그녀는 '샐리 캐럴'이 무척 좋았다. 하지만 '샐리'는 무척 싫었다. 해리의 엄마가 그녀의 단발머리를 불만스러워한다는 사실도 알고 있었다. 그리고 도착 첫날 벨라미 부인이 서재로 들어와 몹시도 킁킁댄 이후로는 감히 아래층에서 담배를 피울 엄두도 내지 못했다.

그곳에서 만난 남자들 중에는 로저 패튼이 가장 좋았다. 그는 집에 자주 찾아왔다. 입센을 좋아하는 주민들의 성향에 관해 다시는 언급하지 않았지만, 어느 날 집에 들어와 샐리 캐럴이 소파에 웅크리고 앉아 『페르귄트』를 열심히 읽는 모습을 보고는 웃음을 터뜨리며 자신이 한 말을 잊어버리라고 했다. 모두 헛소리였다고.

둘째 주 어느 날 오후, 그녀와 해리는 위험할 만큼 아슬아슬한 말다툼의 언저리를 맴돌았다. 그녀는 이 다툼이 모두 해리 때문에 일어났다고 생각했다. 비록 이 경우에 세르비아는 바지를 다려 입지 않은 이름 모를 남자였지만.

둘은 높이 쌓인 눈 언덕 사이를 걸으며 집으로 가던 중이었고, 햇빛이 비추었지만 샐리 캐럴은 그 사실을 거의 인식하지 못했다. 둘은 회색 털옷으로 몸을 감싼 어린 소녀를 지나쳤는데 그 소녀가 작은 곰 인형을 닮아서 샐리 캐럴은 모성에서 우러난 감탄을 내뱉지 않을 수 없었다.

"봐요! 해리!"

"뭘?"

"저 소녀요…… 얼굴 보여요?"

"그래, 왜?"

"작은 딸기처럼 빨갰어요. 아, 귀여워라!"

"뭐, 당신 얼굴도 이미 저만큼 빨갛고! 여기 사람들은 모두 건강해. 걸을 수 있는 나이가 되자마자 추운 바깥으로 나오니까. 참 멋진 기후지!"

그녀는 해리를 바라보며 동조할 수밖에 없었다. 그는 무척 건강해 보였다. 그의 형도 마찬가지였다. 사실 바로 그날 아침 그녀는 자신의 뺨에서도 전에 없던 붉은빛을 발견했었다.

갑자기 둘의 시선이 멈추며 어딘가에 꽂혔다. 둘은 잠시 앞에 놓인 길모퉁이를 바라보았다. 한 남자가 무릎을 굽히고 서 있었는데 싸늘한 하늘을 향해 뛰어오를 것처럼 긴장된 표정으로 위쪽을 응시하고 있었다. 다음 순간 둘은 큰 소리로 웃음을 터뜨렸다. 가까이 가 보니 그것은 남자의 바지가 몹시도 헐렁한 탓에 생긴 우습고도 순간적인 착각이었던 것이다.

"우리가 저걸 입었다고 생각해 봐요."

그녀가 웃음을 터뜨렸다.

"그 바지로 봐서 남부인이 분명해."

해리가 장난스럽게 말했다.

"어머, 해리!"

해리는 그녀의 놀란 표정에 짜증이 난 모양이었다.

"그 빌어먹을 남부인들!"

샐리 캐럴의 눈이 번득였다.

"그렇게 부르지 말아요!"

"미안해."

해리는 심술궂은 말투로 사과했다.

"하지만 내가 저들을 어떻게 생각하는지 알잖아. 저 사람들은 일종의…… 일종의 불량배야. 옛 남부인들과는 전혀 달라. 남부에서 온갖 유색인종과 뒤섞여 너무 오래 산 나머지 게으르고 무능해졌지."

"입 다물어요, 해리!"

그녀가 발끈 외쳤다.

"그렇지 않아요! 게으를지는 몰라도…… 그런 기후에서는 누구나 그렇게 되니까요…… 그 사람들은 내 가장 친한 친구들이에요. 이렇게 싸잡아서 비난하는 소리는 듣고 싶지 않아요. 그중에는 세상에서 가장 훌륭한 남자들도 있어요."

"어, 나도 알아. 북부 대학에 진학한 사람들은 괜찮더군. 하지만 내가 본 처량하고 꾀죄죄하고 지저분한 놈들 중에서도 소도시 남부인들이 최악이야!"

샐리 캐럴은 장갑 낀 두 손을 힘껏 움켜쥐고 미친 듯이 입술을 깨물었다.

해리가 말을 이었다.

"참, 뉴헤이븐에서 만난 동기생 중에도 남부 사람이 하나 있었지. 우리 모두 마침내 진정한 남부 귀족의 전형을 만났다고 생각했는데 알고 보니 그 녀석은 귀족이 아니었어. 북부에서 남부로 이주해 모빌 근처 목화밭을 거의 다 차지한 사람의 아들이었지."

"남부 사람이라면 지금 당신 같은 방식으로 얘기하지 않을 거예요."

그녀가 침착하게 말했다.

"그 사람들은 활기가 없어!"

"아니면 다른 것이겠죠."

"미안해, 샐리 캐럴. 하지만 당신이 직접 말하길 결혼은 결코……."

"그건 완전히 다른 문제예요. 난 당신에게 현재 탈턴 부근을 돌아다니는 남자들에게는 내 삶을 속박시키지 않을 거라고 말했어요. 하지만 싸잡아서 일반화한 적은 없어요."

둘은 말없이 걸음을 옮겼다.

"내가 지나치게 선을 넘은 모양이야. 샐리 캐럴, 미안해."

그녀는 고개를 까딱했지만 대답하지 않았다. 오 분 후 둘이 복도에 서 있을 때 그녀는 그를 와락 껴안았다.

"오, 해리."

그녀가 눈물을 글썽이며 외쳤다.

"다음 주에 결혼해요. 그렇게 말다툼하는 게 두려워요. 난 두려워요, 해리. 우리가 결혼한다면 그런 일은 없을 텐데."

그러나 잘못한 당사자인 해리는 여전히 화가 나 있었다.

"바보 같은 소리. 삼월에 하기로 했잖아."

샐리 캐럴의 눈에서 눈물이 사라졌다. 표정이 약간 딱딱해졌다.

"잘 알았어요…… 그 말은 하지 말걸 그랬네요."

해리의 마음이 누그러졌다. 해리가 외쳤다.

"이 괴짜 아가씨! 이리 와서 키스하고 다 잊어버리자."

그날 밤 보드빌 공연 끝부분에서 오케스트라는 〈딕시〉를 연주했고 샐리 캐럴은 그날의 눈물과 웃음보다 더 강력하고 영속적인 뭔가가 가슴 가득 차오르는 것을 느꼈다. 그녀는 의자 팔걸이를 꽉 붙잡고 몸을 앞으로 기울였고 결국에는 얼굴이 새빨개졌다.

"감동 받아서 그래?"

해리가 속삭였다.

그러나 그녀에게는 들리지 않았다. 활기차게 고동치는 바이올린과 가슴 설레는 케틀드럼의 소리에, 그녀의 오랜 환영들이 행진하며 어둠 속으로 들어가고 있었다. 그리고 낮은 앙코르 요청 소리에 파이프들이 휘파람을 불며 탄식할 무렵 그 환영들이 눈앞에서 곧 사라질 듯해서 그녀는 손을 흔들며 작별 인사를 했다.

멀리, 멀리
딕시가 있는 남쪽으로 저 멀리!
멀리, 멀리
딕시가 있는 남쪽으로 저 멀리!

5

유난히도 추운 밤이었다. 전날에는 갑작스레 날이 풀려 거리가 깨끗해지는 것 같더니 지금은 듬성듬성한 눈이 가루 유령처럼 거리를 가로질렀다. 눈은 바람의 발치에서 물결치며 떠돌고 낮은 허공을 치밀한 안개로 가득 메웠다. 하늘은 없었다. 어둡고 불길한 장막만이 거리 저 위쪽을 뒤덮었는데 그것은 사실 방대한 규모로 다가오는 눈송이 군대였다. 한편 그 모든 것 위로 북풍이 끝없이 휘몰아쳤다. 불 켜진 창문의 녹갈색 불빛이 주는 위안은 북풍에 싸늘하게 식고 썰매 끄는 말의 규칙적인 발굽 소리마저 묻혀 버렸다. 결국 우울한 도시였어, 그녀는 생각했다. 우울한 도시.

때로 밤이면 이곳에 아무도 살지 않는 것처럼 보였다. 불 켜진 집들이 무덤처럼 쌓여 가는 진눈깨비에 덮이도록 내버려 둔 채 오래전에 모두 떠나 버린 것만 같았다. 오, 그녀의 무덤에도 눈이 내린다면! 긴 겨우내 어마어마한 눈 더미에 묻혀 묘비조차 옅은 그림자가 되어 버리겠지. 그녀의 무덤…… 꽃이 흩뿌려지고 햇빛과 비에 씻겨야 할 그녀의 무덤이.

기차를 타고 지나쳤던 그 고립된 시골집들과 그곳에서 긴 겨울을 보내는 생활이 그녀의 머리에 다시 떠올랐다. 창문으로 끝없이 노려보던 눈초리, 눈이 녹는 을씨년스러운 풍경, 로저 패턴이 말해 주었던 가혹한 봄. 그녀의 봄, 라일락과 나른한 달콤함을 선사하는 봄을 영원히 잃는다는 생각에 가슴이 요동쳤다. 그녀는 그 봄을 버리고 있었다. 나중에는 그 달콤함도 버리게 될 터였다.

서서히 고집을 발동하며 폭풍이 시작되었다. 샐리 캐럴은 눈썹에 엷은 눈송이가 내려앉았다가 순식간에 사라지는 것을 느꼈고, 해리는 모피로 덮인 팔을 뻗어 그녀의 비뚤어진 플란넬 모자를 아래로 당겨 주었다. 곧 눈송이들이 엎치락뒤치락 싸우며 내려왔다. 맑은 투명한 흰색 물체가 털 위에 잠깐 머물다 사라지는 동안 끈기 있게 목을 숙이고 있었다.

"오, 저 녀석 추워 보여요, 해리."

그녀가 재빨리 말했다.

"누구? 말? 오, 아니야, 안 추워. 추위를 좋아한다고!"

10분이 지났을 때 둘은 길모퉁이를 돌았고 목적지가 보였다. 높이 솟은 언덕 위에 겨울 하늘을 배경으로 강렬하게 번쩍이는 녹색 윤곽을 드러내며 얼음 궁전이 서 있었다. 공중에 세운 3층 건물로, 흉벽과 총안(*활 쏘는 구멍.) 그리고 고드름이 매달린 좁은 창문이 있었고 내부에 수많은 전등이 달려 거대한 중앙 통로가 화려하게 내비쳤다. 샐리 캐럴은 모피 코트 밑으로 해리의 손을 꼭 쥐었다.

"아름다워!"

해리가 흥분해서 외쳤다.

"맙소사, 정말 아름다워. 그렇지 않아? 1885년 이후 처음 지은 거야!"

웬일인지 1885년 이후 한 번도 짓지 않았다는 생각이 그녀의 마음을 짓눌렀다. 얼음은 유령이었고, 얼음으로 만든 이 대저택은 분명 얼굴이 창백하고 머리카락이 눈으로 허여멀겋게 뒤덮인 80년대의 그림자들로 가득했다.

"얼른 가자."

해리가 말했다.

그녀는 썰매에서 내려 해리를 따라갔고 그가 말을 묶는 동안 잠자코 기다렸다. 네 사람, 그러니까 고든과 마이라, 로저 패튼과 다른 아가씨가 짤랑짤랑 방울 소리를 크게 울리며 다가와서 멈추었다. 이미 꽤 많은 사람들이 모여 있었는데 모피나 양가죽으로 몸을 감싼 채 눈 속을 걸으며 서로의 이름을 부르고 소리쳤다. 눈은 이제 매우 굵어져서 사람들은 몇 미터 앞도 제대로 분간할 수 없었다.

"높이가 오십 미터가 넘어."

해리가 입구로 터덕터덕 걸어가며 외투에 폭 싸인 옆 사람에게 말했다.

"건평은 오천 제곱미터가 넘고."

샐리 캐럴의 귀에 대화가 조각조각 들어왔다.

"중앙 통로 하나만 해도……."

"벽 두께가 오십에서 백 센티미터에 이르는데……."

"얼음 동굴 길이는 거의 이 미터에 육박하고……."

"이걸 지은 캐나다 인은……."

그들은 안으로 들어갔다. 거대한 자수정 벽의 마법에 야찔해진 샐리 캐럴은 어느새 「쿠빌라이 칸」(*영국 낭만파 시인 새뮤얼 테일러 콜리지의 미완성 시이다. 영어로 쓴 최초의 초현실주의 시로 여겨진다.)의 두 구절을 몇 번이고 되풀이하고 있었다.

그것은 진귀하게 탄생한 기적이었다.

얼음 동굴이 딸린 양지바른 환락궁이라니!

어둠이 차단된 거대하고 반짝이는 동굴에서 그녀는 나무 벤치에 자리를 잡았고 저녁 무렵 짓눌렸던 마음도 가벼워졌다. 해리가 옳았다. 그곳은 아름다웠다. 그녀의 시선은 매끄러운 벽 표면을 돌아다녔다. 이렇게 오팔 색으로 투명하게 빛날 수 있도록 가장 깨끗하고 순수한 벽돌들만 선별했다고 한다.

"저기 봐! 시작한다…… 오, 이런!"

저 멀리 모퉁이에서 악단이 〈환영하라, 환영하라, 이곳에 모인 모두를〉을 연주했고 악기 소리가 뒤죽박죽 뒤얽히며 이쪽으로 메아리쳤다. 그러다 갑자기 불이 꺼졌다. 얼음벽을 타고 침묵이 흘러내려 그들을 휩쓰는 것 같았다. 샐리 캐럴은 어둠 속에서도 자신의 하얀 입김과 맞은편에 흐릿하게 줄지어 선 창백한 얼굴들을 볼 수 있었다.

음악은 잠잠해져 탄식하는 넋두리로 변했고 밖에서는 여러 친목회 무리가 행진하며 목청껏 부르는 노래가 흘러 들어왔다. 고대의 황무지를 가로지르는 바이킹의 찬가처럼 노랫소리가 한층 커졌다. 더욱 크게 들리는 것으로 보아 가까이 다가오고 있는 모양이었다. 곧 한 줄로 늘어선 횃불이 나타났고 한 줄, 또 한 줄이 뒤이어 나타났다. 회색 모직 반코트를 입은 형체들이 모카신(*북미 인디언이 신는 뒤축 없는 신.)을 신은 발로 박자를 맞추며 길게 줄지어 밀려들었다. 어깨에는 눈신을 매달았고, 거대한 벽을 따라 목소리를 높일 때마다 횃불이 깜빡거리며 화르르 타올랐다.

회색 줄이 끝나자 뒤이어 다른 줄이 나타났는데, 이번에는 빨간 터보건 모자와 불타는 듯한 선홍색 모직 코트 위로 불빛이 번쩍번쩍 이어졌다. 그들이 들어오면서 후렴구를 부르기 시작했다. 그 뒤로도 파란색, 흰색, 초록색, 갈색과 노란색으로 치장한 무리들이 줄줄이 들어왔다.

"저 흰옷 무리가 와쿠타 클럽이야."

해리가 열정적으로 설명했다.

"댄스파티에서 당신이 만났던 남자들이지."

노랫소리가 점점 커졌다. 장대한 동굴은 거대한 불꽃 더미에서 흔들리는 횃불, 다채로운 색깔, 부드러운 가죽 신발이 내는 리듬으로 변화무쌍했다. 선두의 열이 몸을 돌리고 멈추었다. 다음에 들어온 무리가 먼저 들어온 무리 앞에 서더니 마침내 모든 행렬이 하나의 견고한 불꽃 깃발을 이루었다. 수없이 많은 목소리가 우렁찬 함성을 터뜨려 우레처럼 허공을 메우고 횃불을 뒤흔들었다. 어마어마하고 장엄한 광경이었다! 샐리 캐럴에게는 북부 사람들이 잿빛 이교의 신인 눈에게 거대한 제단에 놓인 제물을 바치는 것처럼 보였다. 함성이 잦아들자 악단이 다시 연주를 시작했고 노래가 좀 더 이어지다가 각 친목회가 차례로 내지르는 환호성이 오랫동안 울려 퍼졌다. 그 환호성이 스타카토처럼 이어지며 정적을 가르는 동안 샐리 캐럴은 매우 조용히 듣고 있었다. 그러다 흠칫 놀랐는데 사방에서 일제히 폭발이 일어나며 자욱한 연기가 동굴 곳곳에서 피어오른 탓이었다. 사진사들이 플래시를 터뜨린 것이다. 그렇게 집회가 끝이 났다. 친목회들은 악단을 앞세우고 다시 한 번 줄을 짓더니 노래를 부르며 행진하기 시작했다.

"서둘러!"

해리가 외쳤다.

"전등이 꺼지기 전에 아래층에 있는 미로를 봐야 해!"

일행은 모두 자리에서 일어나 활강로 쪽으로 향했다. 해리와 샐리 캐럴이 앞장섰는데 그녀의 작은 벙어리장갑은 해리의 커다란 털장갑에 파묻혀 있었다. 활강로 밑바닥에는 길고 좁은 얼음 방이 있었는데 천장이 몹시 낮아서 몸을 굽혀야 했다. 그 와중에 둘의 손이 떨어졌다. 해리가 뭘 하려는지 그녀가 깨닫기도 전에 그는 방으로 통하는 반짝거리는 입구 대여섯 개 중 하나를 향해 쏜살같이 뛰어가더니 초록색 미광 속에서 가물가물 멀어지는 점이 되어 버렸다.

"해리!"

그녀가 외쳤다.

"어서 와!"

해리도 외쳤다.

그녀는 텅 빈 방을 둘러보았다. 나머지 일행은 집으로 돌아가기로 마음먹었는지 흩날리는 눈 속 어딘가로 이미 나가 버린 후였다. 그녀는 망설이다가 해리가 사라진 곳으로 재빨리 뛰어갔다.

"해리!"

그녀가 외쳤다.

9미터쯤 가자 갈림길이 나왔다. 왼쪽 저 멀리에서 희미하고 어렴풋한 대답이 들렸고, 그녀는 섬뜩한 기분이 들어 그쪽으로 달아났다. 또다시 갈림길이 나타났고 이번에도 입을 벌린 좁은 통로 두 개가 보였다.

"해리!"

대답이 없었다. 그녀는 똑바로 앞을 향해 달려가다가 번개처럼 몸을 돌려 지나온 길을 빠르게 되돌아왔다. 갑자기 얼음장 같은 공포가 엄습했다.

그녀는 갈림길에 이르렀다. 아까 거기일까? 그녀는 왼쪽 길을 택했고 길고 낮은 방으로 이어지는 그 출구가 나오리라 생각했지만 그것은 그저 번쩍이는 다른 통로였고 어둠으로 끝났다. 그녀가 다시 소리쳤지만 벽은 생기도, 울림도 없는 메아리만 되돌려 주었다. 그녀는 걸어온 길을 되짚어 다른 모퉁이를 돌았는데 이번에는 넓은 통로가 이어졌다. 홍해의 갈라진 물 사이로 드러난 녹색 오솔길 같았고 텅 빈 무덤들을 연결하는 축축한 아치형 복도처럼 보였다.

덧신 바닥에 얼음이 끼어 걸음을 옮길 때마다 발이 조금씩 미끄러졌다. 균형을 유지하기 위해 장갑 낀 손으로 반은 미끄럽고 반은 찐득거리는 벽을 짚어야 했다.

"해리!"

여전히 대답이 없었다. 그 소리는 그녀를 비웃듯이 통로 끝으로 퍼져 나갈 뿐이었다.

그러다 한순간에 불이 꺼졌고 그녀는 완전한 어둠에 갇혔다. 그녀가 겁에 질려 작게 비명을 지르고는 차갑고 작은 얼음더미에 털썩 주저앉았다. 앉을 때 왼쪽 무릎이 어떻게 된 것 같앉지만 어떤 공포보다도 강렬한, 길을 잃었다는 극도의 공포에 사로잡혀 그 사실을 인식하지 못했다. 북부에서 태어난 존재인 음산한 고독만이 그녀 곁에 남았다. 그 고독은 북극 바다의 얼음에 갇힌 포경선에서, 그리고 연기도 없고 발자국도 없이 모험의 하얀 뼈들만 흩뿌려진 황무지에서 태어난 것이었다. 그것은 얼음처럼 차가운 죽음의 숨결이었다. 그녀를 움켜잡기 위해 땅을 가로질러 굴러 내려오고 있었다.

분노와 절망이라는 힘으로 그녀는 다시 일어나 어둠 속을 더듬더듬 걷기 시작했다. 빠져나가야 했다. 며칠 동안 이곳을 방황하다 얼어 죽은 뒤 책에서 읽은 시체들처럼 얼음 속에 묻혀 빙하가 녹을 때까지 완벽하게 보존되는 그런 일을 겪게 될지도 몰랐다. 해리는 그녀가 다른 사람들과 함께 떠났다고 생각할 것이다. 지금쯤이면 돌아가고 없을 것이다. 다음날 늦은 시각까지 아무도 모를 것이다. 그녀는 애처롭게 벽으로 손을 뻗었다. 두께가 1미터라고 했다…… 1미터라니!

"오!"

양쪽 벽을 따라 슬금슬금 기어가는 뭔가가, 이 궁전과 이 도시와 이곳 북부를 맴도는 축축한 영혼들이 느껴졌다.

"오, 누군가를 보내 줘…… 누군가를 보내 줘!"

그녀가 큰 소리로 외쳤다.

클라크 대로우라면, 그라면 이해할 것이다. 아니면 조 유잉도. 여기 남아 영원히 방황할 수는 없었다. 마음과 몸과 영혼이 모두 얼어붙어 버릴 것이다. 그녀가…… 이 샐리 캐럴이! 아, 그녀는 행복한 존재였다. 행복한 소녀였다. 온기와 여름과 딕시를 좋아했다. 여기 있는 것들은 낯설었다. 정말이지 낯설었다.

"울지 마."

무엇인가가 큰 소리로 말했다.

"더는 울면 안 돼. 눈물이 얼어 버릴 거야. 이곳에서는 모든 눈물이 얼어 버린다고!"

그녀가 팔다리를 쭉 뻗고 얼음 위에 드러누웠다.

"오, 하느님!"

그녀가 중얼거렸다.

긴 순간순간이 조금 지나고 몹시도 지친 그녀는 눈이 감기는 것을 느꼈다. 그런데 누군가 곁에 앉아 따뜻하고 보드라운 손으로 그녀의 얼굴을 감싸는 것 같았다. 그녀는 고마워하며 쳐다보았다.

"어머, 마저리 리."

그녀가 낮게 중얼거렸다.

"당신이 올 줄 알았어요."

그건 정말로 마저리 리였고 그녀는 샐리 캐럴이 짐작했던 모습 그대로였다. 생기 있고 흰 이마에 크고 따뜻한 눈을 지녔다. 부드러운 천으로 만든 후프 스커트는 그 위에 몸을 눕히니 무척 아늑했다.

"마저리 리."

이제 사방은 점점 더 어두워지고 있었다. 그 묘비들은 정말이지 모두 다시 칠을 해야 했다. 물론 조금 망가지겠지만 그래도 묘비를 볼 수 있어야 하니까.

그 후 빨라졌다가도 느려지는 순간들, 결국에는 연노란 태양을 향해 모이는 수많은 흐릿한 광선 속으로 사라져 버리는 듯한 순간들이 이어진 후 새로 찾아온 정적을 깨뜨리는 몹시 날카로운 소음이 들렸다.

태양이었다. 빛이었다. 횃불 하나, 그 너머에 횃불이 하나, 또 하나. 그리고 목소리가 들렸다. 횃불 아래에서 얼굴이 드러났고, 묵직한 팔이 그녀를 들어 올렸고, 그녀의 뺨에 뭔가가 느껴졌다. 축축했다. 누군가 그녀를 붙잡고 얼굴에 눈을 문지르고 있었던 것이다. 얼마나 웃기는 일인가⋯⋯ 눈이라니!

"샐리 캐럴! 샐리 캐럴!"

위험한 댄 맥그루였다. 그리고 낯모르는 다른 두 얼굴.

"이봐요, 이봐요! 당신을 두 시간 동안이나 찾고 있었어요! 해리는 반쯤 미쳤다고요!"

모든 것들이 쏜살같이 제자리로 달려왔다. 노랫소리, 횃불, 행진하는 친목회의 큰 함성. 그녀는 로저 패튼의 품에서 몸부림치며 낮은 목소리로 한참 동안 소리쳤다.

"오, 여기에서 나가고 싶어요! 집에 가겠어요. 집에 데려다줘요."

목소리가 높아져 비명이 되었고 다음 통로를 허겁지겁 뛰어오던 해리의 심장은 싸늘해졌다.

"내일요!"

그녀는 정신 나간 사람처럼 격정적으로 외쳐 댔다.

"내일! 내일! 내일!"

6

풍요한 황금빛 햇살이 무기력하지만 기묘하고도 편안한 열기를 집 위에 쏟아부었다. 먼지 날리는 도로를 종일 마주하고 있는 집이었다. 새 두 마리가 문 옆 나무의 가지 사이에서 찾아낸 시원한 장소에서 소란을 피웠다. 거리에는 한 흑인 여자가 딸기를 사라고 노래하듯이 외쳤다. 4월의 오후였다.

샐리 캐럴 하퍼는 창가에 붙인 낡은 의자에 팔을 올리고 그 위에 턱을 괸 채로 반짝이는 먼지 너머, 올봄 처음으로 더위가 일렁이는 광경을 나른하게 응시하고 있었다. 그녀는 고물 포드 자동차가 아슬아슬하게 모퉁이를 돌아 덜걱덜걱 신음하며 보도 끝에 거칠게 멈춰 서는 모습을 지켜보았다. 그녀는 아무 소리도 내지 않았고 잠시 후 귀에 거슬리는 친숙한 휘파람 소리가 허공을 갈랐다. 샐리 캐럴이 웃음을 지으며 눈을 깜빡였다.

"좋은 아침."

자동차 지붕 밑에서 머리 하나가 어렵사리 모습을 드러냈다.

"아침 아니야, 샐리 캐럴."

"그런가!"

그녀는 짐짓 놀란 척 말했다.

"아닐 수도 있겠네."

"뭐 해?"

"파란 복숭아 먹고 있어. 덕분에 금방이라도 죽을지 몰라."

클라크는 그녀의 얼굴을 보려고 더는 불가능할 때까지 몸을 비틀었다.

"주전자가 내뿜는 김처럼 물이 따뜻해, 샐리 캐럴. 수영하러 갈래?"

"움직이기 싫은데."

샐리 캐럴이 나른하게 한숨을 쉬었다.

"하지만 가 볼까."

머리와 어깨

1

1915년에 호레이스 타박스는 열세 살이었다. 그해에 프린스턴대학 입학시험을 치렀고 카이사르, 키케로, 베르길리우스, 크세노폰, 호메로스, 대수학, 평면 기하학, 입체 기하학, 화학에서 A학점, 즉 우수한 성적을 받았다.

2년 후 조지 M. 코핸이 〈저 너머로〉를 작곡하고 있을 때 호레이스는 2학년인 동기생들을 멀찍이 앞지르며 '쇠퇴한 학문 양식으로서의 삼단 논법'을 다룬 논문들을 탐독하는 중이었다. 샤토티에리 전투가 벌어지던 시기에는 책상에 앉아 '신사실주의자들의 실용주의 경향'에 관한 일련의 소론을 열일곱 살 생일이 될 때까지 기다렸다 써야 할지 그 전에 쓸지 고민했다.

시간이 흘러 어떤 신문팔이 소년이 전쟁이 끝났다고 말해 주자 그는 기뻤다. 피트브라더스 출판사에서 『스피노자의 지성 개성론』 개정판을 낼 것이라는 뜻이기 때문이었다. 전쟁은 나름대로 상당한 장점이 있어서 젊은이들에게 자립심 같은 것을 심어 주었다. 그러나 호레이스는 거짓 휴전이 선포되던 날 밤 그의 창문 밑에서 관악대가 연주하도록 허락한 대통령을 결코 용서할 수 없으리라고 생각했다. 그것 때문에 '독일 관념론'을 다룬 논문에서 중요한 문장 세 개를 빠뜨렸기 때문이다.

다음해에 그는 문학 석사 학위를 취득하려고 예일대학교에 들어갔다. 당시 그는 열일곱 살이었고 키가 크고 호리호리했으며 회색 눈은 근시였고 입으로 말을 내뱉기는 했지만 정신은 아예 딴 데 있는 듯한 분위기를 풍겼다.

"저 아이가 내 말을 듣고 있다는 느낌이 들지 않아."

딜링거 교수가 공감하는 어느 동료에게 말했다.

"저 아이의 대리인이 듣고 있는 것 같은 기분이 든단 말이야. 저 아이가 꼭 '흠, 제 자신에게 물어보고 확인하도록 하죠.'라고 말할 것 같다니까."

그 후 삶은 호레이스 타박스가 푸줏간의 쇠고기나 잡화상의 모자라도 되는 것처럼 무심하게 손을 뻗어 그를 붙잡고 만지고 늘렸다. 그리고 토요일 오후 할인 코너에 전시된 아일랜드 레이스 조각처럼 펼쳐 놓았다.

문학적인 방식으로 접근하자면, 이것은 그 옛날 식민지 시절 대담한 개척자들이 코네티컷의 황무지를 찾아와 "자, 이제 여기에 무엇을 지을까?"라고 논의할 때 그중 가장 대담한 사람이 "극장 운영자들이 희극 뮤지컬을 상연할 수 있는 도시를 짓자!"라고 대답한 탓이라고 말해야 할 것이다. 그 후 그들이 그곳에 희극 뮤지컬을 상연할 수 있도록 예일대학교를 세웠다는 것은 누구나 아는 이야기다. 어쨌든 어느 12월 슈버트 극장에서 〈홈 제임스〉가 상연되었고 모든 학생들은 마샤 메도우에게 앙코르를 요청했다. 그녀는 1막에서는 고루한 실수투성이 군인에 관한 노래를 불렀고 마지막 막에서는 몸을 흔들고 떠는 명성 높은 춤을 선보였다.

마샤는 열아홉 살이었다. 날개는 없었지만 관중들은 대체로 그녀에게 날개가 필요 없다는 데 동의했다. 그녀는 타고난 금발이었고 한낮에 거리를 걸을 때도 화장을 하지 않았다. 그 점을 빼면 대부분의 여자들보다 더 나은 점이 없었다.

비범한 천재 호레이스 타박스를 방문하면 팰맬(*유명한 담배 상표.) 오천 개를 주겠다고 약속한 사람은 바로 찰리 문이었다. 찰리는 셰필드에 사는 4학년생으로 호레이스와 사촌이었다. 둘은 사이가 좋았고 서로를 측은히 여겼다.

그날 밤 호레이스는 유난히 바빴다. 프랑스 인 로리에가 신사실주의의 진가를 충분히 파악하지 못했다는 사실이 그의 마음을 괴롭히고 있었다. 사실 낮고 명쾌하게 서재 문을 두드리는 소리에 그가 보인 반응이라고는, 들을 귀가 없다면 그 소리가 실제 존재한다고 해도 좋은지 생각한 것이었다. 그는 자신이 점점 더 실용주의를 향해 다가가고 있다고 믿었다. 그러나 그 순간 그는 몰랐지만 실은 무척 다른 것을 향해 놀라운 속도로 다가가고 있었다.

똑똑 두드리는 소리가 들렸다. 3초가 지났다. 두드리는 소리가 다시 들렸다.

"들어오세요."

호레이스가 무심코 중얼거렸다. 문이 열리고 닫히는 소리가 들렸지만 난로 앞에 놓인 커다란 안락의자에서 책에 열중해 있던 그는 고개를 들지 않았다.

"저쪽 방 침대에 둬요."

그가 정신이 딴 데 팔린 듯이 말했다.

"저쪽 방 침대에 뭘 둬요?"

마샤 메도우는 노래로 대사를 하는 연기자였지만 말할 때의 목소리는 하프 연주에 장단을 맞추는 보조 연기자 같았다.

"세탁물."

"못해요."

호레이스는 의자에서 초조하게 몸을 흔들었다.

"왜 못해요?"

"뭐, 그게 나한테 없으니까요."

"흠!"

그는 퉁명스럽게 대답했다.

"그럼 가서 가져와야겠군요."

호레이스가 앉은 난롯가 자리 맞은편에는 또 다른 안락의자가 있었다. 그는 운동도 하고 변화도 줄 겸 저녁 시간 동안 의자를 바꿔 앉는 습관이 있었다. 한 의자는 버클리(*18세기에 활동한 영국의 철학자이자 성직자.)라고 불렀고 다른 의자는 흄(*버클리와 비슷한 시기에 활동한 영국 철학자이자 역사학자.)이라고 불렀다. 갑자기 투명한 형체가 바삭거리며 흄에 주저앉는 소리가 들렸다. 그가 흘낏 쳐다보았다.

"자."

마샤는 2막('오, 공작은 내 춤을 좋아했지!')에서 선보이는 달콤한 미소를 지으며 말했다.

"자, 오마르 하이얌,(*12세기에 활동한 페르시아의 시인.) 제가 황야에서 노래를 부르며 이렇게 당신 곁으로 왔어요."

호레이스는 그녀를 멍하니 바라보았다. 한순간 그녀가 그저 자신의 상상에서 나온 환영이 아닐까 하는 생각이 들었다. 여자들은 남자의 방에 들어오지 않았고 남자의 흄에 주저앉지도 않았다. 여자들은 세탁물을 가져오고 전차에서 먼저 자리를 차지하며 나중에 남자들이 구속이란 걸 알만 한 나이가 되었을 때 결혼하는 그런 존재였다.

이 여자는 분명 흄이 구현한 존재였다. 얇고 속이 비치는 풍성한 갈색 드레스는 저기 있는 흄의 가죽 팔걸이가 발산한 것이리라! 한참 바라보면 그녀를 관통해 흄을 제대로 볼 수 있을 것이고 그러면 다시 방에 혼자 남게 될 터였다. 그는 눈앞에서 주먹을 왔다 갔다 움직여 보았다. 정말이지 공중그네 운동을 다시 시작해야 했다.

"제발 그렇게 비난하는 눈으로 보지 말아요!"

흄의 발산물이 서글서글하게 말했다.

"당신의 그 진기한 머리로 내가 없어지라고 빌려는 것 같잖아요. 그럼 당신 눈에는 내 그림자만 남고 아무것도 보이지 않겠죠."

호레이스가 기침을 했다. 기침은 그가 하는 두 가지 몸짓 중 하나였다. 그가 말을 하면 상대방은 그에게 몸이 있다는 사실을 잊어버렸다. 오래전에 죽은 가수의 음반을 축음기로 듣는 것과 비슷했다.

"용건이 뭡니까?"

그가 물었다.

"편지예요."

마샤는 신파조로 애처롭게 말했다.

"당신이 1881년에 내 할아버지에게서 산 내 편지들 말이에요."

"그런 편지는 없습니다."

그가 침착하게 말했다.

"저는 겨우 열일곱 살입니다. 아버지는 1879년 3월 3일에야 태어나셨죠. 분명 다른 사람과 저를 혼동하신 모양입니다."

"겨우 열일곱 살이라고요?"

마샤가 미심쩍다는 듯이 따라 말했다.

"겨우 열일곱 살입니다."

"내가 아는 여자가 있었죠."

마샤는 회상하며 말했다.

"열여섯 살 때 십 대, 이십 대, 삼십 대를 연기했죠. 스스로에게 푹 빠져 있어서 '겨우'라는 말을 앞에 붙이지 않고서 '열여섯 살'이라고 말하는 법이 없었죠. 우리는 그녀를 '겨우 제시'라고 부르게 되었어요. 그리고 그녀는 시작점에 그대로 머무르게 되었죠…… 더 악화되었을 뿐. '겨우'란 말은 나쁜 습관이에요, 오마르…… 변명하는 것 같잖아요."

"제 이름은 오마르가 아닙니다."

"알아요."

마르사가 고개를 끄덕이며 인정했다.

"당신 이름은 호레이스죠. 그냥 당신을 보니 다 피운 담배가 생각나서 오마르라고 부르는 거예요."

"그리고 저에게 당신의 편지는 없습니다. 당신의 조부님을 만나 본 적이 있는지도 의심스럽군요. 사실 당신이 1881년에 존재했다는 말 자체가 몹시 불가능하게 여겨집니다."

마샤가 놀란 눈으로 바라보았다.

"내가…… 1881년에요? 당연히 존재했죠. 뮤지컬 〈플로로도라〉에 나온 육중창단이 아직 수도원에 있을 때 나는 두 번째 줄에 서 있었다고요. 솔 스미스 부인이 맡은 줄리에트의 유모도 원래 내 역할이었고요. 참, 오마르, 난 1812년 전쟁 때 군인 전용 클럽 가수였어요."

호레이스의 생각이 문득 올바른 방향으로 뛰어올랐다. 그가 빙그레 웃었다.

"찰리 문이 당신을 여기로 보냈어요?"

마샤는 뜻 모를 표정으로 그를 바라보았다.

"찰리 문이 누구예요?"

"키가 작고…… 콧구멍이 넓고…… 귀가 크죠."

그녀는 허리를 곧추 세우며 코웃음 쳤다.

"난 친구들의 콧구멍을 살펴보는 취미가 없는데요."

"그럼 찰리 맞습니까?"

마샤는 입술을 깨물었다. 그러다 하품을 했다.

"오, 다른 얘기해요, 오마르. 이 의자에서 금방이라도 코를 골 것 같으니."

"사실입니다."

호레이스가 진지하게 대답했다.

"흄은 가끔 수면제로 여겨지거든요."

"누구를 말하는지…… 그 사람 혹시 죽게 되나요?"

호레이스 타박스는 갑자기 가냘픈 몸을 일으키더니 주머니에 손을 넣고 방을 서성이기 시작했다. 이것은 그가 하는 다른 몸짓이었다.

"이런 일, 상관없어."

그는 혼잣말하듯이 중얼거렸다.

"조금도. 당신이 여기 있는 게 싫다는 뜻은 아닙니다. 그건 그렇지 않아요. 당신은 무척 예쁘지만 난 찰리 문이 당신을 여기로 보낸 게 달갑지 않습니다. 내가 연구실의 실험 대상입니까? 화학자든 문지기든 아무나 실험해 볼 수 있는 그런 대상? 내 지적 발달 상태가 우습나요? 내가 만화 잡지에 나오는 보스턴 꼬마의 그림처럼 보여요? 파리에서 일주일을 어떻게 보냈는지 끝없이 떠들어 대는 그 햇병아리, 문 녀석이 어떤 권리로……."

"그게 아니에요."

마샤가 단호하게 끼어들었다.

"그리고 당신은 사랑스러워요. 이리 와서 키스해 줘요."

호레이스는 그녀의 앞에 우뚝 멈추어 섰다.

"왜 키스해 달라는 거죠?"

그가 매우 집중한 얼굴로 물었다.

"당신은 아무한테나 마구 키스하나요?"

"뭐, 그래요."

마샤는 침착하게 인정했다.

"그게 바로 인생이니까요. 이런저런 사람들에게 키스하는 것."

"글쎄요."

호레이스가 단호하게 말했다.

"당신의 생각은 의아하기 짝이 없군요! 첫째, 인생은 그런 게 아닙니다. 그리고 둘째, 나는 당신에게 키스하지 않을 겁니다. 버릇이 될지도 모르고 난 버릇을 들이면 그만두지 못해요. 올해에는 일곱 시 삼십 분이 되도록 침대에서 빈둥거리는 습관이 생겼다고요."

마샤는 이해한다는 듯이 고개를 끄덕였다.

"재미라는 걸 알고 살기는 해요?"

그녀가 물었다.

"재미라니, 무슨 뜻입니까?"

"이봐요."

마샤가 엄하게 말했다.

"당신이 마음에 들어요, 오마르. 하지만 말할 때는 무슨 내용인지 알고 말하는 것 같은 태도를 보여 주면 좋겠어요. 당신은 입속에 수많은 단어를 가르랑거리며 물고 있다가 몇 단어를 밖으로 흘리면 경기에 진다고 생각하는 사람처럼 말하잖아요. 재미를 아느냐고 내가 물었어요."

호레이스는 고개를 저었다.

"나중에는 그럴 수도."

호레이스가 대답했다.

"나는 계획에 따라 살고 있습니다. 실험 대상이지요. 지겹지 않다는 말은 아닙니다. 지겨울 때도 있죠. 하지만…… 오, 설명할 수가 없어요! 어쨌든 당신과 찰리 문이 재미라고 부르는 건 나에게 재미있지 않을 겁니다."

"설명해 줘요."

호레이스는 그녀를 물끄러미 바라보다가 말을 하기 시작했지만 곧 마음을 바꿔 걸음을 옮겼다. 마샤는 그가 자신을 보고 있는지 아닌지 알아내려고 헛되이 애쓰다가 그에게 웃음을 지었다.

"설명해 줘요."

호레이스가 몸을 돌렸다.

"설명해 주면 찰리 문에게 내가 여기 없었다고 말하기로 약속할 겁니까?"

"그래요."

"그럼 좋습니다. 제 지난날은 이렇습니다. 저는 '왜?' 하고 묻는 아이였죠. 세상이 어떻게 돌아가는지 알고 싶었죠. 아버지는 프린스턴대학의 젊은 경제학 교수였습니다. 제가 던지는 모든 질문에 반드시 최선을 다해 대답하며 저를 키웠습니다. 아버지는 제 반응을 보고 조숙함에 관해 실험해 볼 생각을 하게 되었죠. 그런 학살을 거들기 위해서였는지 제 귀에 문제가 생겼어요. 아홉 살에서 열두 살 사이에 수술을 일곱 번이나 받았습니다. 물론 그 때문에 다른 소년들과 어울리지 못했고 빨리 성숙해 버렸죠. 어쨌든 또래들이 리머스 아저씨(*조엘 챈들러 해리스가 미국 남부 민화를 수집해 개작한 이야기에 등장하는 화자.)에게 열중할 때 나는 카툴루스(*고대 로마 공화정 말기에 활동한 서정 시인.)를 원전으로 읽으며 진심으로 즐거워했어요."

호레이스가 말을 이었다.

"열세 살 때 대학 입학시험을 통과했습니다. 어쩔 수가 없었거든요. 내가 주로 어울리는 사람은 교수들이었고 나는 내 지성이 뛰어나다는 사실을 알고서 무척 뿌듯했어요. 특별한 재능을 타고났음에도 다른 면이 비정상은 아니었으니까요. 열여섯 살이 되자 괴짜로 사는 게 지겨워졌죠. 누군가 심각한 실수를 저지른 거라고 결론을 내렸어요. 그래도 이왕 거기까지 갔으니 문학 석사 학위를 받는 것으로 끝마치기로 결심했죠. 인생 최대의 관심은 근대 철학을 연구하는 겁니다. 또 안톤 로리에 학파에 속한 사실주의자예요. 베르그송식으로 다듬어졌다고나 할까요. 그리고 두 달 후엔 열여덟 살이 됩니다. 이게 다예요."

"휴!"

마샤가 외쳤다.

"그 정도면 충분해요! 짧은 연설을 깔끔하게 잘했어요."

"만족해요?"

"아니, 키스해 주지 않았잖아요."

"그건 제 계획에 없는데요."

호레이스가 반박했다.

"이해해 줘요. 육체적인 것을 초월한 척하는 게 아니에요. 그것도 나름의 역할이 있지만……."

"오, 그 이성적인 태도 좀 버려요!"

"어쩔 수 없습니다."

"난 그런 자동판매기 같은 사람이 싫다고요."

"단언컨대 저는……."

"오, 입 닥쳐요!"

"제 합리성으로는……."

"당신의 합리성에 대해서 내가 뭐라고 했나요? 당신 미국인 맞죠?"

"그래요."

"뭐, 그럼 괜찮아요. 당신이 그 고매한 계획에 따르지 않고 다른 행동을 하는 모습이 보고 싶어졌어요. 그 뭐더라…… 브라질식으로 다듬어진…… 아무튼 당신이 말한 그것이 좀 인간 다워질 수 있는지 알고 싶다고요."

호레이스는 다시 고개를 저었다.

"키스하지 않겠습니다."

"내 인생은 망했군요."

마샤가 비극적으로 웅얼거렸다.

"난 패배한 여자예요. 평생 브라질식으로 다듬어진 키스 한 번 못해 보겠죠."

그녀는 한숨을 내쉬었다.

"어쨌든 오마르, 내 공연을 보러 올래요?"

"무슨 공연?"

"난 〈홈 제임스〉에 나오는 짓궂은 여배우예요!"

"경가극(*오페라보다 가볍고 자유로운 형식으로 통속적인 대사와 춤이 있는 음악극.) 말인가요?"

"그래요…… 연장 공연 중이죠. 등장인물 중에 벼를 재배하는 브라질 농부가 있어요. 당신도 재미있을지 몰라요."

"〈보헤미안 아가씨〉는 본 적 있습니다."

호레이스가 생각에 잠겨 큰 소리로 말했다.

"즐거웠어요…… 어느 정도는."

"그럼 올 거죠?"

"글쎄요, 전…… 저는……."

"오, 알아요…… 주말에 브라질에 가야 하니까요."

"아닙니다. 기쁘게 가겠습니다."

마샤가 손뼉을 쳤다.

"잘 생각했어요! 우편으로 표를 보낼게요…… 목요일 밤?"

"저, 저는……."

"좋아요! 그럼 목요일 밤으로."

그녀는 자리에서 일어나 가까이 다가와서 두 손을 그의 어깨에 얹었다.

"당신이 마음에 들어요, 오마르. 놀려서 미안해요. 얼음처럼 차가운 사람일 거라고 생각했는데 유쾌한 남자군요."

그는 냉소적인 눈으로 그녀를 보았다.

"전 당신보다 수천 세대는 더 나이가 많습니다."

"나이에 어울려 보여요."

둘은 진지하게 악수를 했다.

"내 이름은 마샤 메도우예요."

그녀가 힘차게 말했다.

"기억해 둬요…… 마샤 메도우. 찰리 문에게는 당신이 집에 있었단 말은 하지 않을게요."

잠시 후 그녀가 마지막 계단을 한 번에 세 칸씩 건너뛰고 있을 때 위층 난간에서 외치는 소리가 들렸다.

"저, 저기요⋯⋯."

그녀가 걸음을 멈추고 위를 보았다. 난간으로 몸을 내민 흐릿한 형체가 보였다.

"저기요!"

신동이 다시 소리쳤다.

"내 말 들려요?"

"듣고 있어요, 오마르."

"내가 키스를 본질적으로 불합리한 것으로 여긴다는 인상은 받지 않았으면 좋겠습니다."

"인상? 나한테 키스하지도 않았잖아요! 걱정 말아요⋯⋯ 안녕."

여자 목소리에 호기심이 생긴 듯 그녀 가까이에 있던 문 두 개가 열렸다. 위에서는 조심스러운 기침 소리가 들렸다. 마샤는 치마를 끌어모아 마지막 계단에서 거침없이 뛰어내리더니 코네티컷 거리의 흐릿한 공기 속으로 빨려 들어갔다.

위층에서는 호레이스가 서재 바닥을 서성이고 있었다. 그는 이따금씩 버클리 쪽을 힐끗거렸는데, 버클리는 펼쳐진 책을 도발적으로 쿠션에 올려 둔 채 세련되고 검붉은 품위를 갖추고 그곳에서 기다리고 있었다. 그런데 곧 호레이스는 서재를 한 바퀴 돌 때마다 발걸음이 흄에게 가까워지고 있음을 깨달았다. 흄은 기묘하고 형언할 수 없이 달라진 느낌을 자아냈다. 그

투명한 형체가 아직 근처를 맴도는 것 같았고 호레이스가 거기 앉는다면 그 여인의 무릎에 앉은 기분이 느껴질 터였다. 호레이스는 이 색다른 특징을 뭐라고 불러야 할지 몰랐지만 그 특징은 뚜렷했다. 사색적으로 사고할 때는 막연하게 느껴지지만 그럼에도 실존하는 것이었다. 흄은 영향력을 발휘해 온 200년 동안 한 번도 발산하지 않았던 뭔가를 발산하고 있었다.

흄은 장미 향기를 내뿜고 있었다.

2

목요일 밤 호레이스 타박스는 다섯째 줄 통로 쪽 좌석에 앉아 〈홈 제임스〉를 관람했다. 묘하게도 그는 즐겁다는 사실을 깨달았다. 그가 해머스타인식의 유서 깊은 농담에 소리 내며 감탄하자 근처에 앉은 냉소적인 학생들이 짜증을 냈다. 그러나 호레이스는 마샤 메도우가 재즈에 빠진 실수투성이 군인에 관한 노래를 부르기를 조마조마하며 기다렸다. 꽃이 달린 늘어진 모자 밑에서 그녀의 눈부신 얼굴이 나타나고 따스한 빛이 그의 위를 비추었을 때도 그리고 노래가 끝났을 때도, 그는 우레처럼 쏟아지는 갈채에 동참하지 않았다. 그는 어딘가 마비된 느낌이었다.

2막이 끝나고 휴식 시간에 안내원이 옆에 나타나 타박스 씨냐고 묻더니 둥그렇고 서투른 필체로 쓰인 쪽지를 건넸다. 호레이스는 약간 어리둥절한 채로 그것을 읽었고 그동안 안내원은 복도에서 시들어 가는 인내심을 붙잡으며 꾸물거렸다.

친애하는 오마르에게

공연이 끝나면 난 몹시도 배가 고파진답니다. 태프트 그릴에서 내 배를 채워 주고 싶으면 이걸 가져간 우람한 안내원에게 대답해 줘요.

당신의 친구
마샤 메도우

"전해 주십시오."

그가 기침을 했다.

"괜찮다고 전해 주세요. 극장 앞에서 만나자고요."

우람한 안내원은 거만하게 웃음 지었다.

"극장 뒷문으로 나오란 말인데."

"거긴…… 어디입니까?"

"바깥. 좌로 돌아. 골목 쭉!"

"뭐라고요?"

"바깥으로 나가서 왼쪽으로 돌라고요! 골목을 쭉 걸어가라고요!"

그 오만한 사람은 가 버렸다. 호레이스 뒤에 있던 1학년생이 킬킬거렸다. 30분 후 타고난 금발머리와 마주하고 태프트 그릴에 앉은 신동은 이상한 말을 하고 있었다.

"마지막 막에서 그 춤을 꼭 춰야 합니까?"

그가 진지하게 물었다.

"그러니까 안 추겠다고 하면 해고되는 건가요?"

마샤는 방긋 웃었다.

"재미있는 춤이에요. 난 좋은데요."

그 후 호레이스의 입에서는 무례한 말이 튀어나왔다.

"당신이 싫어하는 줄 알았습니다."

그는 간단히 비평했다.

"내 뒤에 앉은 사람들이 당신 가슴에 대해 이러쿵저러쿵하더란 말입니다."

마샤의 얼굴이 새빨갛게 달아올랐다.

"어쩔 수 없어요."

마샤가 재빨리 말했다.

"나에게 춤은 일종의 곡예일 뿐이에요. 휴, 그만큼 하기 힘들어요! 매일 밤 한 시간씩 어깨에 연고를 발라 줘야 한다고요."

"당신은…… 무대에 있으면 재미있습니까?"

"네, 물론이죠! 사람들의 시선을 받는 데도 익숙해졌어요, 오마르. 좋기도 하고요."

"흠!"

호레이스는 깊은 생각에 잠겼다.

"브라질식으로 다듬은 연구는 어때요?"

"흠!"

호레이스는 이렇게만 반응하고 잠시 침묵을 지키다 말했다.

"다음 공연은 어디에서 합니까?"

"뉴욕."

"얼마 동안?"

"상황에 따라 다르죠. 어쩌면 겨우내."

"오!"

"날 보려고 온 거죠, 오마르? 아니면 관심 없나요? 여기에선 당신 방에 있을 때처럼 즐겁진 않죠? 지금 거기 있었으면 좋으련만."

"여기 있으니 바보가 된 기분입니다."

호레이스는 초조하게 두리번거리며 고백했다.

"유감이네요! 지금까진 분위기 좋았는데."

그 말에 그의 표정이 갑자기 몹시 울적해졌다. 그녀는 말투를 바꾸고 손을 뻗어 그의 손을 쓰다듬었다.

"여배우와 저녁 외식한 적 있어요?"

"없습니다."

호레이스가 처량하게 말했다.

"그리고 다시는 하지 않을 겁니다. 오늘 밤 왜 나왔는지 모르겠어요. 머리 위에서 불빛이 번뜩이고 사람들이 웃고 재잘거리니 내 영역에서 완전히 벗어나 버린 기분이에요. 당신에게 무슨 이야기를 해야 할지도 모르겠습니다."

"나에 대해 이야기해요. 저번에는 당신에 관해 이야기했잖아요."

"좋은 생각이군요."

"음, 내 성은 메도우가 맞지만 이름은 마샤가 아니에요. 베로니카죠. 난 열아홉 살이에요. 질문, 이 아가씨는 어쩌다 무대로 뛰어들게 되었나? 대답, 그녀는 뉴저지의 퍼세이익에서 태어났고 일 년 전까지는 트렌턴에 있는 마르셀 찻집에서 내비스코를 팔며 입에 풀칠을 했죠. 그녀는 로빈스라는 남자와 사귀

126

게 되었는데 그는 트렌트 하우스 카바레의 가수였고 어느 날 그녀에게 함께 노래와 춤을 선보이자고 했죠. 한 달도 되지 않아 우리 덕분에 카바레는 매일 밤 만석이 되었죠. 그 후 우리는 지인을 소개해 주겠다는 편지를 냅킨 뭉치만큼이나 두둑하게 갖고 뉴욕으로 향했죠."

마샤의 말은 계속되었다.

"이틀이 지나 우리는 디바이너리스 극장에서 일자리를 구했고 팔레 로얄에서 일하는 아이에게서 시미 춤(*어깨와 골반을 격렬하게 흔드는 춤.)을 배웠어요. 우린 여섯 달 동안 디바이너리스에서 지냈는데 어느 날 밤 칼럼니스트인 피터 보이스 웬델이 그곳에서 밀크 토스트를 먹었죠. 다음날 아침 그가 기고하는 신문에 '경이로운 마샤'에 관한 시가 실렸고 나는 이틀 안에 보드빌 공연단 세 곳에서 제의를 받았고 미드나이트 프롤릭에 합류하게 되었죠. 웬델에게 감사 편지를 썼는데 그가 자신의 칼럼에 그걸 실은 거예요. 문체가 좀 더 거칠 뿐이지, 칼라일(*19세기에 활동했던 스코틀랜드 평론가이자 철학자.)과 비슷하니 춤을 그만두고 북미 문학을 해야 한다면서요. 덕분에 보드빌 제의가 두어 번 더 들어왔고 정기 공연에서 순진한 처녀 역을 맡을 기회가 생겼어요. 난 그 기회를 잡았고 그래서 여기 있는 거예요, 오마르."

그녀가 말을 마치고 잠시 둘 사이에 침묵이 흘렀다. 그녀는 치즈 토스트의 마지막 덩어리를 포크에 올리고 그가 말하기를 기다렸다.

"여기에서 나갑시다."

그가 불쑥 말했다. 마샤의 눈빛이 싸늘해졌다.

"무슨 생각이에요? 내 말이 지겨워요?"

"아니에요. 하지만 여기가 싫군요. 당신과 여기 앉아 있기가 싫습니다."

마샤는 단 한 마디도 덧붙이지 않고 웨이터에게 손짓했다.

"얼마죠?"

그녀가 거침없이 물었다.

"제 몫…… 치즈 토스트와 진저에일 말이에요."

웨이터가 계산하는 동안 호레이스는 멍하니 지켜보고 있었다.

"저기 말입니다."

호레이스가 입을 열었다.

"전 당신 것도 계산할 생각이었습니다. 제 손님이니까요."

마샤는 한숨을 반쯤 내쉬며 탁자에서 일어나 식당에서 나갔다. 호레이스는 당황한 기색이 역력한 얼굴로 지폐를 내놓고 그녀를 따라가서 계단을 오르고 로비로 갔다. 그는 엘리베이터 앞에서 마샤를 따라잡았고 둘은 얼굴을 마주 보았다.

"저기 말입니다."

그가 다시 말했다.

"당신은 내 손님입니다. 제가 기분 나쁜 말이라도 했나요?"

잠시 놀란 표정을 짓던 마샤의 눈빛이 부드러워졌다.

"당신은 무례한 사람이에요."

그녀는 천천히 말했다.

"그걸 모르겠어요?"

"어쩔 수가 없습니다."

호레이스가 솔직하게 말했고, 그녀는 그 솔직함에 자신이 무장 해제되었음을 깨달았다.

"당신을 좋아한다는 걸 알지 않습니까."

"나랑 같이 있는 게 싫다면서요."

"싫었습니다."

"왜요?"

회색 숲과도 같은 호레이스에게서 갑작스레 불길이 타올랐다.

"싫으니까요. 당신을 좋아하는 버릇이 생겨 버렸습니다. 이틀 동안 다른 생각은 전혀 하지 못했습니다."

"음, 만일……."

"잠깐만."

그가 끼어들었다.

"할 말이 있습니다. 이거예요. 한 달 반이 지나면 저는 열여덟 살이 됩니다. 열여덟 살이 되면 당신을 만나러 뉴욕에 가겠습니다. 뉴욕에 우리가 함께 갈, 사람들이 많지 않은 장소가 있을까요?"

"물론이죠!"

마샤가 웃음을 지었다.

"내 아파트로 오면 돼요. 원한다면 소파에서 자요."

"소파에서는 못 잡니다."

그가 무뚝뚝하게 말했다.

"하지만 당신과 이야기하고 싶습니다."

"뭐, 얼마든지."

마샤가 대답했다.

"내 아파트에서 말이에요."

들뜬 호레이스는 주머니에 손을 넣었다.

"좋습니다…… 그럼 당신과 단둘이 만날 수 있겠군요. 제 방에서 대화를 나누었듯이 당신과 이야기를 나누고 싶습니다."

"귀엽기도 해라."

마샤가 웃으며 외쳤다.

"나와 키스하고 싶어서 그러는 거예요?"

"그래요."

호레이스는 외치다시피 말했다.

"당신이 바란다면 키스할 겁니다."

엘리베이터 운행원이 비난하는 눈초리로 둘을 바라보고 있었다. 마샤는 삐걱거리는 문 쪽으로 조금씩 움직였다.

"엽서 보낼게요."

그녀가 말했다. 호레이스의 눈에 폭풍이 일었다.

"엽서 보내요! 1월 1일이 지나면 언제든 갈게요! 그때는 열여덟 살일 겁니다."

그녀가 엘리베이터 안으로 들어가자 그는 천장을 향해 수수께끼 같지만 얼핏 도전적인 기침을 하고는 재빨리 걸음을 옮겼다.

3

그가 또 와 있었다. 들썩이는 맨해튼 관중에게 힐끗 시선을 던지자마자 그가 보였다. 고개를 살짝 숙이고 회색 눈동자를 그녀에게 고정한 채 맨 앞줄에 앉아 있었다. 그가 지금 그들 둘만 존재하는 세상에 있음을 그녀는 알았다. 짙게 화장하고 나란히 선 발레단의 얼굴과 바이올린의 애처로운 합주도 비너스 대리석상에 앉은 가루만큼이나 느껴지지 않는 세상이었다. 본능적인 반발심이 그녀 속에서 치솟았다.

"바보 같아!"

그녀는 다급히 중얼거렸고 앙코르 요청도 받지 않았다.

"일주일에 백 달러를 받는데 뭘 더 하란 말이야? 끝없이 움직이라고?"

그녀는 무대 옆에서 투덜거렸다.

"무슨 일이야, 마샤?"

"내가 싫어하는 남자가 앞줄에 있어."

마지막 막이 진행되는 동안 장기를 뽐내려 기다리고 있는데 뜻밖에도 무대 공포증이 그녀를 덮쳤다. 그녀는 호레이스에게 약속했던 엽서를 한 번도 보내지 않았다. 어젯밤에는 그를 못 본 척했다. 춤을 끝내자마자 허겁지겁 극장을 벗어나 아파트에서 뜬눈으로 밤을 새우며 지난달에 수없이 그랬듯이 그를 떠올렸다. 그의 창백하면서도 다소 열정적인 얼굴, 호리호리하고 소년 같은 몸매, 야박할 정도로 하나에 몰두하는 순진무구한 모습. 그녀에게 매력적으로 느껴졌던 모습이었다.

그리고 이제 그가 찾아오자 그녀는 막연히 미안함을 느꼈다. 낯선 책임감을 강요받는 기분이었다.

"애송이 신동!"

그녀가 큰 소리로 말했다.

"뭐라고?"

옆에 서 있던 흑인 희극 배우가 물었다.

"아니야…… 그냥 내 얘기야."

무대에 오르니 기분이 나아졌다. 이것은 그녀의 춤이었다. 그녀는 예쁜 여자가 누구에게나 도발적인 인상을 주지는 않는 것처럼, 자신의 춤추는 방식도 도발적인 것은 아니라고 늘 생각했다. 그녀의 춤은 곡예와도 같았다.

시외로, 시내로, 숟가락에 젤리를 얹고
해가 지면 달빛에 몸을 떨며.

이제 그는 그녀를 보고 있지 않았다. 그녀는 분명히 알 수 있었다. 그는 태프트 그릴에서 지었던 그 표정으로 무대 배경에 그려진 성을 찬찬히 뜯어보고 있었다. 분노의 파도가 그녀를 휩쓸었다. 그는 그녀를 비난하고 있는 것이었다.

그 진동에 내 몸이 떨려,
내 안에서 애정이 샘솟다니, 재미있기도 하지.
시외로, 시내로…….

억누를 수 없는 섬뜩함이 그녀를 덮쳤다. 첫 무대 이후로 그런 적이 없었는데 갑자기 무섭도록 관객이 신경 쓰였다. 앞줄에 앉은 창백한 얼굴은 음흉한 미소를 짓고 있는 걸까? 저 어린 소녀의 입은 역겨워서 처진 걸까? 그녀의 두 어깨…… 떨고 있는 이 어깨는 그녀의 것일까? 정말 떨고 있는 걸까? 분명 그럴 어깨가 아닌데!

그러면…… 당신은 첫눈에 알게 되리,
나에겐 성 비투스의 춤을 추는 장례식 안내원들이 필요하리,
세상 끝에서 나는…….

바순과 첼로 두 대가 격돌하며 마지막 화음을 연주했다. 그녀는 동작을 멈추고 모든 근육을 긴장시키며 잠시 발끝으로 섰다. 그녀의 앳된 얼굴은 어린 소녀가 나중에 '기이하고 당혹스러운 표정'이라고 표현한 그런 표정으로 관중을 멍하니 바라보았다. 그리고 그녀는 인사도 없이 무대에서 휙 사라졌다. 허둥지둥 분장실로 들어가 드레스를 벗어 던지고 다른 옷으로 갈아입은 후 밖으로 나가 택시를 잡았다.

그녀의 아파트는 무척 따뜻했다. 자그마한 그곳에는 직업 화가들의 그림이 늘어섰고, 예전에 눈이 푸른 외판원에게서 구입해 이따금씩 읽는 키플링과 오 헨리의 작품집이 있었다. 또 서로 짝을 맞춰 들여놓은 의자가 몇 개 있었지만 그중 어느 것도 편안하지 않았다. 그리고 찌르레기가 그려진 분홍색 갓을 쓴 램프가 있었는데 사방에 퍼진 분홍색은 다소 갑갑한 분위기를 자아냈다. 근사한 물건들도 있었다. 그러나 그것들은 그때 그때 누군가의 부추김을 받고 성급한 안목으로 사들인 것이라서 서로에게 가차 없는 적의를 내뿜었다. 최악은 떡갈나무 껍질 액자에 넣은 커다란 그림이었다. 이리 철도에서 바라본 퍼

133

세이악 풍경이었는데 방을 기분 좋게 꾸미기에는 전체적으로 어수선하고 터무니없이 사치스러우면서도 빈약한 물건이었다. 마샤도 실패라는 것을 알고 있었다.

신동이 방으로 들어와 어색하게 그녀의 두 손을 잡았다.

"이번에는 당신을 따라왔습니다."

그가 말했다.

"오!"

"나와 결혼해 주면 좋겠어요."

그가 말했다. 그녀는 그에게 팔을 뻗었다. 강렬하면서도 신중하게 그의 입에 키스했다.

"됐죠?"

"사랑합니다."

그가 말했다. 그녀는 다시 그에게 키스한 다음 작게 한숨을 쉬며 안락의자로 몸을 던지더니 반쯤 드러누웠다. 어처구니없다는 듯 웃어 대는 바람에 몸이 흔들렸다.

"아, 이 신동 같으니라고!"

그녀가 외쳤다.

"좋습니다, 원한다면 날 그렇게 불러요. 언젠가 내가 당신보다 만 살 더 많다고 말했죠…… 정말입니다."

그녀는 다시 웃음을 터뜨렸다.

"난 비난받고 싶지 않아요."

"누구도 다시는 당신을 비난하지 못할 겁니다."

"오마르, 왜 나와 결혼하려는 거죠?"

그녀가 물었다. 신동은 자리에서 일어나 주머니에 손을 넣었다.

"당신을 사랑하기 때문입니다, 마샤 메도우."

그 후로 그녀는 그를 더 이상 오마르라고 부르지 않았다.

"있잖아요, 당신도 내가 애정을 느낀다는 사실을 알 거예요. 당신에게는 뭔가가 있어요…… 뭔지 모르겠지만 가까이 있을 때마다 내 심장이 찌릿하게 아파요. 하지만 내 사랑……."

그녀는 말을 멈추었다.

"하지만 뭔가요?"

"하지만 걸림돌은 많죠. 당신은 고작 열여덟 살이고 난 거의 스무 살이에요."

"허튼소리!"

그가 끼어들었다.

"이렇게 생각해 봐요…… 나는 곧 열아홉 살이 될 테고 당신도 열아홉 살입니다. 우리 나이는 상당히 비슷합니다…… 내가 말한 만 살을 빼면 말이죠."

마샤가 웃음을 터뜨렸다.

"하지만 그것 말고도 '하지만'이 더 있어요. 당신 주변 사람들……."

"내 주변 사람들이라고요!"

신동이 격렬하게 외쳤다.

"내 주변 사람들은 나를 괴물로 만들려고 했어요."

하려는 말이 엄청난 것이었기에 그는 얼굴이 새빨개졌다.

"그 사람들한테는 저리 가서 가만 앉아 있으라고 할 겁니다!"

"맙소사!"

놀란 마샤가 외쳤다.

"그게 다예요? 썩 꺼지라고 해야죠."

"꺼지라고…… 맞아요."

그가 사납게 동조했다.

"무조건 그래야 할 겁니다. 그 사람들이 내가 말라비틀어진 미라가 되도록 내버려 둔 걸 생각하면 할수록……."

"왜 그런 생각을 하게 되었나요?"

마샤가 조용히 물었다.

"나 때문에?"

"맞아요. 당신을 만난 후로 거리에서 마주치는 모든 사람들에게 질투를 느꼈습니다. 나보다 먼저 사랑이 뭔지 알았을 테니까요. 난 예전에 그걸 '성적 충동'이라고 불렀죠. 맙소사!"

"그래도 안 될 이유는 더 있어요."

마샤가 말했다.

"뭡니까?"

"어떻게 먹고 살아요?"

"내가 돈을 벌게요."

"학생이잖아요."

"문학 석사를 따는 데 조금이라도 신경 쓸 줄 압니까?"

"그럼, 나를 다루는 석사가 되고 싶어요?"

"맞아요! 뭐라고요? 그러니까, 아닙니다!"

마샤가 웃었고 재빨리 걸어가 그의 무릎에 앉았다. 그는 팔로 그녀를 와락 끌어안고 그녀의 목 언저리에 키스 자국을 남겼다.

마샤가 생각에 잠기며 말했다.

"당신은 과격한 면이 있어요. 하지만 이건 그다지 논리적인 말은 아니네요."

"오, 그 이성적인 태도 좀 버려요!"

"어쩔 수 없어요."

"난 자동판매기 같은 사람들이 싫습니다!"

"하지만 우리는……."

"제발 입 닫아요!"

그리고 마샤는 말을 할 수 없게 되어서 귀만 쫑긋 세웠다.

4

호레이스와 마샤는 2월 초에 결혼했다. 예일대학과 프린스턴대학 양쪽 학계에는 어마어마한 소동이 일었다. 호레이스 타박스, 열네 살에 대도시 신문들의 일요판 지면에 대서특필 되었던 그가 자신의 이력과 미국 철학에 관한 세계적 권위자가 될 기회를 던져 버리고 일개 코러스 걸과 결혼해 버리다니…… 그들은 마샤를 코러스 걸로 만들어 버렸다. 그러나 현대의 모든 기사들이 그렇듯 그 놀라움은 나흘 반 동안만 지속되었다.

둘은 할렘에 아파트를 얻었다. 직장을 찾는 2주 동안 학문적 지식의 가치에 관한 호레이스의 생각은 가차 없이 사라져 버렸고 그는 남아메리카 수출 회사의 사무원 자리를 찾아냈다. 누군가 그에게 수출이 전도유망한 분야라고 말했기 때문이다. 마샤는 몇 달 동안 계속 공연단에 남을 생각이었다. 어쨌거나 그가 제 발로 설 때까지는 그래야 했다. 일단 그는 125달러를 받고 있었고 물론 회사에서는 월급이 두 배로 뛰는 건 시간문제일 뿐이라고 말했지만, 마샤는 당시 자신이 매주 벌어들이던 150달러를 포기할 생각이 꿈에도 없었다.

"우리 둘을 머리와 어깨로 불러요, 여보."

그녀가 부드럽게 말했다.

"그리고 이 머리에 발동이 걸릴 때까지는 어깨를 좀 더 오래 흔들기로 해요."

"난 싫은데."

그가 울적하게 반박했다. 그녀는 힘주어 대답했다.

"하지만 당신의 봉급으로는 집세도 꾸준히 내지 못할 거예요. 내가 사람들 앞에 나서기를 좋아한다고 생각하진 말아요. 그렇지 않으니까. 나는 당신 것이 되고 싶어요. 하지만 방에 틀어박혀 당신을 기다리는 동안 벽지의 해바라기나 세고 있으면 바보가 되고 말 거예요. 당신 월급이 삼백 달러에 이르면 내가 그만둘게요."

호레이스는 자존심이 몹시 상했지만 그녀의 방법이 더 현명하다는 사실을 인정해야 했다.

3월이 무르익어 4월이 되었다. 5월은 맨해튼의 공원과 호수에 화려한 경고를 날렸고 둘은 몹시도 행복했다. 습관이라고 할 만한 것이 전혀 없는 호레이스는(그런 것이 생겨 날 시간이 없었다.) 남편 역할에 가장 적합한 사람임이 입증되었고, 마샤는 그가 몰두하는 주제와 관련해서 의견이란 게 아예 없었기 때문에 놀라고 부딪힐 일이 거의 없었다. 둘의 정신은 서로 다른 영역에서 활동했다. 마샤는 현실적인 일꾼 역할을 했고, 호레이스는 추상적 관념으로 이루어진 옛 세계에서 머물렀으며 그렇지 않을 때는 아내에게 세속적인 숭배를 의기양양하게 바치고 그녀를 흠모하며 살았다. 새록새록 창의력을 발휘하는 정신, 그 역동적이고 냉철한 활력 그리고 한결같은 쾌활함까지, 그녀는 끝없는 놀라움의 원천이었다.

마샤가 새로이 재능을 쏟게 된 아홉 시 공연을 함께하는 동료들은, 그녀가 남편의 정신적 능력에 엄청난 자부심을 갖고 있다는 사실에 감동을 받았다. 그들이 알기로 호레이스는 그저 매우 마르고 입술을 앙다문 미숙해 보이는 젊은이로 매일 밤 그녀를 집에 데려가려고 기다리는 사람일 뿐이기 때문이었다.

"호레이스."

어느 날 저녁 평소처럼 열한 시에 그를 만난 마샤가 말했다.

"거리 조명을 등지고 거기 서 있으니 유령처럼 보여. 살이 빠지고 있어?"

그는 애매하게 고개를 저었다.

"모르겠어. 오늘 내 월급이 백삼십오 달러로 올랐어. 그리고……."

"상관없어."

마샤가 엄하게 말했다.

"야근 때문에 당신 몸이 망가지고 있잖아. 거기다가 경제 책까지 읽고……."

"경제학이야."

호레이스가 정정했다.

"어쨌든 매일 밤 내가 잠든 후에도 한참 동안 읽잖아. 결혼 전에 그랬듯이 몸이 심하게 구부정해지고 있어."

"하지만 마샤, 난 꼭……."

"아니, 안 그래도 돼, 여보. 현재 우리의 가정이라는 가게를 운영하는 사람은 나인 것 같고, 난 동료의 건강과 눈이 망가지도록 내버려 두진 않을 거야. 당신은 운동을 해야 해."

"하고 있어. 아침마다……."

"오, 알아! 하지만 그 아령은 결핵 환자에게도 조금의 핏기조차 돌도록 하지 못할 거야. 난 진짜 운동을 말하는 거야. 체육관에 다녀야 해. 당신, 예전에는 무척 날랜 체조 선수여서 대학 팀 대표로 나갈 뻔했는데 불발되었다면서. 허브 스펜서(*진화론과 다윈을 지지했던 영국의 철학자이자 사회학자.)인가 하는 사람하고 만날 약속을 하는 바람에. 기억나?"

"즐겁게 했었지."

호레이스가 생각에 잠겨 말했다.

"하지만 지금으로서는 시간을 너무 많이 뺏길 텐데."

"좋아.

마샤가 말했다.

"거래를 하기로 해. 당신이 체육관에 다니면 나는 저 갈색 책들 중에서 하나를 읽을게."

"『피프스의 일기』? 음, 재미는 있을 거야. 매우 가벼우니까."

"나한테는 아니야…… 그렇지 않아. 판유리를 소화시키는 느낌일 거야. 하지만 당신은 그게 내 시야를 넓혀 줄 거라고 입버릇처럼 말했지. 자, 당신은 일주일에 세 번, 저녁에 체육관에

가고 나는 피프스를 대량 복용하기로 해."

호레이스는 망설였다.

"그게······."

"자, 어서! 당신은 나를 위해 거대한 공중그네를 타고, 나는 당신을 위해 교양을 쌓는 거야."

마침내 호레이스는 동의했다. 그래서 훅훅 찌는 여름 내내 그는 일주일에 세 번, 가끔은 네 번씩 스키퍼 체육관에서 곡예용 그네로 여러 실험을 하며 저녁 시간을 보냈다. 그리고 8월에는 마샤 덕분에 낮 동안 정신노동을 더 많이 할 수 있게 되었다고 고백했다.

"멘스 사나 인 코르포레 사노."(*'건강한 정신은 건강한 신체에 깃든다.'는 라틴 어 명언.)

그가 말했다.

"그거 믿지 마."

마샤가 대답했다.

"저번에 그런 특허 약을 먹어 봤는데 다 엉터리더라고. 당신은 체조에만 매달려."

9월 초 어느 날 밤, 거의 텅 빈 체육관에서 고리에 매달려 몸을 비트는 동작을 하고 있는데 사색적인 뚱뚱한 남자가 말을 걸었다. 호레이스는 그가 며칠 동안 자신을 지켜보았다는 사실을 알고 있었다.

"이보게, 젊은이. 어젯밤에 했던 곡예를 다시 보여 주게나."

호레이스는 횃대에서 방긋 웃었다.

"제가 고안했답니다."

호레이스가 말했다.

"유클리드의 네 번째 명제에서 아이디어를 얻었어요."

"그 사람은 어느 서커스단에 있나?"

"죽었어요."

"흠, 그런 곡예를 부리다가 목이 부러진 게 분명해. 어젯밤에 여기에 있으면서 자네 목이 부러지고 말 거라고 생각했지."

"이거 말씀인가요?"

호레이스는 이렇게 말하며 그네 위에서 몸을 흔들며 곡예를 선보였다.

"목과 어깨 근육이 몹시 아프지 않나?"

"처음엔 그랬죠. 하지만 일주일도 안 돼서 전 곡예를 '쿠오드 에라트 데몬스트란둠'(*'이와 같이 증명되었다.'라는 뜻의 라틴 어.) 하게 되었죠."

"흠!"

호레이스가 그네에서 한가하게 몸을 흔들었다.

"전문적으로 할 생각은 안 해 봤나?"

뚱뚱한 남자가 물었다.

"전 아니에요."

"그런 곡예를 멋지게 해낼 수 있다면 수입을 쏠쏠하게 올릴 수 있을 텐데."

"다른 묘기도 있어요."

호레이스는 열정적으로 목소리를 높였고 뚱뚱한 남자의 입은 갑자기 쩍 벌어졌다. 분홍색 러닝셔츠를 입은 프로메테우스가 또다시 신과 아이작 뉴턴에게 도전하는 모습을 보았기 때문이었다.

이 만남 이후 다음날 밤, 퇴근한 호레이스는 약간 창백한 얼굴로 소파에 늘어져 그를 기다리던 마샤를 발견했다.

"오늘 두 번 기절했어."

그녀는 대비할 틈도 주지 않고 말했다.

"뭐?"

"맞아. 아기가 넉 달 되었대. 의사 말로는 내가 이 주 전에 춤을 그만두었어야 한대."

호레이스가 자리에 앉아 곰곰이 생각했다.

"물론 기쁜 일이야."

그는 멍하니 생각에 잠겨 말했다.

"우리에게 아기가 생길 테니 기쁘단 뜻이야. 하지만 비용이 훨씬 많이 들겠지."

"내 통장에 이백오십 달러가 있어."

마샤가 희망적으로 말했다.

"그리고 이 주치 봉급도 들어올 거야."

호레이스는 얼른 셈을 해 보았다.

"내 봉급까지 합하면 앞으로 여섯 달 동안 거의 천사백 달러가 생기겠군."

마샤는 우울해 보였다.

"그게 다야? 이번 달엔 어디에서든 노래 부를 자리를 얻으면 돼. 3월이면 다시 일하러 나갈 수 있고."

"말도 안 되는 소리!"

호레이스가 퉁명스럽게 말했다.

"당신은 집에서 꼼짝하지 마. 어디 보자…… 진료비에다 보모, 가정부…… 돈이 더 있어야겠군."

"하지만 돈이 어디에서 들어올지 모르겠네. 이제는 머리에게 달린 거야. 어깨는 폐업했으니까."

마샤가 맥없이 말했다. 호레이스가 일어나서 외투를 입었다.

"어디 가?"

"생각난 게 있어서."

그가 대답했다.

"금방 돌아올게."

10분 후 그는 스키퍼 체육관으로 이어지는 길을 걸었다. 지금부터 하려는 행동이 우습다는 생각은 조금도 하지 않았고 잔잔한 경이로움까지 느꼈다. 1년 전이었다면 입을 딱 벌리며 어이없어 했을 것이다! 모두가 얼마나 어이없게 여겼을까! 하지만 삶이 두드리는 소리에 문을 열면 많은 것들이 들어온다.

체육관은 불빛으로 환했다. 그 불빛에 눈이 적응되자 사색적인 뚱뚱한 남자가 캔버스 매트 더미에 앉아 커다란 시가를 피우고 있는 모습이 보였다.

"저기 말입니다."

호레이스는 곧장 말을 꺼냈다.

"어젯밤에 제가 공중그네 곡예로 돈을 벌 수 있을 거라고 하신 말씀, 진심입니까?"

"어, 그렇네만."

뚱뚱한 남자가 놀라며 말했다.

1. 이상한 나라의 앨리스

루이스 캐럴 | 황윤영 옮김

『성경』과 더불어 세계에서 가장 많이 인용된 책

루이스 캐럴이 네 살배기 꼬마 숙녀에게 즉흥적으로 지어 들려준 이야기에서 비롯된 이 작품은 특유의 유쾌한 상상력과 말놀이, 시적인 묘사와 개성적인 캐릭터, 재치 넘치는 패러디와 날카로운 사회 풍자로 아동청소년문학사와 영문학사에 큰 획을 그었다. 앨리스의 기상천외한 모험은 독자들의 잠들었던 동심과 상상력을 일깨우기에 충분하다.

2. 키다리 아저씨

진 웹스터 | 원지인 옮김

고전의 가치를 재확인하는 출간 100주년 기념판!

서간문이라는 독특한 형식과 소녀적 감성이 결합된 성장기이자 로맨스 소설이다. 경쾌하고 유머가 넘치는 특유의 문체로 그려 낸 주디의 모습은 어렵고 힘든 상황에서도 행복의 참 가치를 깨닫게 해 준다. 또한 20세기 초 변화의 시기를 통과하며 사회의 모순을 고발하고 개혁을 주장했던 작가의 진보적인 사상은 페미니즘 문학으로서의 의미를 더해 준다.

3. 보물섬

로버트 루이스 스티븐슨 | 민예령 옮김

**인간이 가진 절대적인 선과 악을 그린
세계 최초의 해양모험소설**

미지의 세계를 꿈꾸는 인간의 욕망은 모험을, 금은보석에 대한 물질적 욕망은 온갖 음모와 배신을 낳는다. 『보물섬』은 영국 빅토리아 시대의 흥미진진한 꿈과 낭만을 대변하는 동시에 선악의 경계를 아슬아슬하게 줄타기하는 인물들의 심리를 탁월하게 묘사하며 인간의 욕망을 고찰하고 있다.

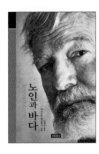

4. 노인과 바다

어니스트 헤밍웨이 | 민예령 옮김

**헤밍웨이에게 퓰리처상과
노벨 문학상을 안겨 준 대표작**

하드보일드한 서사 기법과 절제미가 돋보이는 문체로 헤밍웨이 문학의 총 결산이자 미국 현대문학의 중추가 된 걸작이다. 생애의 모든 역경을 불굴의 투지로 부딪쳐 이겨 내는 노인 산티아고의 모습은 헤밍웨이가 추구하던 실존주의 철학을 드러내며 삶에 대한 애착과 존엄성을 사실적으로 형상화한다.

5. 하늘과 바람과 별과 시

윤동주 | 신형건 엮음

**우리나라 사람들이 가장 많이 애송하는
'민족 시인' 윤동주의 문학 세계**

「서시」, 「별 헤는 밤」, 「자화상」 등 전 국민이 애송하는 시를 비롯해 총 99편의 시와 4편의 산문을 한데 모았다. 시대의 아픔을 성찰하며 정면으로 돌파하려 한 저항 정신은 물론이고, 윤동주 시인의 새로운 면모를 재발견할 수 있을 것이다.

6. 봄봄 동백꽃

김유정

**어려운 현실을 풍자와 해학으로 극복한
한국 근대소설의 정수**

김유정의 대표작 8편의 원전을 충실하게 살려 아름다운 우리말을 풍요롭게 담고, 설명이 필요한 토속적 어휘는 풀이말을 달아 이해를 도왔다. 김유정의 작품은 일제 강점기의 암담한 식민지 현실 속에서 고된 삶을 살았던 가난한 사람들의 슬픔과 고통을 유머와 웃음이 가득한 감동으로 승화시키고 있다.

13. 소공자

프랜시스 호즈슨 버넷 | 원지인 옮김

순수한 직관과 무한한 잠재력을 지닌 동심의 세계

영국 빅토리아 시대에 『해리 포터』와 비견될 만한 인기를 누린 작품으로, 사랑의 입자를 뭉쳐 만들어 놓은 것 같은 캐릭터를 통해 사랑의 선순환을 형상화했다. 우리가 앞으로 도달해야 할 삶의 모습과 세상을 바꾸는 진짜 힘이 무엇인지 되돌아보게 만든다.

14. 왕자와 거지

마크 트웨인 | 황윤영 옮김

'뒤바뀐 신분'이라는 숱한 드라마의 원조 소설

대중성과 작품성을 겸비해 '미국 현대문학의 아버지'로 평가받는 마크 트웨인의 대표작으로, 신분이 다른 두 사람의 인생이 뒤바뀌는 발칙한 설정의 원조 격인 작품이다. 부조리하고 불합리한 사회상에 대한 날카로운 비판과 통쾌한 풍자를 녹여 내면서 역사적 지식과 풍부한 상상력을 품고 있는 거대한 서사의 매력을 한껏 느낄 수 있다.

15. 데미안

헤르만 헤세 | 이옥용 옮김

'최고의 번역'으로 다시 태어난 영원한 청춘의 성서

노벨 문학상 수상작가이자 독일 문학의 거장 헤르만 헤세의 대표작으로, 자신의 내면세계를 향해 고집스럽게 걸음을 옮긴 주인공 싱클레어의 성장을 그리고 있다. 철학과 종교와 인간을 끊임없이 탐구했던 작가의 깊이 있는 시선과 인간 내면에 존재하는 양면성에 대한 치밀한 묘사가 현대인들에게 커다란 위로와 공감의 장을 마련해 준다.

보물창고 www.prooni.com 전화 02-581-0334~5 팩스 02-582-0648
네이버 카페 http://cafe.naver.com/prbm

"음, 생각해 봤는데요, 해 보고 싶습니다. 밤 시간과 토요일 오후에는 할 수 있을 겁니다. 보수가 만족스러울 만큼 높아지면 정식으로 하고요."

뚱뚱한 남자는 시계를 보았다. 그가 말했다.

"그럼 찰리 폴슨을 만나게. 자네 곡예를 한번 보면 나흘 안에 자네와 계약을 할 거야. 지금은 여기 없겠지만 내일 밤에 찾아볼 테니."

뚱뚱한 남자는 약속을 지켰다. 찰리 폴슨은 다음날 밤에 도착했고 신동이 놀라운 포물선을 그리며 공중에서 급강하하는 모습을 지켜보며 경이로운 시간을 보냈다. 그리고 그 다음날 밤에는 우람한 남자 둘을 데려왔는데, 그 남자들은 검은 시가를 피워 대며 낮고 들뜬 목소리로 돈 얘기를 하기 위해 태어난 사람들처럼 보였다. 그리고 그 주 토요일에 호레이스 타박스의 몸통은 콜먼 스트리트 가든스에서 열린 체조 박람회에 전문 선수로 첫선을 보이게 되었다. 관객이 오천 명 가까이 되었지만 호레이스는 조금도 긴장하지 않았다. 어릴 적부터 많은 사람들 앞에서 논문을 읽었으므로 상황에 초연하는 요령을 터득했기 때문이었다.

그날 밤 더 늦은 시각, 호레이스는 명랑하게 말했다.

"마샤, 우리가 위기를 넘긴 것 같아. 폴슨은 나에게 곡마장 개시 공연을 맡기려는 모양이야. 그 말은 겨울 내내 일할 수 있다는 거야. 곡마장은 있잖아, 크고……."

"그래, 들은 것 같아."

마샤가 끼어들었다.

"하지만 당신이 하는 이 곡예에 대해 알고 싶어. 구경꾼들 앞에서 하는 자살행위 같은 거 아닐까?"

"아니야."

호레이스가 조용히 말했다.

"하지만 당신을 위해 위험을 감수하는 것보다 더 훌륭한 자살 방법이 있다면 난 그 방법으로 죽고 싶어."

마샤는 손을 뻗어 두 팔로 그의 목을 힘껏 끌어안았다.

"키스해 줘."

그녀가 속삭였다.

"그리고 나에게 '소중한 사람'이라고 불러 줘. 당신이 '소중한 사람'이라고 말하면 정말 좋아. 그리고 내일 내가 읽을 책을 가져다줘. 샘 피프스 말고 흥미진진한 잡동사니 같은 걸로. 종일 뭐라도 하고 싶어 미칠 것 같아. 편지를 쓰고 싶었지만 받을 사람이 없는걸."

"나한테 써. 내가 읽을게."

호레이스가 말했다. 마샤가 속삭였다.

"그리고 싶은데…… 당신에게 세상에서 가장 긴 연애편지를 쓸 수 있을 만큼 단어를 많이 안다면 말이야. 지루하지도 않을 테고."

그러나 두 달이 지나자 마샤는 정말로 몹시 지루했다. 밤이면 밤마다 깊은 근심에 잠긴 지친 얼굴의 젊은 운동선수가 곡마장 관중 앞으로 걸어나갔기 때문이다. 그러다가 흰색이 아닌 하늘색 옷을 입은 젊은이가 이틀 동안 호레이스 대신 공연했고 박수를 거의 받지 못했다. 그러나 호레이스가 이틀 후 다시 나타났다. 무대 가까이에 앉은 관객들은 그 젊은 곡예사의 얼굴에 더없는 행복이 넘쳐흘렀다고, 놀랍고 독창적인 자세로 어깨를 돌리며 공중에서 숨 가쁘게 몸을 비틀 때조차 그런 얼굴이었다고 증언했다. 공연을 마친 후 그는 엘리베이터 운행원에게 씩 웃음을 던지고는 아파트 계단을 한 번에 다섯 칸씩 뛰어올라 집에 도착했다. 그러고는 조용한 방으로 살금살금 들어갔다.

"마샤."

그가 속삭였다.

"왔구나!"

그녀는 파리한 얼굴을 들며 그에게 미소를 지었다.

"호레이스, 부탁이 있어. 내 책상 맨 위 서랍을 보면 커다란 종이 뭉치가 있을 거야. 그건 일종의 책이야, 호레이스. 집에서 꼼짝 못하고 보낸 지난 석 달 동안 그걸 썼어. 신문에 내 편지를 실었던 피터 보이스 웬델에게 가져다주면 좋겠어. 그게 좋은 책이 될지 그 사람이 말해 줄 거야. 그냥 평소 말하듯이, 그 사람에게 썼던 편지처럼 그렇게 썼어. 나에게 일어난 많은 일에 관한 이야기야. 그 사람에게 전해 줄래, 호레이스?"

"그럼, 여보."

그는 침대 위로 몸을 숙여 그녀가 벤 베개에 나란히 머리를 눕히고는 그녀의 노란 머리카락을 뒤로 쓸어 주기 시작했다.

"사랑하는 마샤."

그가 부드럽게 말했다.

"아니, 내가 부탁한 대로 불러 줘."

마샤가 중얼거렸다.

"소중한 사람."

그가 열정적으로 속삭였다.

"소중하고도 소중한 사람."

"아이를 뭐라고 부를까?"

둘은 잠시 행복하고 나른하게 휴식을 취했고 그동안 호레이스는 생각에 잠겼다.

마침내 호레이스가 말했다.

"마샤 흄 타박스라고 부르자."

"흄은 왜?"

"우리를 처음 만나게 해 준 사람이니까."

"그런 거야?"

그녀는 졸린 와중에도 놀라서 중얼거렸다.

"그 사람 이름이 문인 줄 알았는데."

그녀의 눈이 감겼고 잠시 후 그녀의 가슴을 덮은 이불이 느리고 길게 오르락내리락하며 그녀가 잠들었음을 알려 주었다.

호레이스는 책상으로 살금살금 다가가 맨 위 서랍을 열었고, 빈틈없이 휘갈겨 쓴 연필 자국 투성이의 종이 뭉치를 발견했다. 그는 첫 페이지를 보았다.

샌드라 피프스의 엇박자

마샤 타박스 지음

그는 웃음을 지었다. 결국 새뮤얼 피프스는 그녀에게 영향을 미친 것이다. 그는 페이지를 넘겨 읽기 시작했다. 그의 웃음이 짙어졌다. 그는 계속 읽어 나갔다. 30분이 지났고 그는 마샤가 어느새 깨어 침대에서 지켜보고 있음을 깨달았다.

"여보."

속삭이는 목소리였다.

"왜, 마샤?"

"마음에 들어?"

호레이스는 기침을 했다.

"계속 읽고 싶어지는데. 재치가 있어."

"그걸 피터 보이스 웬델에게 가지고 가. 당신이 예전에 프린스턴에서 가장 우수한 성적을 받았고 좋은 책을 알아볼 줄 안다고 말해. 이 책이 대성공을 거둘 거라고 말해 줘."

"그럴게, 마샤."

호레이스가 다정하게 말했다.

그녀의 눈이 다시 감겼고 호레이스는 그쪽으로 다가가 그녀의 이마에 입을 맞추었다. 그리고 애정과 연민이 어린 얼굴로 잠시 그곳에 서 있었다. 그런 뒤 방에서 나갔다.

그날 밤 내내 종이 위에 휘갈겨 쓴 글씨와 끝없이 드러나는 철자와 문법상의 오류, 기묘한 구두점이 그의 눈앞에서 춤을 추었다. 그는 밤중에 몇 번이나 잠에서 깼고 그때마다 언어로 자신을 표현하고 싶어 하는 마샤의 영혼에 혼란스러운 공감을 느꼈다. 그리고 그 감정이 가슴을 가득 메웠다. 그에게는 마샤의 갈망이 왠지 한없이 애처롭게 느껴졌고, 몇 달 만에 처음으로 반쯤 잊어버린 자신의 꿈을 머릿속에서 뒤적이기 시작했다.

그는 원래 일련의 책들을 쓸 생각이었다. 쇼펜하우어가 염세주의를, 윌리엄 제임스가 실용주의를 대중화했듯이 자신이 신사실주의를 대중화할 생각이었다.

그러나 삶은 그쪽으로 나아가지 않았다. 삶은 사람들을 붙잡아 공중그네로 밀어넣었다. 그는 방문을 두드리던 그 소리와, 홈에 앉은 투명한 그림자, 마샤가 해 달라고 위협했던 키스를 떠올리며 웃었다.

"그래도 난 여전히 나야."

그는 뜬눈으로 어둠 속에 누운 채 경이로움을 느끼며 말했다.

"나는 귀가 없다면 문을 두드리는 소리가 실제로 존재한다고 여겨도 좋을지를 생각하며 무모하게 버클리에 앉아 있던 그 사람이야. 나는 여전히 그 사람이야. 그가 죄를 저지르면 내가 전기의자에서 사형당할 수도 있어."

그가 말을 이었다.

"가련하고 투명한 영혼들이 손에 만져지는 것으로 우리 자신을 표현하려 애쓰는구나. 마샤는 자신이 쓴 책으로, 나는 아직 쓰지 않은 책으로. 각자의 매체를 선택해 그로써 생기는 것을 취하려 하는구나. 그리고 기뻐하는구나."

5

칼럼니스트 피터 보이스 웬델이 서문을 쓴 『샌드라 피프스의 엇박자』는 〈조던 매거진〉에 연재되었고 3월에 책으로 묶여 나왔다. 그 이야기는 연재 첫 회부터 폭넓은 관심을 받았다. 몹시 진부한 주제, 즉 뉴저지의 작은 마을에서 자란 소녀가 뉴욕으로 와서 무대에 선다는 내용이 평이하게 진행되었다. 그러나 특유의 생생한 표현법과 몹시 부적절한 어휘 속에 숨은 강렬한 슬픔에는 저항할 수 없는 호소력이 있었다.

마침 당시에 피터 보이스 웬델은 표현력 있는 일상어를 채택해 미국 언어를 풍요롭게 만들자고 주장하던 참이었다. 그래서 그 책의 후원자로 나섰고, 고정관념에 사로잡힌 평론가들의 고루하고 상투적인 평론에는 아랑곳하지 않고 격렬한 찬사를 보냈다.

마샤는 그 연재물로 회당 300달러를 받았는데 때가 완벽했다. 이제는 호레이스가 곡마장에서 받는 월급이 예전에 마샤가 벌던 돈보다 많았지만, 아기 마샤는 새된 목소리로 울어 댔고 둘은 그 울음을 시골 공기가 필요하다는 뜻으로 해석했기 때문이다. 그래서 그들은 4월 초에 웨스트체스터 지역의 단층 주택으로 들어갔다. 잔디밭으로 쓸 공간과 차고로 쓸 공간이 있고 방음이 되는 난공불락의 서재를 비롯해 뭐든 꾸밀 수 있는 집이었다. 그리고 마샤는 조던 씨에게 딸의 요구가 줄기 시작하면 그 서재에서 길이길이 남을, 문법이 파괴된 문학 작품을 탄생시키겠다고 굳게 약속했다.

'썩 괜찮은데.'

호레이스는 어느 날 밤 기차역에서 집으로 가다가 생각했다. 제의 받은 몇 가지 일을 두고 고민하고 있었다. 다섯 자리 숫자로 된 보수를 받으며 넉 달 간 보드빌을 할 수도 있었고, 프린스턴으로 돌아가 체육관 관련 업무를 전담할 수도 있었다.

이상하기도 하지! 한때는 그곳으로 돌아가 철학 관련 업무를 전담하고 싶었는데, 이제는 옛 우상인 안톤 로리에가 뉴욕에 도착했다는 소식에도 가슴이 전혀 설레지 않았다.

발꿈치 밑에서 조약돌이 자박자박 소란을 떨었다. 번뜩이는 거실 불빛이 보였고 진입로에 선 커다란 자동차도 눈에 들어왔다. 이번에도 조던 씨가 작업을 시작하라고 마샤를 설득하러 온 모양이었다.

마샤가 그가 오는 소리를 듣고 마중을 나오자 불이 켜진 문을 배경으로 그녀의 실루엣이 나타났다.

"어떤 프랑스 인이 와 있어."

그녀가 초조하게 속삭였다.

"그 사람 이름을 발음할 수가 없어. 하지만 목소리가 몹시 낮아. 당신이 얘기해 봐."

"프랑스 인이라니, 누구?"

"나야 모르지. 한 시간 전에 조던 씨와 함께 차를 타고 와서는 샌드라 피프스와 그 주변 것들을 만나고 싶다고 하는 거야."

그와 그녀가 안으로 들어가자 두 남자가 의자에서 일어섰다.

"안녕하신가, 타박스."

조던이 말했다.

"유명 인사 두 분이 만날 자리를 내가 만들었지. 무슈 로리에를 모셔왔네. 무슈 로리에, 타박스 부인의 남편인 타박스 씨를 소개합니다."

"설마, 안톤 로리에!"

호레이스가 외쳤다.

"그 설마가 맞습니다. 여기에 와야 했습니다. 꼭 오고 싶었지요. 부인의 책을 읽고 매료되고 말았습니다."

로리에는 주머니를 뒤적였다.

"아, 당신에 대한 기사도 읽었습니다. 오늘 읽은 신문에 당신 이름이 있더군요."

그는 마침내 잡지에서 오린 기사를 꺼냈다.

"읽어 보세요!"

그가 열정적으로 말했다.

"당신 얘기도 있습니다."

호레이스의 눈이 페이지를 훑어 내려갔다.

'미국 방언 문학에 확실한 기여.'

기사 내용은 그랬다.

'문학적 격조를 추구하려 하지 않았다. 이 책의 우수성은 그 사실에서 비롯된다.『허클베리 핀의 모험』과 마찬가지다.'

호레이스의 눈이 더 아래에 있던 단락에 머물렀다. 그는 갑자기 아연한 표정을 지었다. 그리고 서둘러 읽어 내려갔다.

'마샤 타박스는 관객으로서만이 아니라 공연자의 아내로서도 무대와 관련이 있다. 그녀는 작년에 호레이스 타박스와 결혼했는데, 그는 저녁마다 곡마단에서 경이로운 공중그네 묘기로 아이들을 즐겁게 해 준다. 이 젊은 부부는 자신들을 머리와 어깨라는 별명으로 부른다는데, 이는 의심할 여지없이 타박스 부인이 문예와 정신적 소양을 담당하고 남편의 유연하고 민첩한 어깨가 가정의 부에 기여한다는 뜻이다.'

기사는 이어졌다.

'타박스 부인은 지나치게 남용되는 "신동"이라는 명칭을 받을 가치가 있다고 여겨진다. 겨우 스무 살로……'

호레이스는 더 읽지 않고 매우 기묘한 눈빛으로 안톤 로리에를 뚫어지게 바라보았다.

"조언을 하나 드리지요……."

호레이스가 쉰 목소리로 입을 열었다.

"뭐라고요?"

"문을 두드리는 소리 말입니다. 그 소리에 응답하지 마십시오! 가만 내버려 두세요…… 문에 미리 방음 장치를 해 두세요."

컷글라스 그릇

1

구석기 시대, 신석기 시대, 청동기 시대가 있었고 그 후 오랜 세월이 지나 컷글라스 시대가 도래했다. 컷글라스 시대에 젊은 아가씨들은 동그란 콧수염을 길게 기른 젊은 남자들에게 결혼을 재촉하고는 몇 달이 지나면 자리에 앉아 선물 받은 컷글라스 때문에 감사 편지를 썼다. 펀치 볼, 핑거 볼,(*식사 중에 손가락을 씻을 수 있게 물을 담아 두는 작은 그릇.) 만찬용 유리잔, 와인 잔, 아이스크림 그릇, 사탕 그릇, 마개 딸린 유리병, 화분 등 종류도 다양했다. 왜냐하면 1890년대에 컷글라스는 새로운 것이 아니었지만 특히나 그 당시에는 백베이(*메사추세츠 주 보스턴에 위치한 고풍스러운 고급 주택가.)에서부터 중서부 지방의 요새에 이르기까지, 최신 유행이라는 눈부신 빛을 한껏 뽐내고 있었기 때문이었다.

결혼식이 끝나면 펀치 볼은 중앙에 배치한 커다란 볼과 함께 그릇장에 진열되었다. 유리잔은 사기그릇용 벽장으로 들어갔다. 촛대는 여러 장식품의 양쪽에 놓였다. 그러고 나면 살아남기 위한 투쟁이 시작되었다. 사탕 그릇은 작은 손잡이를 잃고 위층으로 올라가 핀을 담는 용기가 되었다. 산책하던 고양이가 그릇장에서 작은 볼을 떨어뜨렸고, 어린 가정부가 설탕 접시를 잘못 다뤄 중간 크기 그릇의 이가 빠졌다. 그 후에는 와인 잔이 다리 골절로 굴복했고, 만찬용 유리잔조차 열 꼬마 인디언들처럼 하나씩 사라지다가 마지막 하나도 결국 상처 입고 망가져 욕실 선반의 허세 가득한 다른 물건들 사이에서 칫솔꽂이로 자리 잡았다. 그러나 어쨌든 이 모든 일이 일어났을 무렵 컷글라스의 시대는 끝이 나 있었다.

호기심 많은 로저 페어볼트 부인이 아름다운 해럴드 파이퍼 부인을 만나러 온 날은 그 처음의 영광이 한참 지나간 때였다.

"어머, *부인*."

호기심 많은 로저 페어볼트 부인이 말했다.

"이 집이 참 마음에 들어요. *상당히* 예술적이군요."

"저도 *정말* 기쁘네요."

아름다운 해럴드 파이퍼 부인이 청초하고 까만 눈동자를 빛내며 말했다.

"꼭 자주 놀러 오셔야 해요. 오후에는 거의 *언제나* 혼자 있답니다."

페어볼트 부인은 그 말을 조금도 믿을 수 없다고, 어떻게 자신을 기다리겠다는 건지 모르겠다고 말하고 싶었을 것이다. 프레디 게드니 씨가 지난 여섯 달 동안 일주일에 다섯 번씩 오후에 파이퍼 부인을 만나러 왔다는 사실을 온 동네가 알고 있었다. 페어볼트 부인은 아름다운 여인이라면 누구든 불신하는 그런 원숙한 나이였다.

"식당이 *가장* 마음에 드는군요."

페이볼트 부인이 말했다.

"저 *우아한* 사기그릇과 *거대한* 컷글라스 그릇 말이에요."

파이퍼 부인은 웃음을 터뜨렸다. 그 모습이 얼마나 예쁘던지 프레디 게드니와의 소문 때문에 페이볼트 부인의 머릿속에 남아 있던 거리낌은 흔적 없이 사라져 버렸다.

"오, 그 큰 그릇 말이지요!"

단어들을 빚어내는 파이퍼 부인의 입은 생생한 장미 꽃잎이었다.

"저 그릇에는 사연이 있답니다……."

"오……."

"칼튼 캔비라는 젊은이 기억나세요? 음, 한때는 무척 자상한 사람이었죠. 칠 년 전인 1892년, 제가 해럴드와 결혼할 거라고 말한 날 밤에 허리를 꼿꼿이 세우더니 이렇게 말하더군요. '에빌린, 당신처럼 단단하고 아름답고 텅 비어 있고 속이 쉽게 들여다보이는 그런 선물을 주겠어.' 저는 조금 섬뜩했어요. 그의 눈동자가 몹시도 까맸거든요. 저에게 귀신 들린 집을 양도하거나 문을 열면 폭발하는 그런 물건을 줄 줄 알았어요. 그런데 저 그릇이 도착했고, 물론 아름답긴 해요. 직경인지 둘레인지가 칠십오 센티미터예요…… 아니, 백 센티미터일지도 몰라요. 어쨌든 사실 저 그릇을 넣기엔 그릇장이 너무 작죠. 앞으로 튀어나오니까요."

"어머, *부인*. 정말 *이상*하네요! 그는 그 무렵에 이곳을 떠나지 않았나요?"

페어볼트 부인은 이탤릭체로 강조 표시한 단어들을 머릿속에 적어 대고 있었다.

'단단하고, 아름답고, 텅 비어 있고, 속이 쉽게 들여다보이는.'

"그래요, 그 사람은 서부로 갔죠…… 아니 남쪽, 아니면 어딘가로."

파이퍼 부인이 세월의 흐름과 상관없이 미모를 돋보이게 해 주는 정체 모를 신성한 분위기를 풍기며 말했다.

페어볼트 부인은 장갑을 끼면서, 널찍한 음악실에서부터 서재까지 공간이 탁 트인 데다 뒤편 식당의 일부까지 드러나는 구조라 집이 넓어 보인다고 인정했다. 사실 그 집은 도시에서 작은 축에 속하는 집들 중 가장 근사했는데, 파이퍼 부인은 데브로 대로에 있는 더 큰 집으로 이사 가야겠다는 말을 했었다. 해럴드 파이퍼가 돈을 찍어 내기라도 하는 모양이었다.

페어볼트 부인은 짙어지는 가을 황혼을 받으며 보도로 들어섰다. 성공한 40대 여자들 거의 대부분이 거리에 나서면 짓는, 못마땅하고 어딘지 불쾌한 표정이 얼굴에 어려 있었다.

만약 *내가* 해럴드 파이퍼라면 하고 그녀는 생각했다. 사업에는 시간을 조금 덜 쓰고 집에서 시간을 *조금* 더 보내겠어. *친구*들이 그에게 말을 좀 해 줘야 해.

페어볼트 부인은 성공적인 오후를 보냈다고 생각했겠지만

2분만 더 기다렸다면 그 오후를 대성공이라고 표현할 수 있었을 것이다. 그녀의 모습이 100미터 떨어진 곳에서 작아지는 검은 형체로 아른거리고 있을 때 제정신이 아닌 듯한 매우 잘생긴 청년이 파이퍼의 집으로 이어지는 보도에 나타났기 때문이다. 파이퍼 부인은 초인종 소리에 직접 문을 열었고 약간 당황한 얼굴이 되어 허둥지둥 그를 서재로 데려갔다.

"당신을 만나야 했습니다."

그가 흥분한 목소리로 말했다.

"당신이 보낸 편지 때문에 죽을 것 같았습니다. 해럴드가 이렇게 하라고 겁을 주던가요?"

그녀는 고개를 저었다.

"그만해요, 프레드."

그녀가 천천히 말했다. 그는 그녀의 입술이 그 어느 때보다 장미에서 뜯어낸 꽃잎 같다고 생각했다.

"어젯밤에 그이가 이 일로 몹시 괴로워하며 돌아왔어요. 제시 파이퍼가 의무감을 견디지 못하고 그의 사무실로 찾아가 말했대요. 그이는 상처를 받았고…… 오, 난 이 상황을 그이의 눈으로 볼 수밖에 없어요, 프레드. 그이 말로 우린 여름 내내 클럽의 잡담거리였는데 그이는 그걸 몰랐대요. 하지만 이제는 그동안 얼핏 들었던 대화나 사람들이 나에 관해 은근슬쩍 흘렸던 말을 이해하게 되었어요. 그이는 몹시 화가 났어요, 프레드. 그이는 날 사랑하고 나도 그 사람을 사랑해요…… 정말로."

게드니는 천천히 고개를 끄덕이며 눈을 반쯤 감았다.

"그래요."

그가 말했다.

"그래요, 내 괴로움도 당신과 비슷해요. 다른 사람의 관점에서 너무나 분명히 볼 수 있으니까요."

그의 회색 눈동자가 그녀의 까만 눈동자를 숨김없이 바라보았다.

"축복은 끝났어요. 맙소사, 에빌린. 난 종일 사무실에 앉아서 당신이 보낸 편지 겉봉만 바라보았어요. 그걸 보고 또 보고……."

"그만 돌아가요, 프레디."

그녀는 흔들림 없이 말했다. 재촉하는 듯 강한 어조가 또다시 그를 아프게 찔렀다.

"그이에게 당신을 만나지 않겠다고 굳게 약속했어요. 해럴드가 어디까지 용납해 줄지 잘 알아요. 그리고 오늘 저녁 이렇게 당신과 함께 있는 것도 내가 해서는 안 되는 일이죠."

둘은 잠자코 서 있었다. 그녀는 말을 하면서 문으로 조금씩 다가갔다. 게드니는 이별의 순간에 그녀의 마지막 모습을 간직하려고 그 모습을 애처롭게 바라보았다. 그런데 집 밖 보도에서 발소리가 들려 두 사람은 갑자기 대리석처럼 굳어 버렸다. 그녀는 즉시 팔을 뻗어 그의 외투 깃을 붙잡았고 그의 몸을 반은 떠밀고 반은 휘두르며 커다란 문을 지나 캄캄한 식당으로 들어갔다.

"그이를 위층으로 올려 보낼게요."

그녀가 프레디의 귓가에 속삭였다.

"그이가 계단을 오르는 소리가 들릴 때까지는 꼼짝도 하지 말아요. 그 후에는 앞문으로 나가요."

곧 그는 홀로 남아 그녀가 현관에서 남편을 맞이하는 소리에 귀를 기울였다.

해럴드 파이퍼는 서른여섯 살로 아내보다 아홉 살이 많았다. 잘생긴 얼굴이었다. 주석을 덧붙이자면 눈이 안쪽으로 너무 몰려서 온화한 표정을 지을 때면 어딘지 어색했다. 이 게드니 문제에 관한 그의 태도는 평소 태도와 같았다. 그는 에빌린에게, 이 문제는 끝난 일로 생각하며 그녀를 비난하거나 어떤 형태로든 빗대어 말하지 않겠다고 약속했다. 그리고 이것이 문제를 바라보는 관대한 방법이라고, 그녀가 상당히 감동을 받았을 거라고 생각했다. 그러나 자신이 대범하다는 생각에 집착한 남자들이 으레 그러하듯 그는 대단히 속이 좁았다.

그날 저녁 그는 유난히 다정한 말로 에빌린에게 인사했다.

"얼른 옷부터 갈아입어요, 해럴드."

그녀가 간절히 말했다.

"브론슨 댁에 가야 하니까요."

그는 고개를 끄덕였다.

"옷 입는 시간은 오래 걸리지 않을 거야, 여보."

그가 서재로 걸어가는 바람에 말꼬리가 흐려졌다. 에빌린의 심장은 쿵쾅쿵쾅 요동쳤다.

"해럴드……."

그녀는 목이 멘 목소리로 말을 꺼내며 그를 따라 들어갔다. 그가 담배에 불을 붙이고 있었다.

"서둘러야 해요, 해럴드."

그녀는 문간에 서서 나머지 말을 끝마쳤다.

"왜?"

그가 약간 짜증을 내며 물었다.

"당신도 아직 옷 안 갈아입었잖아, 에비."

그는 안락의자에서 몸을 쭉 뻗으며 신문을 펼쳤다.

에빌린은 허탈감을 느끼며 그가 적어도 10분은 그러고 있을 것임을 직감했다. 그리고 게드니는 숨을 죽이고 옆방에 서 있었다. 해럴드가 위층으로 올라가기 전에 그릇장에 있는 술병으로 술을 마시고 싶어 할지도 몰랐다. 그때 그에게 술병과 유리잔을 가져다줘서 그런 돌발 사태를 방지해야겠다는 생각이 그녀의 머릿속을 스쳤다. 에빌린은 그가 어떤 식으로든 식당으로 주의를 돌리는 것이 두려웠지만 다른 위험을 무릅쓸 수는 없다.

그 순간 헤럴드가 일어나 신문을 내려놓고 그녀에게 다가왔다.

"에비, 여보."

그는 몸을 숙여 그녀에게 두 팔을 두르며 말했다.

"어젯밤 일은 떨쳐 버렸으면 좋겠어."

그녀는 몸을 떨며 그에게 바싹 다가섰다. 해럴드가 말을 이었다.

"나도 알아. 당신에게는 그냥 경솔한 우정이었다는걸. 다들 실수하기 마련이지."

에빌린은 그의 말을 거의 듣고 있지 않았다. 몸을 바싹 붙여 그를 위층으로 이끌고 갈 수 있을까 하는 생각이 들었다. 아픈 척하고 위층으로 데려다 달라고 해 볼까도 생각했다. 불행히도 그렇게 하면 그는 그녀를 소파에 눕히고 위스키를 가져다줄 터였다.

갑자기 그녀의 초조한 불안감이 더 치달을 수 없을 만큼 솟구쳤다. 식당 바닥에서 희미하지만 틀림없는 삐걱 소리가 들렸던 것이다. 게드니가 뒷문으로 빠져나가려는 중이었다.

그녀의 심장이 튀어나올 듯 고동쳤다. 공허한 종소리 같은 것이 집 안에 울려 퍼지고 메아리쳤다. 게드니의 팔이 커다란 컷글라스 그릇에 부딪힌 것이다.

"저건 뭐야!"

해럴드가 외쳤다.

"거기 누구야?"

에빌린이 그에게 매달렸지만 그는 뿌리쳤다. 그녀의 귓전에 방이 와르르 무너지는 소리가 들리는 것 같았다. 식료품 저장실 문이 벌컥 열리는 소리, 엎치락뒤치락 몸싸움을 벌이는 소리, 양철 팬이 덜걱대는 소리가 들렸다. 그녀는 절망감에 정신이 나가 부엌으로 달려가 싸움을 말렸다. 남편의 팔이 게드니의 목에서 서서히 풀렸다. 그는 처음에는 놀라움이, 그다음에는 고통이 번져 가는 얼굴로 꼼짝 않고 제자리에 서 있었다.

"이럴 수가!"

해럴드가 어찌할 바를 모르며 이렇게 말하더니 다시 외쳤다.

"이럴 수가!"

그는 다시 게드니에게 달려들 것처럼 몸을 돌렸지만 멈칫하더니 눈에 띌 만큼 근육의 힘을 빼고는 씁쓸하게 픽 웃었다.

"당신들…… 당신들……."

에빌린의 두 팔이 그를 감싸고 두 눈이 미친 듯이 애원했지만, 그는 그녀를 밀치고 멍하니 부엌 의자에 주저앉았다. 도자기처럼 깨질 듯한 얼굴이었다.

"당신이 나에게 이런 짓을 하다니, 에빌린. 아, 이 악마! 당신은 악마야!"

그에게 이토록 미안한 적이 없었다. 또한 이토록 그를 사랑한 적도 없었다.

"그녀 잘못이 아닙니다."

게드니가 공손하게 말했다.

"제가 찾아온 겁니다."

그러나 해럴드는 고개를 저었다. 몸을 일으키는 그의 표정은 사고로 머리가 손상되어 일시적으로 기능이 마비된 것처럼 보였다. 갑자기 애처로워진 그의 눈동자가 깊고 소리 없이 에빌린의 심금을 울렸다. 그리고 동시에 가슴속에서 맹렬한 분노가 솟구쳤다. 눈꺼풀이 불타는 것 같았다. 그녀는 사납게 발을 쾅쾅 굴렀다. 무기를 찾는 것처럼 두 손으로 식탁 위를 초조하게 휘젓더니 게드니에게 사납게 달려들었다.

"나가요!"

그녀가 검은 눈을 이글거리면서, 쭉 뻗은 게드니의 팔을 작은 주먹으로 때리면서 소리 질렀다.

"당신 때문이야! 여기에서 나가요…… 나가요, 나가! 나가!"

2

서른다섯 살인 해럴드 파이퍼 부인에 관한 의견은 분분했다. 여자들은 그녀가 아직 아름답다고 말했다. 남자들은 더는 예쁘지 않다고 말했다. 그리고 이것은 아마도 여자들은 두려워하고 남자들은 추앙했던 그 아름다움의 특색이 사라진 탓일 것이다. 그녀의 눈은 여전히 크고 검고 서글퍼 보였지만 신비로움은 없었다. 그 서글픔은 이제 영원불변한 것이 아닌 인간의 것이 되어 버렸다.

어느새 놀랄 때나 괴로울 때면 두 눈썹을 씰룩거리며 여러 번 눈을 깜빡이는 버릇도 생겼다. 입도 달라졌다. 붉은빛은 퇴색했다. 미소를 지을 때 입꼬리를 아래로 살짝 내리며 눈동자에 어린 서글픔을 짙게 만들어 주던 모습, 비웃는 듯하면서도 아름다웠던 그 모습이 사라지고 없었다. 이제 그녀는 입꼬리를 올리며 미소를 지었다. 스스로의 아름다움에 취해 있던 시절에는 그 미소가 좋아서 강조하기도 했다. 강조하기를 멈추자 미소는 점차 희미해졌고 그 속에 담긴 마지막 신비스러움도 사라졌다.

에빌린은 프레디 게드니 사건이 일어나고 한 달이 되지 않아 강조해서 미소 짓기를 그만두었다. 겉보기에는 예전과 거의 다름없는 생활이었다. 그러나 에빌린은 남편을 얼마나 사랑하는지 깨달은 그 몇 분 동안 자신이 그에게 지워지지 않는 상처를 주었음을 깨달았다. 한 달 동안 그녀는 고통스러운 침묵과 거친 비난과 질책에 맞섰다. 그에게 애원했고 조용하고 비참하게 애정을 갈구했지만 그는 매정하게 비웃었다. 그 후에는 그녀도 점차 침묵에 빠져들었고 돌파할 수 없는 어두운 장벽이 둘 사이에 생겼다. 에빌린은 가슴속에서 솟구치는 사랑을 어린 아들 도널드에게 아낌없이 쏟으며 그 아이가 자기 삶의 일부임을 경탄하다시피 깨달았다.

다음 해에는 서로에 대한 관심과 책임감이 쌓이고 과거에서 홀연히 나타난, 꺼질 듯한 빛이 남편과 아내를 다시 하나로 모아 주었다. 그러나 약간 가슴 아프게 밀려온 열정이 지나간 후 에빌린은 근사한 기회가 지나가 버렸음을 깨달았다. 남은 것이 조금도 없었다. 예전에는 젊음과 둘 모두를 위한 사랑으로 가득했었다…… 하지만 침묵의 시간이 애정이라는 샘을 서서히 말려 버렸다. 그 샘에서 다시 물을 마시고 싶었던 그녀 스스로의 갈망도 죽어 버렸다.

그녀는 처음으로 여자 친구를 찾게 되었고, 전에 읽었던 책들을 다시 펼쳤으며, 헌신적으로 돌보고 있는 두 아이를 지켜보며 바느질을 하기 시작했다. 그녀는 사소한 문제로 근심했다. 저녁 식탁에 부스러기가 보이면 대화에 집중하지 못했다. 그녀는 서서히 중년으로 접어들고 있었다.

그녀의 서른다섯 번째 생일은 유난히 바쁜 날이었다. 그날 밤 손님을 접대해야 한다는 갑작스런 통보를 받았기 때문이다. 그녀는 늦은 오후에 침실 창가에 서 있다가 심한 피로를 느꼈다. 10년 전이라면 누워서 잠을 잤겠지만 지금은 일의 진척 상황을 지켜봐야 한다는 생각이 들었다. 가정부들은 아래층을 청소했고 골동품이 바닥 곳곳에 흩어져 있었으며 식료품점 점원이 오면 꼭 해야 할 말도 있었다. 그런 다음에는 열네 살이 되어 학교 기숙사에서 첫 해를 보내고 있는 도널드에게 편지를 써야 했다.

그럼에도 불구하고 몸을 눕혀야겠다고 거의 결심한 순간, 아래층에서 어린 줄리의 친숙한 목소리가 귀에 들어왔다. 에빌린은 입술을 꾹 다물고 양쪽 눈썹을 씰룩거리며 눈을 깜빡거렸다.

"줄리!"

에빌린이 외쳤다.

"아야야야!"

줄리의 목소리가 애처롭게 늘어졌다. 곧 가정부 보조인 힐다의 목소리가 계단 위로 날아왔다.

"좀 베였어요, 사모님."

에빌린은 바느질함으로 달려가 속을 뒤지다가 찢어진 손수건을 찾아내 서둘러 아래층으로 내려갔다. 잠시 후 줄리가 엄마의 품에서 우는 동안 에빌린은 줄리의 드레스에게 비난을 퍼붓듯 희미한 자취를 남긴 상처가 어디에 있는지 마구 찾아보았다.

"내 어, 엄지!"

줄리가 알려 주었다.

"아, 아, 아, 아파."

"여기 유리 그릇 때문이에요."

힐다가 변명하듯이 말했다.

"그릇장을 닦는 동안 바닥에 내려놨는데 줄리가 와서 갖고 놀았어요. 긁혔나 봐요."

에빌린은 힐다를 향해 무섭게 얼굴을 찌푸렸고, 무릎에 앉은 줄리의 몸을 획 돌린 후 손수건을 길게 찢기 시작했다.

"자…… 좀 보자, 아가."

줄리가 손가락을 들었고 에빌린은 그것을 덥석 붙잡았다.

"다 됐다!"

줄리는 천을 칭칭 감은 엄지를 의심스레 살펴보았다. 손가락을 굽히자 그것이 움직거렸다. 눈물로 얼룩진 줄리의 얼굴에 즐겁고 재미있다는 표정이 떠올랐다. 줄리는 코를 훌쩍이며 손을 다시 까딱거렸다.

"우리 아가!"

에빌린은 이렇게 외치며 입을 맞추었지만 방을 나가기 전에 다시 한 번 힐다에게 인상을 썼다. 조심성이 없어! 요즘 하인들은 다 저 모양이었다. 실력 있는 아일랜드 여자를 구할 수 있다면…… 하지만 이제는 없었다…… 이 스웨덴 여자들뿐…….

해럴드는 다섯 시에 도착해 에빌린의 방으로 올라왔다. 그리고 의심스러울 정도의 즐거운 말투로 생일이니 키스를 서른다섯 번 하겠다고 으름장을 놓았다. 에빌린은 저항했다.

"술 마셨군요."

그녀가 짤막하게 말한 다음 내용을 덧붙였다.

"조금 말이에요. 내가 술 냄새 싫어하는 거 알잖아요."

"에비."

잠시 입을 다물고 있던 해럴드가 창가 의자에 앉으며 말했다.

"이제는 말해 줄 수 있어. 요새 시내 경기가 좋지 않았다는 거 당신도 알지?"

그녀가 창가에 서서 머리를 빗고 있다가 그 말에 몸을 돌리고 해럴드를 바라보았다.

"무슨 말이에요? 시내에 철물 도매상이 하나 이상 있어도 문제없다고 늘 말했잖아요."

목소리에 놀라움이 묻어났다.

"그랬지."

해럴드가 의미심장하게 말했다.

"하지만 클라렌스 에이헌은 똑똑한 남자야."

"그 사람을 저녁 식사에 초대했다고 해서 놀랐어요."

"에비."

해럴드는 다시 한 번 무릎을 탁 치며 말을 이었다.

"1월 1일이 지나면 '클라렌스 에이헌 사'는 '에이헌 파이퍼 사'가 될 거야. 그리고 '파이퍼 브라더스'는 회사로서 더 이상 존재하지 않게 되지."

에빌린은 깜짝 놀랐다. 남편의 이름이 두 번째로 나온다는 사실이 몹시 꺼림칙했다. 그래도 그는 매우 즐거운 것 같았다.

"이해가 안 돼요, 해럴드."

"그게 에비, 에이헌은 막스와 어울리고 있었어. 그 두 사람이 합쳤다면 우린 계속 고전하면서 보잘것없는 주문이나 받을 거야. 그리고 겁이 나서 위험도 무릅쓰지 못해 비주류로 밀려나겠지. 이건 자본의 문제야, 에비. 그리고 '에이헌 막스 사'는 '에이헌 파이퍼 사'가 지금부터 하려는 사업과 똑같은 일을 했겠지."

그는 잠시 말을 멈추고 기침을 했다. 희미한 위스키 향이 그녀의 콧속으로 날아왔다.

"솔직히 말이야, 에비. 에이헌의 아내가 관련이 있지 않았나 싶어. 작지만 야망이 많은 여자라고 들었어. 여기에서는 막스 가문이 큰 도움이 되지 않을 거라는 사실을 안 것 같아."

"그 여자…… 교양 없는 사람이에요?"

에비가 물었다.

"만나 본 적은 없어, 분명. 하지만 의심할 여지가 없지. 클라렌스 에이헌의 이름이 컨트리클럽 신청 명단에 다섯 달 동안 올라와 있었는데…… 아무 조치가 없어."

그가 무시하듯이 손을 저었다.

"에이헌과 오늘 점심을 같이 먹었는데 곧 일을 매듭지을 참이야. 그래서 오늘 밤 에이헌과 그의 아내를 초대하면 좋을 것 같다고 생각했지. 그래 봤자 아홉 명이고 대부분이 우리 가족이니까. 어쨌거나 이건 나에게 중요한 일이고 우린 당연히 그 부부와 가끔 만나게 될 거야, 에비."

"그래요."

에비가 생각에 잠겨 말했다.

"아마 그렇게 되겠죠."

에빌린은 이 만남의 사교적 목적이 염려되지는 않았다. 그러나 '파이퍼 브라더스 사'가 '에이헌 파이퍼 사'가 된다는 생각에 깜짝 놀랐다. 세상에서 곤두박질치는 기분이었다.

30분 후 에빌린은 저녁 만찬용 드레스로 갈아입으려던 참이었는데 아래층에서 남편의 목소리가 들렸다.

"오, 에비, 내려와!"

그녀는 복도로 나가 난간 너머로 외쳤다.

"무슨 일이에요?"

"저녁 식사 전에 그 펀치 좀 만들려는데 도와주면 좋겠어."

서둘러 드레스의 호크를 다시 채우고 계단을 내려가니 그가 주재료들을 식당 탁자에 놓고 분류하고 있었다. 그녀는 그릇장으로 가서 그릇 하나를 가져왔다.

"오, 아니야."

그가 반대했다.

"큰 그릇을 쓰자고. 에이헌와 그의 아내에다 당신과 나, 밀턴까지 하면 다섯 명이고 톰과 제시까지 하면 일곱, 처제와 조 앰블러까지 하면 아홉이야. 당신이 만들면 펀치가 얼마나 빨리 바닥나는지 몰라."

"이 그릇을 써요."

그녀가 고집했다.

"여기에도 많이 담을 수 있어요. 그리고 톰이 어떤지 알잖아요."

톰 로리는 해럴드의 사촌, 제시의 남편으로 일단 마시기 시작하면 뭐든 끝장을 보는 경향이 있었다.

해럴드가 고개를 저었다.

"바보 같이 굴지 마. 저 그릇에는 삼 리터도 안 들어가는데 우린 아홉 명이고 하인들도 마시고 싶겠지…… 독한 펀치도 아니고. 많이 마시면 그만큼 기분이 좋아진다고, 에비. 전부 다 마실 필요도 없고."

"작은 그릇으로 해요."

이번에도 그는 완고하게 고개를 저었다.

"안 돼, 합리적으로 판단해."

"난 합리적이에요."

그녀가 짧게 말했다.

"집에 술 취한 남자를 두긴 싫어요."

"누가 안 그렇대?"

"그럼 작은 그릇을 써요."

"아니, 에비……."

그는 제자리에 올려 두려고 작은 그릇을 붙잡았다. 즉시 그녀의 손이 그 그릇에 달라붙어 아래로 당겼다. 순간 실랑이가 벌어졌지만 해럴드가 약간 화가 난 듯 툴툴거리며 자신이 잡은 쪽을 올려 그녀의 손가락을 미끄러뜨린 다음 그릇을 그릇장으로 옮겼다.

에빌린은 그를 향해 경멸하는 표정을 지으려 했지만 그는 웃을 뿐이었다. 그녀는 자신의 패배를 인정하지만 앞으로 펀치에는 조금도 신경 쓰지 않겠다고 다짐하면서 식당에서 나갔다.

3

일곱 시 반, 뺨이 발그레 달아오르고 머릿기름을 살짝 발라 높이 틀어 올린 머리가 반질거리는 에빌린이 계단을 내려왔다. 에이헌 부인은 빨간 머리카락과 제정 시대를 연상시키는 과감한 드레스로 약간의 조바심을 감춘 자그마한 여인이 되어 에빌린에게 호들갑스레 인사했다. 에빌린은 처음 본 순간 그녀가 싫었고 오히려 그녀의 남편의 인상이 괜찮았다. 푸른 눈이 날카로웠고 사람들을 즐겁게 하는 타고난 재주가 있었다. 너무 일찍 결혼해 버린, 명백한 대실수를 저지르지 않았다면 사교적으로 성공했을 것 같았다.

"파이퍼 씨의 아내분을 만나게 되어 기쁩니다."

그가 간단히 말했다.

"부군과 저는 앞으로 자주 만나게 될 것 같습니다."

그녀는 고개를 숙이고 우아한 미소를 보낸 뒤 다른 사람들을 맞이하러 갔다. 해럴드의 조용하고 내성적인 남동생 밀턴 파이퍼와 로리 부부인 제시와 톰, 그녀의 미혼 여동생 아이린 그리고 마지막으로 독신주의자이자 아이린의 영원한 애인인 조 앰블러였다.

해럴드가 식당으로 안내했다.

"오늘 저녁의 주인공은 펀치입니다."

해럴드가 쾌활하게 선언했다. 에빌린은 그가 자신의 조제물을 이미 시음했음을 알아차렸다.

"그러니 펀치 말고 다른 칵테일은 없을 겁니다. 펀치는 제 아내의 가장 위대한 업적입니다, 에이헌 부인. 원하신다면 아내가 조리법을 알려 드릴 겁니다. 그러나 몸이 약간……."

그는 아내와 눈이 마주치자 잠시 입을 다물었다.

"약간 좋지 않기에 이번 작품은 제 손으로 만들었습니다. 어떤지 보시죠!"

저녁 식사를 하는 동안 내내 펀치가 돌았다. 에빌린은 에이헌과 밀튼 파이퍼와 모든 여자들이 가정부를 향해 아니라는 듯 고개를 젓고 있음을 눈치채고는 펀치 그릇에 관해서는 자신이 옳았음을 확인했다. 펀치는 아직 반이나 남아 있었다. 에빌린은 나중에 해럴드에게 직접 주의를 줘야겠다고 마음먹었다. 여자들이 식탁에서 일어날 때 에이헌 부인이 그녀를 구석으로 끌고 갔다. 에빌린은 예의상 관심 있는 척하며 도시와 양장점에 관해 담소를 나누었다.

"우린 이사를 많이도 다녔답니다."

에이헌 부인이 빨간 머리카락을 맹렬히 흔들며 재잘거렸다.

"오, 그래요. 전에는 한 도시에 이토록 오래 머물지 않았어요…… 하지만 정말이지 이곳에 오래오래 살고 싶군요. 여기가 마음에 들어요. 그렇지 않으세요?"

"네. 아시겠지만 전 쭉 여기 살았으니 당연히……."

"오, 그렇죠."

에이헌 부인은 이렇게 말하고 웃음을 터뜨렸다.

"클라렌스는 늘 저에게 아내가 있어야겠다고, 그래야 집에 와서 '자, 내일 시카고로 이사를 갑시다. 그러니 짐을 싸요.'라고 말할 수 있다고 했죠. 정말 그렇게 됐지만 '아무' 데서나 살게 될 줄은 몰랐답니다."

에이헌 부인은 다시 작게 웃음을 터뜨렸다. 에빌린은 그게 의례적 웃음이 아닌지 의심스러웠다.

"남편분이 몹시 유능하신가 봐요."

"오, 맞아요."

에이헌 부인이 열정적으로 장담했다.

"클라렌스는, 그이는 정말이지 머리가 좋아요. 아이디어와

174

열의가 넘치죠. 원하는 것을 찾아낸 다음엔 덤벼들어 꼭 갖고 말아요."

에빌린은 고개를 끄덕였다. 남자들이 아직 식당에서 펀치를 마시고 있는지 궁금했다. 에이헌 부인의 과거 이야기가 봇물 터지듯 쏟아져 나왔지만 에빌린은 더 이상 듣지 않았다. 결집한 시가 냄새가 드디어 날아오기 시작했다. 정말이지 큰 집이 아니라고, 그녀는 생각했다. 이런 날 저녁이면 서재는 연기로 푸르데데해졌고 다음날에는 커튼에 짙게 밴 퀴퀴한 냄새를 날려 보내려고 몇 시간씩 창문을 열어 두어야 했다. 어쩌면 이 동업으로…… 그녀는 새 집을 생각하기 시작했다…….

에이헌 부인의 목소리가 그녀의 생각을 파고들었다.

"정말이지 어딘가에 적어 두셨다면 말이죠. 그 조리법을 배우고 싶……."

그때 식당에서 의자 소리가 나더니 남자들이 어슬렁어슬렁 나왔다. 순간 에빌린은 가장 두려워하던 일이 일어났음을 직감했다. 해럴드의 얼굴은 붉게 달아올랐고 혀가 꼬여 하던 말을 끝내지 못했다. 그러는 동안 톰 로리는 갈지자걸음으로 다가와 아이린의 무릎을 아슬아슬하게 비껴 나가 원래 목적인 옆 소파에 주저앉았다. 그는 거기에 앉아 멍하게 눈을 끔벅거리며 일행을 바라보았다. 에빌린도 그에게 눈을 끔벅거렸지만 재미있어서 그런 것은 아니었다. 조 앰블러는 만족스럽게 미소를 지으며 시가를 물고 목구멍을 가르랑거렸다. 에이헌과 밀턴 파이퍼만이 멀쩡한 것 같았다.

"여긴 꽤 멋진 도시입니다, 에이헌 씨."

앰블러가 말했다.

"알게 되실 겁니다."

"이미 알고 있습니다."

에이헌이 기분 좋게 말했다.

"더 알게 될 겝니다."

해럴드가 힘차게 고개를 끄덕이며 말했다.

"내가 힘 좀 보태 주면."

해럴드는 한껏 들떠서 도시를 찬양했고, 에빌린은 자신만큼 다른 사람들도 지루한 건 아닌지 불안했다. 아닌 게 분명했다. 다들 집중해서 듣고 있었다. 그의 말이 끊기자마자 에빌린이 끼어들었다.

"그동안 어디에서 사셨나요, 에이헌 씨?"

그녀가 흥미롭다는 듯이 물었다. 에이헌 부인이 이미 말해 준 내용이라는 사실이 금세 떠올랐지만 상관없었다. 해럴드가 말을 많이 하지 못하게 만들어야 했다. 그는 술에 취하면 바보 짓을 했다. 그러나 해럴드는 곧바로 말을 이었다.

"말씀드리죠, 에이헌. 일단 여기 언덕 위에 있는 집을 구하시죠. 스턴 저택이나 리지웨이 저택 말입니다. 그럼 사람들이 말할 겁니다. '여기가 에이헌 저택이군.' 그러니까 견고하다, 그런 인상을 주는 거죠."

에빌린의 얼굴이 붉어졌다. 도무지 합당한 말로는 들리지 않았다. 그러나 에이헌은 어딘가 잘못되었다는 사실을 알아차리지 못했는지 진지하게 고개만 끄덕일 뿐이었다.

"혹시 보셨……."

그녀가 말했지만 해럴드가 난데없이 목소리를 높이는 바람에 묻히고 말았다.

"집부터 구하시죠…… 그게 시작이지. 그럼 사람들을 알게 됩니다. 외부인이랍시고 텃세를 부리겠지만 오래 그러진 않을 거요…… 당신을 알게 되면 안 그러지. 사람들은 당신을 좋아할 겁니다."

그는 손을 휙 휘두르며 에이헌과 그의 아내를 가리켰다.

"그렇지. 따뜻하게 환영할 겁니다. 일단 첫 번째 자앙, 장, 장……."

그는 침을 삼킨 후 능숙하게 다시 한 번 "장벽." 하고 마무리 지었다.

에빌린이 애원하듯 시동생을 바라보았지만 그가 끼어들기도 전에 톰 로리가 굵은 목소리로 웅얼웅얼 말을 쏟아 냈다. 하지만 입에 단단히 물고 있던 불 꺼진 시가 때문에 알아들을 수가 없었다.

"흐마, 으마, 후, 후마, 아이, 음……."

"뭐라고?"

해럴드가 진지한 얼굴로 물었다.

톰은 순순히 그러나 어렵게 입에서 시가를 뺐다. 그러니까 시가의 일부만 빼내고 나머지를 "훗!" 소리와 함께 건너편으로 뱉었다. 그 질척한 물체는 에이헌 부인의 무릎에 툭 떨어지고 말았다.

"미안하게 됐습니다."

그는 웅얼거리며 막연히 그것을 가져와야겠다는 생각으로

자리에서 일어났다. 때마침 밀턴의 손이 그의 외투를 잡아 주저앉혔고, 에이헌 부인은 보란 듯이 우아한 몸짓으로 담배를 치마에서 바닥으로 떨어내고는 그쪽으로 눈길 한 번 주지 않았다.

"내 말은……."

톰이 쉰 목소리로 말을 계속했다.

"그 일이 있기 전에……."

그는 에이헌 부인을 향해 양해해 달라는 듯이 손을 흔들었다.

"컨트리클럽 문제의 진실을 들었단 말입니다."

밀턴이 몸을 기울여 톰에게 뭐라고 속삭였다.

"내비 둬."

톰이 버럭 말했다.

"내 할 일은 알아서 해. 저 사람들이 그래서 온 거 아냐."

에빌린은 공포에 질린 채로 그 자리에 앉아서 입을 움직여 말을 꺼내려 했다. 여동생의 냉소적인 표정과 새빨갛게 변하는 에이헌 부인의 얼굴이 보였다. 에이헌은 고개 숙여 시곗줄을 보며 손가락으로 만지작거리고 있었다.

"누가 당신을 방해하고 있었는지 들었소. 당신보다 조금도 나은 인간이 아니지. 내가 손을 싹 써 줄 수 있소. 당신을 알기 전이라면 안 그랬겠지. 해럴드한테서 당신이 그 일로 기분이 상했다고 들었는데……."

밀턴 파이퍼가 어색하게 벌떡 자리에서 일어났다. 순식간에 모두가 초조하게 일어났고 밀턴은 매우 급한 일이 있어서 일찍 가 봐야겠다고 말했으며, 에이헌 부부는 무척 열심히 귀를 기울여 들었다. 그 후 에이헌 부인이 침을 삼키고는 제시를 향해 억지웃음을 지었다. 에빌린은 톰이 비틀비틀 걸어가 에이헌의 어깨에 손을 얹는 모습을 보았다. 그런데 갑자기 가까이에서 근심 어린 생소한 목소리가 들려 몸을 돌렸다. 가정부 보조인 힐다였다.

"저기요, 사모님. 줄리 손에 독이 들어갔나 봐요. 통통 붓고 뺨은 뜨겁고 아프다고 끙끙대는데……."

"줄리가?"

에빌린이 날카롭게 물었다. 모임에 대한 관심이 싹 사라졌다. 그녀는 몸을 휙 돌려 눈으로 에이헌 부인을 찾은 뒤 그녀에게 재빨리 다가갔다.

"죄송하지만 부인……."

순간 상대방의 이름이 기억나지 않았지만 에빌린은 말을 이었다.

"딸아이가 아파서요. 가능하면 다시 내려오겠습니다."

그녀는 몸을 돌리고 서둘러 계단을 올랐다. 사방으로 퍼지는 담배 연기와 방 중앙에서 큰 소리로 벌어지던 토론이 말다툼으로 변해 가는 양상까지, 그 혼란스러운 그림은 머릿속에 남아 있었다.

아이 방의 불을 켜자 줄리가 열에 들떠 몸을 뒤척이며 기묘한 소리로 신음을 내뱉는 모습이 보였다. 에빌린은 아이의 뺨에 손을 댔다. 불타는 듯이 뜨거웠다. 그녀는 놀라서 소리를 지르며 이불 밑으로 아이의 팔을 더듬어 손을 찾아냈다. 힐다의 말이 옳았다. 엄지에서부터 손목까지 퉁퉁 부어 있었고 가운데 부분에 덧난 상처가 보였다. 패혈증이야! 그녀의 머리가 공포에 질려 소리쳤다. 붕대가 떨어져 나가 베인 상처로 뭔가 들어간 것이다. 손가락을 베인 때는 세 시였다. 지금은 열한 시에 가까운 시각이었다. 여덟 시간이 지난 것이다. 패혈증이 그토록 빨리 진행될 리가 없었다. 에빌린은 서둘러 전화기로 달려갔다.

길 건너에 사는 마틴 박사는 외출하고 없었다. 가족 주치의인 폴크 박사는 전화를 받지 않았다. 에빌린은 머릿속을 더듬다가 필사적인 심정으로 이비인후과 전문의에게 전화를 걸었고, 그가 외과 의사 두 명의 전화번호를 찾는 동안 미친 듯이 입술을 깨물었다. 그 영원 같은 순간 동안 아래층에서 커다란 목소리가 들린 것 같았다. 그러나 이제 그녀는 다른 세상에 와 있는 기분이었다. 15분 후 에빌린은 외과 의사 한 사람을 찾아냈는데, 그는 잠자리에 들었다가 전화를 받아 화가 나고 짜증스러운 것 같았다. 그녀가 서둘러 아이 방으로 달려갔다. 아이의 손은 아까보다 더 부어 있었다.

"오, 이런!"

그녀는 소리치며 침대 옆에 무릎을 꿇고서 줄리의 머리칼을 계속 쓸어 넘겼다. 막연히 더운 물을 가져와야겠다는 생각이 들어 자리에서 일어나 문으로 다가갔는데 드레스의 레이스가 침대 난간에 걸리는 바람에 앞으로 엎어졌다. 에빌린은 힘겹게 일어나 미친 듯이 레이스를 잡아당겼다. 침대가 움직였고 줄리가 끙끙거렸다. 에빌린은 좀 더 조용하지만 다급하게 치마 앞을 더듬어 주름을 찾아냈고, 치마 모양을 잡기 위해 부풀린 속치마를 아예 뜯어내 버렸다. 그러고는 허둥지둥 방을 나섰다.

복도에서 크고 고집스러운 목소리가 들렸지만 계단 머리에 이르렀을 때 그 목소리는 사라지고 덧문이 쾅 닫히는 소리만 남았다.

음악실이 눈에 들어왔다. 해럴드와 밀턴뿐이었고 해럴드는 의자에 기대 있었는데 얼굴이 매우 창백했고 옷깃은 벌어졌으며 입은 아무렇게나 움직이고 있었다.

"무슨 일이에요?"

밀턴이 걱정스럽게 그녀를 바라보았다.

"문제가 좀 있었는데……."

그때 해럴드가 그녀를 보고 애써 허리를 펴며 말하기 시작했다.

"내 집에서, 내 사촌을 모욕했어. 빌어먹을 천박한 졸부 놈이. 내 지입에서 내 사아촌을……."

"톰과 에이헌이 실랑이를 벌였는데 해럴드가 끼어들었습니다."

밀턴이 말했다.

"맙소사, 밀턴."

에빌린이 말했다.

"어떻게 좀 해 볼 순 없었어요?"

"했죠. 전……."

"줄리가 아파요."

에빌린이 말을 자르며 끼어들었다.

"중독된 것 같아요. 할 수 있으면 저 사람을 침대로 데려가 줘요."

해럴드가 고개를 들었다.

"줄리가 아파?"

에빌린은 아랑곳하지 않고 해럴드를 쓱 지나쳐 식당으로 들어갔다가 커다란 펀치 그릇을 보고는 공포로 전율했다. 그 그릇은 아직 식탁에 놓여 있었고 그릇 바닥에는 얼음 녹은 물이 고여 있었다. 현관 쪽 계단에서 발소리가 들렸다. 밀턴이 해럴드를 부축해 올라가는 소리였다. 뒤이어 중얼거리는 목소리가 들려왔다.

"음, 줄리, 괜찮나."

"아이 방에 들여보내지 말아요!"

그녀가 외쳤다.

그 후 시간이 어떻게 지났는지 알 수 없었고 악몽만이 남았다. 의사는 자정 직전에 나타나 30분 만에 상처를 절개했다. 그는 새벽 두 시에 떠나며 에빌린에게 간호사 두 사람의 전화번호를 주고 아침 여섯 시 반에 돌아오겠다고 약속했다. 패혈증이었다.

새벽 네 시, 에빌린은 줄리의 침대 옆에 힐다를 남겨 두고 자신의 방으로 가서 몸서리를 치며 이브닝드레스를 벗어 구석으로 차 버렸다. 실내복으로 갈아입은 후 아이 방으로 돌아갔고 힐다는 커피를 만들러 갔다.

정오가 되어서야 그녀는 가까스로 해럴드의 방을 들여다볼 수 있었다. 그는 잠에서 깨어 몹시 비참한 몰골로 천장을 응시했다. 해럴드가 충혈되고 움푹 꺼진 눈을 그녀에게로 돌렸다. 에빌린은 잠시 그가 미치도록 미웠고 말을 할 수가 없었다. 침대에서 쉰 목소리가 들렸다.

"몇 시지?"

"정오예요."

"내가 바보 같은 실수를……."

"그게 문제가 아니에요."

그녀가 날카롭게 말했다.

"줄리가 패혈증에 걸렸어요. 어쩌면……."

말이 목에 걸려 나오지 않았다.

"손을 잃게 될지도 모른다더군요."

"뭐라고?"

"손을 베였어요. 그…… 그 그릇에."

"어젯밤에?"

"오, 그게 무슨 상관이에요?"

에빌린이 절규했다.

"패혈증이라고요. 안 들려요?"

해럴드는 당혹스럽게 그녀를 바라보았다. 침대에서 몸을 반쯤 일으켰다.

"옷을 입어야겠어."

그가 말했다.

에빌린의 분노가 가라앉으며 피로와 함께 그를 향한 연민이 굽이굽이 밀려왔다. 어쨌거나 이것은 그의 문제이기도 했다.

"그래요."

에빌린은 힘없이 대답했다.

"그게 좋겠어요."

4

에빌린의 아름다움은 30대 초반에는 머뭇거리며 남아 있더니 그 후에는 불쑥 결심한 듯 그녀를 완전히 떠나 버렸다. 얼굴에 일시적으로 나타났던 주름이 갑자기 깊어졌고 다리와 엉덩이와 팔뚝에는 급속히 살이 붙었다. 두 눈썹을 함께 찌푸리던 버릇은 표정으로 정착했다. 그녀가 책을 읽거나 말을 할 때, 심지어는 잠을 자는 동안에도 습관처럼 나타났다. 그녀는 마흔여섯 살이었다.

가세가 좋아지기보다는 기울어 가는 가정이 대부분 그러하듯, 에빌린과 해럴드는 생기 없는 대립 관계가 되어 갔다. 휴식을 취할 때는 낡아서 부서진 의자를 바라볼 때나 느낄 너그러운 마음으로 서로를 바라보았다. 에빌린은 그가 아프면 조금 걱정이 되었고, 실의에 빠진 남자와 함께 사는 피곤하고 우울한 상황에서도 기운을 내려고 최선을 다했다.

저녁 시간에 있었던 가족 브리지 게임이 끝나고 그녀는 안도의 한숨을 내쉬었다. 그날 저녁에는 평소보다 실수를 많이 했지만 상관없었다. 아이린은 그 보병대가 특히 위험하다는 말을 하지 말았어야 했다. 지금 3주째 편지가 없었고, 통상 있는 일이라고 해도 에빌린의 초조함을 덜어 줄 수는 없었다. 클럽이 몇 장 나왔는지 모르는 게 당연했다.

해럴드가 위층으로 올라가자 에빌린은 신선한 공기를 마시려고 베란다로 나갔다. 눈부시게 황홀한 달빛이 보도와 잔디밭에 퍼지고 있었고 그녀는 하품이 섞인 웃음을 지으며, 달빛 아래에서 길게 사랑을 나누던 젊은 시절을 떠올렸다. 자신의 삶이 한때는 진행 중인 연애 사건의 총체였다고 생각하니 놀라웠다. 지금은 진행 중인 문제들의 총체였다.

우선 줄리가 문제였다. 줄리는 열세 살이었고 요새 들어 자신의 장애에 점점 더 예민하게 반응하고 있었다. 방에 틀어박혀 책만 읽으려고 했다. 몇 년 전에는 학교에 가야 한다는 생각에 몹시 겁을 냈다. 에빌린은 그런 딸을 도저히 보낼 수가 없었다. 그래서 줄리는 의수를 단 가련하고 자그마한 모습으로 엄마의 그늘에서 자랐고 그것을 쓰려는 시도는 조금도 하지 않은 채 쓸쓸히 주머니 속에만 넣고 다녔다. 에빌린은 줄리가 팔을 아예 들지 않게 될까 봐 걱정스러워 최근에는 줄리에게 의수를 쓰는 훈련을 시켰다. 그러나 훈련 시간이 끝나면, 엄마의 지도로 마지못해 조금 움직일 때를 제외하고는 그 작은 손을 드레스 주머니 속으로 슬그머니 넣고 마는 것이었다. 줄리는 얼마 동안 주머니 없는 드레스를 입어야 했고 한 달 내내 어쩔 줄 몰라 하며 애처롭게 집 안을 헤맸다. 결국 에빌린은 마음이 약해져 다시는 그런 실험을 하지 않았다.

도널드의 문제는 애초부터 달랐다. 줄리에게는 엄마에게 덜 기대도록 가르치면서도 아들은 가까이 두려고 했다. 하지만 소용이 없었다. 최근에 도널드에게 일어난 문제는 그녀의 손을 훌쩍 떠난 것이다. 도널드가 속한 사단은 석 달째 해외 파병 중이었다.

에빌린은 다시 하품을 했다. 삶은 젊은 사람들을 위한 것이다. 젊은 시절을 얼마나 행복하게 보냈던가! 그녀는 떠올렸다. 조랑말, 보석, 열여덟 살 때 어머니와 함께 떠난 유럽 여행……

"정말, 정말 복잡해."

에빌린은 달을 향해 소리 내어 매섭게 말했다. 집 안으로 들어가 문을 닫으려는데 서재에서 어떤 소리가 들려 깜짝 놀랐다.

중년에 접어든 가정부 마사였다. 이제 하녀는 마사 한 사람뿐이었다.

"어머, 마사!"

에빌린이 놀라며 말했다. 마사가 몸을 휙 돌렸다.

"오, 위층에 계신 줄 알았어요. 전 그냥……"

"문제라도 생겼어?"

마사는 망설였다.

"아니에요, 전……"

마사는 안절부절못하며 서 있었다.

"편지 때문이에요, 사모님. 어딘가에 뒀는데."

"편지? 자기 편지?"

에빌린이 불을 켜며 물었다.

"아니, 사모님 거예요. 오늘 오후에 마지막 우편물이랑 같이 왔어요, 사모님. 우체부가 저한테 주는데 뒷문에서 초인종이 울리잖아요. 그걸 손에 들고 있었으니 어딘가에 꽂아 뒀을 텐데. 이제야 생각이 나서 찾으려고요."

"어떤 편지야? 도널드가 보낸 거?"

"아니에요. 광고지나 업무 편지였을 거예요. 길고 좁았거든요, 제 기억에."

둘은 쟁반과 벽난로 선반을 살피며 음악실을 뒤진 다음 서재로 들어가 늘어선 책들 위로 손을 넣어 보았다. 낙담한 마사가 동작을 멈추었다.

"어딘지 생각이 안 나요. 곧장 부엌으로 갔는데. 어쩌면 식당에 있을지도 몰라요."

마사는 혹시나 하며 식당으로 걸음을 옮기다가 뒤에서 몰아쉬는 가쁜 숨소리에 몸을 휙 돌렸다. 에빌린이 괴로운 듯이 안락의자에 앉은 채로 눈썹이 맞닿을 만큼 이마를 찌푸리고 눈을 세차게 깜빡이고 있었다.

"어디 불편하세요?"

잠시 대답이 없었다. 에빌린은 꼼짝 않고 앉아 있었고 마사는 에빌린의 가슴이 몹시 빠르게 오르내리는 것을 볼 수 있었다.

"어디 불편하세요?"

마사가 다시 물었다.

"아니."

에빌린이 느리게 말했다.

"하지만 편지가 어디 있는지 알겠어. 그만 가 봐, 마사. 내가 아니까."

마사는 의아해하며 물러갔고, 에빌린은 여전히 그 자리에 앉아 눈 주변 근육만 움직였다. 눈살을 찌푸렸다 펴고, 찌푸렸다 폈다. 이제는 그 편지가 어디 있는지 알 수 있었다. 자신이 직접 넣어 둔 것처럼 분명히 알았다. 그리고 그것이 어떤 편지 인지 본능적으로, 뚜렷이 직감했다. 광고지처럼 길고 폭이 좁 지만 봉투 한 귀퉁이에는 커다란 글씨로 '미육군성'이라고 쓰여 있을 테고 아래에는 작은 글씨로 '공무'라고 적혀 있을 것이다. 밖에는 잉크로 그녀의 이름이 적혔고 속에는 그녀의 영혼의 죽 음이 담긴 그 편지가, 커다란 그릇 속에 있음을 에빌린은 알고 있었다.

에빌린은 위태롭게 일어나 책장과 문을 더듬더듬 짚으며 식 당 쪽으로 걸어갔다. 잠시 후 전등을 찾아 불을 켰다.

그곳에 그릇이 있었다. 선홍색 네모와 그것을 에두른 검고 노란 네모 그리고 다시 그 가장자리를 두른 파란색 네모가 육 중하고 화려하게 전깃불을 반사하며, 기괴하고 의기양양하게 불길함을 뿜어냈다. 에빌린은 한 발을 옮기고는 다시 멈추었 다. 한 걸음 내딛으면 저 꼭대기와 그 속이 보일 것이다. 또 한 걸음을 내딛으면 흰 모서리가 보일 것이다. 그리고 또 한 걸음 이면……. 그녀의 손이 거칠고 차디찬 표면에 닿았다.

그녀는 순식간에 봉투를 뜯었다. 완고하게 접힌 종이를 더 듬더듬 펼쳐서 눈앞에 붙들고 있으니 타자로 친 페이지가 그녀 를 노려보며 달려들었다. 다음 순간 종이가 새처럼 퍼덕이며 바닥으로 떨어졌다. 잠시 윙윙거리며 도는 것 같던 집이 돌연 고요해졌다. 산들바람이 지나가는 자동차 소리를 싣고 열린 현 관문 틈으로 살그머니 들어왔다. 위층에서 희미한 기척이 나더 니 책장 뒤편에서 수도관이 삐걱거리는 소리가 들렸다. 남편이 수도꼭지를 잠그는 소리였다.

그리고 바로 그 순간 결국 이 문제의 핵심은 도널드가 아니라는 생각이 들었다. 도널드는 그저 모르는 사이에 진행되어 온 다툼의 표지일 뿐이었다. 파도처럼 갑자기 들이닥쳤다가 무심한 듯 한참 숨죽이기를 반복하며 벌어졌던 사건들은 에빌린과 이 차갑고 사악하며 아름다운 물체, 오래전에 얼굴도 잊어버린 남자가 준 증오 어린 선물 사이에 벌어진 다툼이었던 것이다. 이 그릇은 그녀의 집 중앙에 자리를 차지하고 거대하고 음울한 모습으로 오랜 세월 동안 꼼짝 않고 그 자리를 지키며, 수천 개의 눈으로 얼음처럼 차가운 광선을 쏘아 댔다. 반짝거리는 사악한 빛들을 섞고 섞으며 결코 늙지도, 변하지도 않았다.

에빌린은 식탁 끄트머리에 앉아 넋을 잃고 그릇을 바라보았다. 그것은 미소를, 몹시도 잔인한 미소를 지으며 이렇게 말하는 것 같았다.

"그래, 이번에는 너를 직접 해칠 필요가 없었어. 괜히 수고할 필요도 없었지. 네 아들을 빼앗아 간 게 나란 걸 알 거야. 내가 얼마나 냉혹하고 얼마나 단단하며 얼마나 아름다운지 너는 알고 있었어. 한때 너도 그만큼 냉혹하고 단단하고 아름다웠으니까."

그릇이 갑자기 몸을 뒤집더니 크게 팽창하는 것 같았다. 마침내 거대한 덮개가 되어 빛을 내고 전율하며 집을 뒤덮었다. 벽이 천천히 녹아 안개로 변하는 동안 에빌린은 그릇이 아주 멀리까지 움직이고 움직여 저 먼 지평선과 태양과 달과 별을 가리는 광경을, 그래서 그릇 너머로 희미하게 보이는 새까만 얼룩만 남는 광경을 지켜보았다. 그릇 밑에서는 온 세상 사람들이 걸어다녔다. 그릇을 통해 사람들을 비추는 빛은 굴절되고 왜곡되어 결국 그림자는 빛처럼, 빛은 그림자처럼 보였다. 반짝이는 유리 그릇 하늘 아래에서 세상 모든 것들이 변하고 일그러졌다.

곧 저 멀리에서 낮지만 또렷한 종소리 같은 목소리가 우렁우렁 울려 퍼졌다. 그릇의 중앙에서 나온 그 소리는 거대한 그릇 옆면을 타고 땅으로 내려와 그녀를 향해 사납게 퉁퉁 튀어 왔다.

"알겠지, 난 운명이다."

그 목소리가 소리쳤다.

"너의 그 보잘것없는 계획보다 강하지. 나는 사건의 배후에 있는 존재다. 네 작은 꿈과는 다른 존재다. 나는 흘러가는 시간이고 아름다움의 끝이며 이루지 못한 소망이다. 모든 사건과 무지각과 결정적인 순간을 초래하는 짧은 순간들이 모두 나의 것이지. 나는 어떤 규칙도 증명할 수 없는 예외이고 네 힘을 제한하는 힘이자 인생이라는 요리의 양념이다."

우렁우렁 울리던 목소리가 그쳤다. 그 메아리는 넓은 대지 너머로 굴러가 세상을 가둔 그릇의 테두리로 향하더니 거대한 옆면을 타고 올라 그릇 중앙으로 되돌아가서는 잠시 윙윙거리다 사라졌다. 그러자 거대한 벽들이 천천히 작아지며 다가왔고 그녀를 짓이겨 버릴 듯 점점 가까워졌다. 그녀가 두 손을 꼭 맞잡고 자신을 짓이길 차디찬 유리를 기다리고 있는데, 그릇이 갑자기 기울어지며 뒤집혔다. 그릇은 그릇장에 놓여 있었다. 반짝거리는 신비스러운 모습으로 수백 개의 프리즘을 통해 무수한 빛깔을 번쩍번쩍 내비쳤고 그 빛은 서로 교차되며 뒤섞였다.

현관문을 통해 또다시 차가운 바람이 들어왔고 에빌린은 필사적으로 힘을 모아 두 팔을 뻗어 그릇을 감쌌다. 빨라야 했다…… 강해야 했다. 그녀는 아프도록 팔에 힘을 주었고 부드러운 살결 아래 있는 가느다란 힘줄들이 팽팽해졌다. 그녀는 기를 쓰고 그릇을 들어 올려 안았다. 무리하게 힘을 쓰느라 드레스가 뜯어지며 등이 드러났고 그 등으로 차가운 바람이 느껴졌다. 그녀는 그대로 바람을 향해 몸을 돌렸다. 엄청난 무게 때문에 휘청거리며 서재를 지나 현관문으로 다가갔다. 빨라야 했다…… 강해야 했다. 팔뚝에서는 핏줄이 욱신거렸고 무릎은 계속 후들거렸지만 차가운 유리의 감촉은 나쁘지 않았다.

현관문으로 나온 그녀는 위태롭게 비틀거리며 돌계단으로 향했다. 그곳에서 마지막으로 힘을 짜내기 위해 몸과 영혼의 모든 신경을 불러 모아 몸을 반쯤 휘둘렀다. 안고 있던 그릇을 놓으려는 순간 마비된 손가락들이 그릇의 거친 표면에 달라붙었다. 그 잠깐 동안에 그녀는 균형을 잃고 미끄러졌다. 절망적인 비명과 함께 앞으로 고꾸라졌다. 두 팔로 그릇을 안은 채…… 아래로…….

길 건너편에서 불이 켜졌다. 한참 떨어진 곳까지 와장창 박살 나는 소리가 들렸고 행인들이 뭔가 싶어 부리나케 달려왔다. 위층에서는 피곤한 남자가 잠의 언저리에서 깨어났고 어린

191

소녀가 무서운 꿈을 꾸며 훌쩍거렸다. 그리고 달빛이 비치는 보도 위에서는 움직이지 않는 검은 형체 주변으로 수백 개의 프리즘과 정육면체와 유리 파편이 불빛을 받아 희미하게 번쩍였다. 파란색 그리고 노란색으로 에워싸인 검정색, 노란색, 검정색으로 에워싸인 선홍색으로.

버니스 단발머리가 되다

/

토요일 밤 어둠이 내린 후 골프 코스의 1번 홀 티그라운드에 서면 파도가 넘실대는 새까만 바다 너머로 노랗게 퍼진 컨트리 클럽 창문이 보였다. 이 파도란 것은 말하자면 호기심 많은 캐디들 다수와 좀 더 재치 있는 운전사 몇 명, 골프 선수를 따라 온 귀머거리 여동생의 머리들이었다. 대개는 여기저기에서 조심스레 일렁이는 물결들도 있었는데 마음만 먹었다면 안으로 밀려들었을 물결, 즉 관람객들이었다.

발코니석은 안에 있었다. 클럽실 겸 무도회장인 방의 벽을 따라 둥그렇게 놓인 고리버들 의자였다. 이런 토요일 밤 댄스 파티의 참가자는 상당수가 여자였다. 오페라글라스와 커다란 가슴 뒤로 날카로운 눈과 얼음처럼 차가운 심장을 간직한 중년 여성들 때문에 떠들썩했다. 발코니석의 주된 기능은 비평이었다. 때때로 마지못해 칭찬을 해도 결코 마음에 들어 하지는 않았다. 서른다섯 살이 넘은 여자들 사이에서는, 보다 젊은 사람들이 여름 댄스파티에 참석한다면 그건 세상에서 가장 고약한 의도가 있기 때문이라는 사실이 잘 알려졌기 때문이다. 냉혹한 시선을 쏘아 대지 않으면 시야를 벗어난 커플들이 구석에서 기묘하고 야만적인 막간 댄스를 출 것이기 때문이다. 그리고 인기가 더 많고 더 위험한 아가씨들은 의심할 줄 모르는 귀부인들의 주차된 리무진 속에서 키스를 받을 것이기 때문이다.

하지만 어쨌거나 이 비평 집단의 자리는 배우들의 얼굴을 보고 미묘한 별도의 연기를 포착할 정도로 무대와 가깝지는 않았다. 그저 눈살을 찌푸리고 몸을 기울이며 질문을 나누고는 일련의 가정을 토대로 만족스럽게 추론할 따름인데, 그 가정이란 예를 들면 수입이 많은 젊은 남자들은 누구나 쫓기는 자고새와 같은 삶을 산다는 것이다. 이 비평 집단은 변화무쌍하고 잔혹하다 싶은 사춘기 세계의 드라마를 결코 환영하지 않는다. 절대! 젊은이들은 다이어가 이끄는 댄스 오케스트라의 구슬픈 아프리카 리듬에 맞춰 몸을 흔들고 그들의 표정과 말소리가 어우러져 특별석과 관현악단, 주연배우, 코러스를 연출한다.

힐 고등학교에 두 해는 더 다녀야 하는 열여섯 살 오티스 오먼드에서부터 집에 있는 책상 위에 하버드 법대 졸업장을 걸어둔 G. 리스 스토다드까지, 정수리의 머리카락이 아직도 이상하고 불편하게 느껴지는 어린 매들린 호그에서부터 너무 길다 싶은 세월 동안 그러니까 십 년도 넘게 파티에 빠져 살아온 베시 맥레이에 이르기까지, 다양한 젊은이들이 무대의 중심을 차지했으며 그 젊은이들 중에는 방해받지 않고 무대 광경을 살펴볼 수 있는 유일한 사람들도 있었다.

요란한 쾅 소리와 함께 음악이 그쳤다. 커플들은 대충 억지 웃음을 나누고는 까불거리며 "라리라리라……." 하고 흥얼거렸다. 곧 쏟아지는 박수 소리 위로 재잘대는 젊은 아가씨들의 목소리가 울려 퍼졌다.

파트너를 가로채려고 댄스 플로어 중간에 버티고 있다가 낙담한 몇몇 남자들은 풀이 죽어 벽으로 돌아갔다. 이것은 정신없이 시끌벅적한 크리스마스 댄스파티가 아니다. 이 여름의 댄스파티는 그저 기분 좋을 만큼 훈훈하고 재미난 행사로 여겨졌다. 어린 부부들조차 자리에서 일어나 구식 왈츠나 형편없는 폭스트롯(*짧고 활기찬 사교댄스 스텝.)을 선보이면서, 그 광경을 참고 지켜보는 남동생들과 여동생들에게 즐거움을 선사하는 그런 파티였다.

별생각 없이 예일대학교에 다니는 워렌 매킨타이어도 그 애처로운 남자들 중 하나였다. 그는 턱시도 재킷 주머니를 더듬어 담배를 찾고는 널찍하고 어스름한 베란다로 터덜터덜 나갔다. 그곳에서는 커플들이 여기저기 놓인 테이블에 앉아 제등이 걸린 밤 풍경을 애매모호한 말과 희미한 웃음으로 채우고 있었다. 워렌은 이쪽저쪽으로 고개를 끄덕이며 그다지 열띤 대화를 나누지 않는 커플들에게 인사했는데 커플을 한 쌍, 한 쌍 지나가노라니 반쯤 잊어버렸던 이야기의 파편이 머릿속에서 아른거렸다. 그곳은 대도시가 아니었고, 모두들 다른 사람들이 과거에 누구를 어떻게 만났는지 알고 있기 때문이었다. 예를 들어 짐 스트레인과 에델 드모레스트는 남몰래 약혼한 지 3년째였다. 짐이 두 달 이상 직업을 유지한다면 에델이 그와 결혼하리라는 것은 누구나 아는 사실이었다. 그러나 둘은 몹시도 지루해 보였고 에델은 때로 지친 눈으로 짐을 바라보았다. 자신이 애정이라는 덩굴을 왜 바람에 흔들리는 이런 포플러 나무에게 뻗었는지 의아하게 여기는 듯했다.

워렌은 열아홉 살이었고 동부로 대학을 가지 않은 친구들을 동정하는 시선으로 바라보았다. 그러나 대부분의 청년들처럼 자신이 살던 도시에서 멀리 떨어져 있을 때는 고향 아가씨들에 관해 엄청난 자랑을 늘어놓았다. 제너비브 오먼드는 댄스 파티와 하우스 파티는 물론이고 프린스턴대학, 예일대학, 윌리엄스대학, 코넬대학의 미식축구 경기에 꼬박꼬박 참석했다. 눈동자가 검은 로버타 빌런은 그 세대에서는 하이램 존슨(*20세기 초의 공화당 정치인으로 캘리포니아 주지사를 역임했다.)이나 타이 코브(*미국 유명 프로야구 선수.)만큼이나 유명했다. 물론 마저리 하비를 빼놓을 수 없었다. 마저리는 요정 같은 얼굴과 사람을 당혹시키는 화려한 입담 외에도 뉴헤이븐에서 열린 지난 펌프 앤 슬리퍼 댄스파티(*당시에 열리던 예일대학교 특유의 연간 댄스파티로 가벼운 무도용 신발을 신고 춤을 추었다.) 때 옆으로 재주넘기를 연달아 다섯 번 해낸 것으로 이미 명성이 자자했다.

마저리네와 길 하나를 사이에 둔 집에서 자란 워렌은 오래전부터 '그녀에게 미친 듯이 빠져' 있었다. 때로 마저리는 마지못해 고마워하며 그의 감정에 화답하는 듯하더니 지극히 확실한 방법으로 그를 시험하고는 사랑하지 않는다고 진지하게 통보했다. 그녀의 시험이란 워렌과 떨어져 있을 때 그를 잊어버리고 다른 남자들과 연애를 즐긴 것이었다. 그 때문에 워렌은 좌절감을 느꼈다. 마저리는 여름 내내 짧은 여행을 여러 차례 다녀왔는데 집에 돌아온 뒤 이삼 일이 지나면 남자 글씨로 쓰인 편지들이 그녀 앞으로 배달되어 현관 탁자에 수두룩이 쌓였고, 그것을 볼 때마다 워렌의 좌절감은 깊어졌다. 설상가상으로 오클레어에서 온 사촌 버니스가 8월 내내 마저리의 집에 머물고 있어서 마저리를 따로 만나기란 불가능해 보였다. 주변을 뒤져서 버니스를 맡아 줄 누군가를 반드시 찾아야 했다. 8월이 끝나가면서 그 일은 점점 어려워지고 있었다.

워렌은 마저리를 흠모하는 만큼 사촌 버니스에게서 도무지 매력을 찾을 수가 없었다. 버니스는 예뻤고 검은 머리카락에 피부도 화사했지만 파티에서 즐거움을 주는 유형은 아니었다. 토요일 밤마다 워렌은 마저리를 기쁘게 해 주려고 끈기를 발휘해 버니스와 오랫동안 의무적으로 춤을 주었지만 함께 있으면 지루할 따름이었다.

"워렌."

가까이에서 들린 부드러운 목소리가 그의 생각을 불쑥 가로막았다. 몸을 돌리니 마저리가 보였다. 언제나처럼 발그레한 얼굴에 눈부신 자태였다. 마저리는 그의 어깨에 손을 올렸다. 그의 머리 위에서 몹시도 희미한 서광이 비쳤다.

"워렌."

그녀가 속삭였다.

"부탁 좀 들어줘…… 버니스랑 춤춰 줄래? 거의 한 시간째 저 어린 오티스 오먼드를 붙들고 있어."

워렌의 서광은 사라졌다.

"뭐…… 그럴게."

워렌은 건성으로 대답했다.

"귀찮은 건 아니지? 네가 붙들리지 않도록 지켜볼게."

"괜찮아."

마저리가 웃음을 지었다. 그 웃음만으로도 고맙다는 말은 필요 없었다.

"워렌, 넌 천사야. 얼마나 고마운지 모르겠어."

천사는 한숨을 내쉬며 베란다를 힐끔 둘러보았지만 버니스와 오티스가 보이지 않았다. 터덜터덜 안으로 들어가니 오티스가 여성용 탈의실 앞에서 포복절도 중인 젊은 남자들에게 둘러싸여 있었다. 오티스는 어디선가 주운 막대기를 휘두르며 수다스럽게 말을 늘어놓았다.

"머리를 매만진다고 들어가셨어."

오티스가 퉁명스럽게 알려 주었다.

"또 한 시간 동안 같이 춤추려고 기다리는 중이야."

다시 와자하게 웃음이 터졌다.

"너희들이 좀 끼어들어 주지 그러냐?"

오티스가 발끈하며 외쳤다.

"저 여자는 다양한 사람들을 만나 봐야 한다고."

"근데 오티스."

한 친구가 말했다.

"너 이제 겨우 저 여자한테 익숙해졌잖아."

"각목은 왜 들고 있냐, 오티스?"

워렌이 웃으며 물었다.

"각목? 아, 이거? 이거 곤봉이야. 저 여자가 나오면 머리를
때려서 다시 집어넣으려고."

워렌은 긴 의자에 털썩 주저앉았다가 박장대소했다.

"신경 쓰지 마, 오티스."

마침내 워렌이 말했다.

"이젠 내가 널 풀어 줄 테니."

오티스는 갑자기 기절하는 시늉을 하며 막대기를 워렌에게
건넸다.

"필요할 수도 있으니까, 동지."

오티스가 쉰 목소리로 말했다.

아가씨가 제아무리 아름답거나 매력적이어도, 춤을 추자며
중간에 끼어드는 사람이 없다는 소문이 생기면 댄스파티에서
의 지위는 하락한다. 남자들은 하루 저녁에 자신들과 열두 번
이나 함께 춤을 춘 그런 경박스러운 여자들보다는 그녀와 함께
있는 것을 선호할 것이다. 그러나 재즈로 길러진 이 세대는 가
만히 있지 못하는 기질이었고, 같은 여자와 한 곡 이상 폭스트
롯을 밟기란 싫은 정도가 아니라 혐오스러운 것이었다. 몇 차
례 춤을 추다가 중간 휴식 시간이 되면 풀려난 남자가 파트너
의 제멋대로 움직이는 발가락을 다시 밟게 되는 일은 없을 것
이 분명하다.

워렌은 그다음 곡이 흐르는 동안 내내 버니스와 춤을 추었

고, 마침내 찾아온 중간 휴식 시간을 반기며 버니스를 베란다의 테이블로 데려갔다. 침묵에 휩싸인 잠깐 동안 버니스는 특별할 것도 없는 몸짓으로 부채질을 했다.

"오클레어보다 여기가 더 덥네요."

버니스가 말했다.

워렌은 나오려는 한숨을 참으며 고개를 끄덕였다. 그러거나 말거나 상관없었다. 그는 버니스가 주목을 받지 못해서 대화 능력이 떨어지는 것인지 아니면 대화 능력이 떨어지기 때문에 주목을 받지 못하는 것인지 멍하니 생각했다.

"더 오래 있을 겁니까?"

그가 이렇게 묻다가 얼굴을 살짝 붉혔다. 그렇게 물어본 저의를 의심받을지도 몰랐다.

"일주일 더 있을 거예요."

그녀가 이렇게 대답을 하고는 그의 다음 말이 입술을 떠나는 순간 곧바로 달려들 것처럼 빤히 바라보았다.

워렌은 조바심이 났다. 문득 자선이나 베풀자는 충동으로 그는 자신의 장기 하나를 그녀에게 써 보기로 마음먹었다. 그는 고개를 돌리고 그녀의 눈을 바라보았다.

"몹시도 키스하고 싶은 입술이로군요."

그가 조용히 입을 열었다. 이것은 그가 가끔 대학 학년말 댄스파티 때 지금보다 딱 절반 정도 어두운 곳에서 대화를 나누며 여학생들에게 던져 보곤 하는 말이었다. 버니스는 화들짝 놀랐다. 얼굴이 품위 없이 붉어졌고 부채질은 어색해졌다. 지금껏 그녀에게 그런 말을 한 사람은 아무도 없었다.

"능글맞군요!"

그녀가 깨닫기도 전에 입에서 말이 새어 나왔고 그녀는 입술을 깨물었다. 뒤늦게야 재미있는 척하려고 당황스럽게 미소를 지었다.

워렌은 짜증이 났다. 그 말을 진지하게 받아들이는 사람에게 익숙하지 않았지만 그래도 대개는 웃음이나 다정한 농담 몇 마디 정도의 반응은 보여 주었다. 그리고 그는 농담이 아니고서야 능글맞다는 말을 듣기가 몹시도 싫었다. 자선을 베풀려던 충동은 사라졌고 그는 화제를 바꾸었다.

"짐 스트레인과 에델 드모레스트가 평소처럼 밖에 앉아 있군요."

그가 말했다. 버니스의 입장에서는 그 편이 나았지만, 화제가 바뀌어서 안도하는 그녀의 마음에 후회가 어렴풋이 파고들었다. 남자들이 그녀에게는 키스하고 싶은 입술이라고 말하지 않았지만, 다른 여자들에게는 그런 식으로 말한다는 사실을 알고 있었다.

"오, 그렇네요."

버니스가 이렇게 말하고 웃었다.

"저 두 사람이 땡전 한 푼 없이 오랫동안 빈둥거리고 있다는 얘기 들었어요. 바보 같지 않아요?"

워렌은 더더욱 정이 떨어졌다. 짐 스트레인은 워렌의 형과 절친한 친구였고 어쨌든 돈이 없다고 사람을 비웃는 것은 나쁜 행동이라고 생각했다. 그러나 버니스는 비웃을 의도가 전혀 없었다. 초조했을 따름이었다.

2

자정을 30분 넘긴 시각에 집으로 돌아온 마저리와 버니스는 계단 머리에서 잘 자라고 인사를 나누었다. 둘은 사촌이기는 했지만 친하지 않았다. 사실 마저리는 친한 여자 친구가 없었다. 여자들을 어리석다고 생각했다. 반대로 버니스는 부모님이 계획한 이 방문 기간 내내 은밀한 비밀을 나누며 함께 낄낄대고 눈물을 흘리기를 기대했다. 여자들의 우정에는 반드시 그런 것이 필요하다고 생각했던 것이다. 그러나 버니스는 마저리가 그런 부분에 있어서는 냉정한 편임을 알게 되었다. 마저리와의 대화는 남자들과의 대화만큼 어렵게 느껴졌다. 마저리는 낄낄대는 법이 없었고 겁을 몰랐으며 쑥스러워할 때도 거의 없었다. 사실 버니스가 온당하고 축복받은 여성스러움이라고 생각하는 자질이 마저리에게는 거의 없었다.

그날 밤 버니스는 부지런히 칫솔질을 하면서 집에서 떠난 후로 왜 아무도 관심을 보여 주지 않는 걸까 하고 백 번째 생각했다. 그녀의 가족이 오클레어에서 가장 부유하기 때문에 그리고 그녀의 엄마가 대규모 연회를 베풀고 댄스파티가 열리기 전이면 늘 작은 디너파티를 준비하고, 그녀가 몰고 돌아다닐 수 있도록 자동차를 사 주었기 때문에 고향 사교계에서 성공할 수 있었다는 생각은 꿈에도 하지 못했다. 대부분의 아가씨들처럼 버니스는 애니 펠로우스 존스턴(*『리틀 코널리』를 쓴 미국의 아동청소년문학 작가.)이 준비해 주는 따뜻한 우유를 먹고 자랐으며 여주인공들이 신비스럽고 여성스러운 자질, 언급만 하고 드러내 보여 주지 않는 어떤 자질 때문에 사랑받는 그런 소설을 양식으로 삼았다.

버니스는 현재 자신이 인기와 무관하다는 사실에 어렴풋한 고통을 느꼈다. 버니스는 마저리가 돌아다니면서 주선하지 않았다면 저녁 내내 한 사람과만 춤을 추었을 거란 사실을 몰랐다. 그러나 오클레어에서도 그녀보다 지위나 미모가 떨어지는 다른 여자들에게 남자들이 훨씬 많이 몰린다는 사실은 알고 있었다. 버니스는 그 여자들이 미묘하게 부도덕한 데가 있기 때문이라고 생각했다. 버니스는 그 문제 때문에 걱정한 적이 없었다. 그리고 걱정했더라도 그녀의 어머니가 그런 여자들은 스스로의 격을 떨어뜨리고 있으며 사실 남자들은 버니스 같은 여자들을 존경한다고 안심시켜 주었을 것이다.

욕실의 불을 끄는데 문득 조세핀 이모의 방에 가서 잠시 담소라도 나눠야겠다는 생각이 들었다. 이모의 방에는 아직 불이 켜져 있었다. 버니스의 부드러운 슬리퍼는 양탄자가 깔린 복도를 소리 없이 지나가다가 방 안에서 들린 목소리 때문에 살짝 열린 문 근처에서 멈추었다. 다음 순간 버니스의 귀에 자기 이름이 들렸고, 딱히 엿들으려는 의도는 없었지만 발이 떨어지지 않았다. 방 안에서 오가는 대화의 한 자락이 바늘로 찌른 것처럼 날카롭게 그녀의 의식에 꽂혔다.

"걘 정말이지 가망이 없어!"

마저리의 목소리였다.

"오, 엄마가 뭐라고 할지 알아요! 수많은 사람들이 엄마한테 그 애가 예쁘고 상냥하고 요리도 잘한다고 나불댔겠죠! 그러면

뭐해요? 걔랑 있음 지루해요. 남자들은 그 앨 좋아하지 않아
요."

"그런 하찮은 인기가 뭐 대수라니?"

하비 부인이 짜증 난 목소리로 말했다.

"열여덟 살 땐 그게 전부란 말이에요."

마저리가 단호히 말했다.

"난 최선을 다했어요. 예의도 차렸고 그 애에게 함께 춤출
남자들도 붙여 주었지만 남자들은 지루한 걸 못 참는다고요.
그 화사한 피부가 쓸데없게도 그런 멍청이의 것이란 걸 생각하
면, 그리고 마사 캐리가 그런 피부만 가졌어도 할 수 있었을 일
들을 생각하면…… 아아!"

"요즘 사람들은 호의를 모르는구나."

하비 부인의 목소리는 요즘 세상의 추세가 이해되지 않는다
고 말하는 듯했다. 그녀가 젊었을 때는 좋은 가문에 속한 아가
씨들은 모두 화려하고 멋진 시간을 보냈던 것이다.

마저리가 대답했다.

"뭐, 이런 무능한 손님을 영원히 챙겨 줄 여자는 없어요. 요
즘 여자들은 다들 자기 힘으로 살아 나가니까요. 그 애한테 옷
입는 법 같은 것에 대해 넌지시 조언을 해 줬더니 발끈 화를 내
잖아요. 이상하기 짝이 없는 눈빛으로 나를 보면서 말이에요.
그 앤 자신이 인기가 많지 않다는 걸 알 정도의 분별력은 있어
요. 하지만 분명 자신은 고결한 사람이고, 나는 너무 방탕하
고 헤픈 사람이라 결국에는 불행해질 거라고 생각하면서 스스
로를 위로하고 있을 거예요. 인기 없는 여자애들은 다 그런 식

으로 생각하니까요. 오기를 부리는 거죠! 사라 홉킨스는 제너비브와 로버타와 나를 반짝 스타라고 한다니까요! 반짝 스타가 될 수만 있다면, 댄스파티 때 몇 걸음만 떼어도 그 애한테 반한 남자 서너 명이 끼어드는 경험을 할 수만 있다면 분명 십 년의 인생에다 유럽에서 받은 교육까지 내놓을 거면서 말이에요."

"내가 보기엔 말이야."

하비 부인이 약간 지친 듯이 말을 잘랐다.

"네가 버니스에게 뭐든 해 줘야 할 것 같구나. 그다지 활발한 아이는 아니잖니."

마저리가 투덜거렸다.

"활발해요? 맙소사! 그 애가 남자한테 날씨가 덥다거나 댄스 플로어가 북적거린다거나 내년에 뉴욕에 있는 학교에 갈 거라는 말 말고 다른 얘기를 하는 걸 들어 본 적이 없어요. 가끔은 어떤 차를 갖고 있느냐고 물어보고 자기가 어떤 차를 갖고 있는지 얘기한다니까요. 참 흥미진진하겠어!"

잠시 정적이 흐른 후 하비 부인이 늘 하던 말을 꺼냈다.

"엄마가 아는 건 그 애의 반만큼도 상냥하거나 매력적이지 않은 여자들조차 파트너가 있다는 사실이야. 예를 들어 마사 캐리는 뚱뚱하고 시끄럽더구나. 그 애 엄마는 정말이지 경박스럽고. 로버타 딜런은 올해 살이 너무 많이 빠져서 애리조나에 가서 쉬어야 할 것처럼 보이잖니. 그런데도 죽어라 춤을 춰 대니."

"하지만 엄마."

205

마저리가 참지 못하고 반박했다.

"마사는 유쾌하고 재치 있고 무지 멋진 애예요. 로버타는 춤솜씨가 끝내주고요. 아주 오래전부터 인기가 많았다고요!"

하비 부인은 하품을 했다.

"버니스에게는 미친 인디언의 피가 흐르는 것 같아요."

마저리가 말을 이었다.

"어쩌면 잠복 유전인지도 모르겠어요. 인디언 여자들은 모두 아무 말 않고 가만히 둘러앉아 있기만 했잖아요."

"자거라, 허튼소리 말고."

하비 부인이 웃으며 말했다.

"네가 기억할 줄 알았으면 그런 얘기는 안 해 줬을 거다. 그리고 네가 하는 생각은 대부분 터무니없는 거야."

하비 부인은 졸린 얼굴로 말을 마쳤다.

다시 침묵이 흘렀다. 마저리는 엄마에게 굳이 자신의 생각을 확신시켜야 할지 어떨지 고민했다. 마흔이 넘은 사람들은 무엇이든 오래 확신하지 못한다. 열여덟 살에게 확신이란 꼭대기에 올라 세상을 바라보는 언덕이다. 마흔다섯 살이면 확신은 우리가 몸을 숨기는 동굴이 된다.

마저리는 그렇게 결론을 내리고 잘 자라는 인사를 건넸다. 방에서 나왔을 때 복도에는 아무도 없었다.

3

다음날 마저리가 늦은 아침을 먹고 있는데 버니스가 약간 딱딱한 아침 인사와 함께 식당으로 들어왔다. 그러더니 반대편에 앉아서 마저리를 뚫어지게 바라보며 입술에 침을 살짝 묻혔다.

"무슨 생각을 하는 거야?"

마저리가 약간 당황한 듯이 물었다. 버니스는 잠시 뜸을 들이다가 수류탄을 내던졌다.

"어젯밤에 네가 이모한테 내 얘기 하는 거 들었어."

마저리는 깜짝 놀랐지만 얼굴만 약간 붉혔을 뿐 태연한 목소리로 말했다.

"어디에서 있었는데?"

"복도에서. 들을 생각은 아니었어…… 처음엔."

마저리는 자신도 모르게 경멸 어린 표정을 지었다가 눈을 내리깔고는 옆으로 떨어진 콘플레이크 하나를 손가락에 올려 균형을 잡는 데 골몰했다.

"난 오클레어로 돌아가는 편이 낫겠어…… 내가 그런 골칫덩이라면 말이야."

버니스의 아랫입술이 파르르 떨렸다. 버니스는 오르락내리락하는 목소리로 말을 이었다.

"난 예의 바르게 행동하려고 애썼어. 그런데…… 그런데 처음에는 무시당했고 그다음에는 모욕을 받았지. 나를 찾아오는 손님은 이런 취급을 당한 적이 없어."

마저리는 말이 없었다.

"하지만 난 방해가 되는구나. 너한테는 걸림돌이겠지. 네 친구들은 나를 좋아하지 않고."

버니스는 잠시 입을 다물었는데 곧 다른 불만이 하나 떠올랐다.

"지난주에 나한테 그 드레스가 어울리지 않는다고 암시를 주려고 했을 때 말이야, 난 당연히 짜증이 났어. 내가 옷도 못 입는다고 생각한 거야?"

"그래."

마저리가 작은 목소리로 중얼거렸다.

"뭐라고?"

"난 암시 따위는 하지 않았어."

마저리가 간결하게 말했다.

"내 기억으로, 나는 꼴사나운 옷 두 벌을 갈아입느니 어울리는 옷 한 벌을 연달아 세 번 입는 편이 낫다고 말했어."

"그게 몹시도 친절한 말이었다고 생각해?"

"난 친절하게 굴려던 게 아니었어."

잠시 말이 끊겼다.

"언제 갈 건데?"

버니스가 날카롭게 숨을 들이마셨다.

"뭐?"

그녀가 외치다시피 말했다. 마저리는 놀라서 고개를 들었다.

"갈 거라고 말하지 않았어?"

"그래, 하지만……."

"오, 그냥 허세였구나!"

둘은 아침 식탁을 사이에 두고 잠시 서로를 빤히 바라보았다. 버니스의 눈에는 흐릿한 물결이 일렁였지만 마저리의 얼굴에는 약간 술에 취한 대학생들과 사랑을 나눌 때 짓던 표정이 나타났다.

"그러니까 허세를 부리고 있구나."

마저리는 그럴 줄 알았다는 듯이 말을 반복했다.

버니스가 눈물을 왈칵 터뜨리며 그 사실을 인정했다. 마저리의 눈에 지루함이 비쳤다.

"우린 사촌이잖아."

버니스가 흐느끼며 말했다.

"난 널 마, 마, 만나러 온 거야. 한 달 머물기로 했는데 이대로 집에 가면 엄마가 아실 테고 그럼 이, 이상하게 생각……."

마저리는 쏟아지는 단어 조각들이 부서져 낮은 훌쩍임이 될 때까지 기다렸다.

"내 한 달치 용돈을 줄게."

마저리가 차갑게 말했다.

"이 마지막 주는 어디든 보내고 싶은 곳에서 보내. 꽤 훌륭한 호텔이……."

버니스의 흐느낌이 플루트 소리처럼 높아졌고 그녀는 벌떡 일어나 방을 나가 버렸다.

한 시간 후 마저리는 서재에서 젊은 아가씨만이 쓸 수 있는 애매모호하면서 놀랄 만큼 알쏭달쏭한 편지를 쓰는 데 열중하고 있었다. 버니스가 새빨개진 눈으로 애써 침착한 척하며 다시 나타났다. 버니스는 마저리 쪽은 쳐다보지도 않고 선반에서 아무 책이나 한 권 꺼내더니 읽을 것처럼 자리에 앉았다. 마저리는 편지 쓰기에 몰두한 듯 계속 손을 움직이고 있었다. 시계가 정오를 알리자 버니스가 책을 탁 덮었다.

"난 기차표나 사러 가야겠다."

그녀가 위층에서 연습했던 대사의 첫머리는 이것이 아니었다. 하지만 마저리가 버니스의 신호를 알아채지 못했기 때문에, 그러니까 버니스에게 분별력 있게 행동하라고 다그치면서 모두 실수였다고 말하지 않았기 때문에 버니스가 동원할 수 있는 가장 훌륭한 첫 대사는 이것뿐이었다.

"이 편지를 다 쓸 때까지만 기다려."

마저리는 고개도 돌리지 않고 말했다.

"다음 우편물이랑 같이 보내고 싶거든."

잠시 펜을 마구 휘두른 다음 마저리는 몸을 돌려 '무엇이든 도와드리겠습니다.'라고 말하듯이 편한 자세를 취했다. 이번에도 버니스가 말할 차례였다.

"내가 집으로 돌아갔으면 좋겠니?"

"글쎄."

마저리가 생각하며 말했다.

"네가 즐거운 시간을 보내고 있지 않다면 돌아가는 게 좋다고 생각해. 쓸데없이 비참한 기분만 들 테니."

"넌 평범한 친절이라도……."

"아, 제발 『작은 아씨들』은 인용하지 마!"

마저리가 다급히 외쳤다.

"촌스럽잖아."

"그렇게 생각해?"

"맙소사, 당연하지! 어느 현대 여성이 그렇게 어리석은 여자들처럼 살 수 있겠니?"

"우리 엄마들은 본보기로 삼았잖아."

마저리가 웃음을 터뜨렸다.

"그래, 그랬나…… 아니! 게다가 우리의 엄마들은 모두 나름 대로 무척 잘 살았어. 하지만 딸들이 겪는 문제에 대해서는 아는 게 없어."

버니스는 허리를 똑바로 세웠다.

"우리 엄마에 대해서 뭐라고 하지 마."

마저리가 웃었다.

"너희 엄마 얘긴 안 한 것 같은데."

버니스는 하려던 이야기에서 다른 방향으로 끌려가고 있다는 생각이 들었다.

"나한테 잘해 줬다고 생각하니?"

"최선은 다했어. 넌 함께 지내기 좀 힘든 성격이야."

버니스의 눈꺼풀이 붉어졌다.

"내 생각에 넌 무정하고 이기적이야. 너한테는 여성스러움이 없어."

"오, 맙소사!"

마저리가 절망스럽게 외쳤다.

"이 바보! 너 같은 여자들 때문에 결혼 생활이 지루하고 생기 없게 되어 버리는 거야. 여성스럽다고 포장하며 넘어가는 그 무시무시한 무능력 때문에 말이야. 상상력이 풍부한 남자가 아름다운 옷들로 치장한 여자를 중심으로 이상을 세우고 그녀와 결혼을 했는데, 실은 그녀가 나약한 응석받이에 비겁한 가식덩어리란 걸 알게 되면 얼마나 충격을 받겠니!"

버니스의 입이 쩍 하고 반쯤 벌어졌다.

"여성스러운 여자라고?"

마저리가 말을 이었다.

"그런 여자들은 진심으로 즐겁게 지내는 나 같은 여자들을 비판하면서 찡얼대느라 젊은 시절을 허비한다고."

마저리의 목소리가 높아지자 버니스의 턱은 더더욱 벌어졌다.

"못생긴 여자들이 찡얼대는 이유가 있긴 있어. 내가 돌이킬 수 없을 만큼 못생긴 여자였다면 나를 세상에 태어나게 한 부모님을 절대 용서하지 않았을 거야. 하지만 넌 불리한 조건이 전혀 없는 상태로 시작했잖니."

마저리의 작은 주먹이 불끈했다.

"내가 너와 함께 슬퍼할 줄 알았다면 실망스러울 거야. 떠나든 남든 네가 하고 싶은 대로 해."

마저리가 편지를 들고 방에서 나갔다.

버니스는 머리가 아프다면서 점심 식사 때 모습을 드러내지 않았다. 오후에 낮 공연 관람 데이트가 있었지만 두통은 사라지지 않았고, 마저리는 그다지 실망스러워하지 않는 남자에게 변명을 해 주었다. 하지만 오후 늦게 돌아온 마저리는 그녀의 방에서 묘한 표정으로 기다리고 있는 버니스를 발견했다.

"결심했어."

버니스가 밑도 끝도 없이 말을 꺼냈다.

"네 말이 맞을지도 몰라…… 아닐 수도 있고. 하지만 네 친구들이 왜 나에게…… 나에게 관심을 보이지 않는지 알려 주면 네 말대로 할 수 있을지 생각해 볼게."

마저리는 거울 앞에서 머리카락을 풀어 헤치고 있었다.

"진심이야?"

"그래."

"무조건? 내가 말한 대로 실천할 거야?"

"글쎄, 난······."

"글쎄고 뭐고! 내가 말한 대로 실천할 거야?"

"사리에 맞는 행동이라면."

"그렇진 않아! 너에게는 사리에 맞는 행동이 필요한 게 아니니까."

"나한테······ 하라고 하는 게······."

"맞아, 뭐든 다 시킬 거야! 내가 권투를 배우라고 하면 넌 그렇게 해야 해. 집으로 편지를 보내서 이모한테 두 주 더 있을 거라고 말해."

"혹시 말해 줄 수 있으면······."

"알았어. 지금은 몇 가지 예만 들게. 우선 넌 태도는 도무지 자연스럽지가 않아. 왜? 넌 외모에 자신감이 없기 때문이야. 여자는 자신의 옷과 치장이 완벽하다고 느끼면 그 부분에 관해서는 잊어버려도 돼. 거기에서 매력이 나오는 거야. 네게 잊어버려도 되는 부분이 많아질수록 매력도 강해지는 거야."

"나 괜찮아 보이지 않니?"

"아니. 예를 들어 넌 눈썹을 다듬지 않잖아. 검고 윤기가 흐르는 눈썹이지만 아무렇게나 내버려 두면 흠이 되고 말아. 네가 아무 일도 안 하고 빈둥거리는 시간의 십 분의 일만 눈썹에 투자해도 아름다워질 거야. 똑바로 자라도록 솔로 쓸어 줘야 해."

버니스는 의심스럽다는 듯이 눈썹을 추켜올렸다.

"남자들이 눈썹을 본단 말이니?"

"그래…… 무의식적으로. 또 집에 돌아가면 치아 교정을 해. 눈에 거의 띄진 않지만 그래도……."

"하지만 말이야."

혼란스러워진 버니스가 끼어들었다.

"난 네가 그런 까다롭고 여성스러운 것들을 경멸하는 줄 알았는데."

"난 까다로운 건 싫어."

마저리가 말했다.

"하지만 여자는 자기 자신에 대해서는 까다로워야 해. 겉모습이 근사하고 예쁘다면 러시아든 핑퐁이든 국제연맹이든 아무 얘기나 해도 호응을 얻을 수 있어."

"또 있니?"

"아, 이제 시작인걸! 네 춤도 문제야."

"괜찮게 추지 않니?"

"아니, 그렇지 않아…… 넌 남자한테 의지하잖아. 정말 그래…… 아주 약간이더라도. 어젯밤에 다 함께 춤출 때 알게 되었지. 또 넌 몸을 살짝 숙여야 하는데 너무 빳빳이 세우고 춤을 춰. 구경꾼 아주머니들이 너한테 그렇게 해야 품위 있어 보인다고 말해 줬겠지. 하지만 키가 아주 작은 여자가 아닌 다음에야 상대 남자에게 큰 부담만 줄 뿐이야. 중요한 건 남자라고."

"계속해."

버니스의 머릿속은 빙글빙글 돌고 있었다.

"음, 넌 비참한 새가 된 남자들을 친절하게 대하는 법을 배워야 해. 넌 인기 많은 남자들이 아닌 다른 사람과 짝이 될 때마다 모욕당한 표정을 짓잖아. 얘, 버니스, 춤출 때 내가 몇 발자국만 움직여도 다른 남자가 끼어들어. 대부분이 누구인 줄 아니? 그래, 그 비참한 새들이야. 어떤 여자도 그 남자들을 무시하면 안 돼. 어디를 가든지 모인 사람들의 상당수가 그 남자들이야. 수줍음이 많아서 말을 못하는 어린 남자아이들은 대화연습 상대로 최고야. 동작이 서툰 남자들은 춤 연습 상대로 최고고. 네가 그런 남자들과 어울리면서도 우아해 보일 수 있다면, 넌 작은 탱크를 따라 철조망을 두른 고층 건물도 넘어갈 수 있어."

버니스의 마음 깊은 곳에서 한숨이 우러났지만 마저리의 말은 끝날 줄을 몰랐다.

"네가 댄스파티에 갔는데 예를 들어 너와 춤을 춘 비참한 새들 세 명과 정말 즐겁게 보냈다고 하자. 네가 그 남자들과의 대화를 잘 이끌어서 그 사람들이 너에게 붙들려 있다는 생각을 하지 않게 된다면 성공이야. 그 남자들은 다시 찾아올 거고 서서히 수많은 비참한 새들이 너와 춤을 출 거야. 그러면 매력적인 남자들은 붙들릴 위험이 없다는 사실을 알게 될 거야. 그리고 너와 춤을 추게 되는 거지."

"그렇구나."

버니스가 힘없이 동조했다.

"이제 좀 알 것 같아."

"그리고 마지막으로."

마저리가 결론을 지었다.

"태도와 매력은 저절로 찾아올 거야. 어느 날 아침 일어났는데 너에게 그것이 생겼다는 걸 알게 될 거고 남자들도 알게 될 거야."

버니스가 자리에서 일어났다.

"정말 말할 수 없이 친절하구나…… 하지만 그동안 나한테 이런 식으로 말해 준 사람이 없어서 좀 당황스러워."

마저리는 대답 없이 거울에 비친 자신의 모습만 멍하니 바라보았다.

"도와줘서 얼마나 고마운지 모르겠어."

버니스가 덧붙였다. 마저리는 여전히 대답하지 않았고 버니스는 감사 표시가 지나쳤던 모양이라고 생각했다.

"넌 감상적인 걸 좋아하지 않지."

버니스는 소심하게 말했다. 마저리가 고개를 휙 돌렸다.

"아, 딴 생각을 하고 있었어. 네 머리를 자르는 게 낫지 않을까 하는 생각."

버니스는 침대로 털썩 나자빠졌다.

4

다음 수요일 저녁에 컨트리클럽에서 디너 댄스파티가 있었다. 손님들이 슬슬 모여들었고 버니스는 자신의 좌석표를 보고 약간 짜증이 났다. 오른쪽에는 가장 매력적이고 뛰어난 젊은이인 G. 리스 스토다드가 앉았지만 무엇보다 중요한 왼쪽 자리는 고작 찰리 폴슨이었다. 찰리는 키도 외모도 상황 판단력도 부족했다. 버니스는 새로이 깨달은 대로 자신에게 붙들린 적이 없으면 무조건 파트너로서 자격을 갖춘 것이라고 마음을 다잡았다. 그러나 그 짜증스러움은 마지막 수프 접시들과 함께 사라졌고 마저리의 구체적인 지시 사항이 떠올랐다. 버니스는 자존심을 삼키며 찰리 폴슨에게 고개를 돌리고 돌진했다.

"제가 단발머리를 해야 한다고 생각하나요, 찰리 폴슨 씨?"

찰리는 깜짝 놀라 고개를 들었다.

"예?"

"고민 중이거든요. 주목을 받기에 그만큼 확실하고 쉬운 방법이 없잖아요."

찰리가 기분 좋게 웃음을 지었다. 미리 연습된 상황임을 알지 못했다. 그는 단발머리에 대해서는 잘 모른다고 대답했다. 그러나 버니스는 대화를 끝낼 생각이 없었다.

"전 사교계의 흡혈귀가 되고 싶거든요."

그녀가 태연하게 선언하고 찰리에게 단발머리가 그 전주곡이 될 거라고 귀띔했다. 그리고 그의 조언을 구하는 까닭은 그가 여자들에 대해 비판적이라는 말을 들었기 때문이라고 덧붙였다.

명상하는 불교도의 정신 상태만큼이나 여자의 심리에 대해 무지했던 찰리는 어쩐지 우쭐해졌다.

"그래서 결심했답니다."

217

버니스는 목소리를 살짝 높이며 말을 이었다.

"다음 주 초에 시비어 호텔 이발소로 가서 첫 번째 의자에 앉아 머리를 자르기로 말이에요."

버니스는 주변 사람들이 대화를 중단한 채 자기 얘기를 듣고 있다는 사실을 깨닫고 멈칫했다. 그러나 마저리가 일러 준 대로 아찔한 한순간을 넘긴 후 주변에 앉은 여러 사람들을 대상으로 하던 이야기를 끝마쳤다.

"물론 입장료는 받겠어요. 하지만 모두 찾아와서 격려해 준다면 앞자리 이용권을 발급해 드리죠."

감탄 어린 웃음소리가 떠들썩하게 울려 퍼졌고 그 웃음소리 밑으로 G. 리스 스토다드가 재빨리 몸을 기울이며 귓속말을 했다.

"지금 당장 특등석으로 예약하겠습니다."

버니스는 그와 눈을 맞추며 그가 놀랄 만큼 재치 있는 말을 했다는 듯이 웃음을 지었다.

"단발머리가 좋은 거라고 생각해요?"

G. 리스가 여전히 낮은 목소리로 물었다.

"옳고 그름을 따질 수는 없다고 생각해요."

버니스가 진지하게 단언했다.

"하지만 사람들을 즐겁게 해 주거나 만족시키거나 충격을 줘야 하니까요."

마저리가 오스카 와일드에게서 따온 말이었다. 또다시 남자들은 왁자하게 웃음을 터뜨렸고 여자들은 호기심 가득한 눈으로 이쪽을 흘끔댔다. 그 후 버니스는 재치 있는 말 따위는 한

적 없다는 듯이 다시 찰리에게 고개를 돌리고 그의 귀에 남몰래 속삭였다.

"몇몇 사람들에 대한 당신의 견해를 듣고 싶어요. 사람들의 품성을 판단하는 능력이 출중할 것 같아서요."

찰리의 가슴이 슬며시 떨렸다. 그는 버니스의 물을 엎질러 교묘한 찬사를 대신했다.

두 시간 후 워렌 매킨타이어는 파트너 없는 남자들 틈에 가만히 서서 춤추는 사람들을 멍하니 바라보며, 마저리가 누구와 어디로 사라졌는지 궁금해하고 있었다. 그런데 관련 없는 장면이 그의 머릿속에 서서히 파고들기 시작했다. 지난 5분 동안 여러 남자들이 마저리의 사촌인 버니스의 춤에 끼어든 것이다. 그는 눈을 감았다가 뜨며 다시 살펴보았다. 몇 분 전에 버니스는 외부에서 온 남자와 춤을 추었다. 얼마든지 일어날 수 있는 상황이었다. 외부 사람이라서 잘 모를 터였다. 그러나 지금 그녀는 다른 사람과 춤을 추고 있었고, 찰리 폴슨은 열띤 투지로 눈을 빛내며 그녀를 향해 다가가고 있었다. 재미있는 광경이었다. 찰리의 하루 저녁 춤 파트너가 세 명을 넘어간 적은 거의 없었다.

워렌은 펄쩍 뛸 듯이 놀랐다. 그녀의 파트너가 바뀌었을 때 풀려난 남자를 보니 다른 누구도 아닌 G. 리스 스토다드였기 때문이었다. 게다가 G. 리스는 풀려난 것이 조금도 기쁘지 않은 눈치였다. 다음번에 버니스가 근처에서 춤을 추고 있을 때 워렌은 그녀를 유심히 바라보았다. 솔직히 그녀는 예뻤다. 분명히 예뻤다. 그리고 오늘 밤 그녀의 얼굴은 정말로 생기발랄했다. 제아무리 연기력이 뛰어난 여자라 할지라도 절대 꾸밀수 없는 그런 표정을 짓고 있었다. 진심으로 즐거운 시간을 보내고 있는 듯한 얼굴이었다.

워렌은 그녀의 머리 모양이 마음에 들었고 어떤 머릿기름을 발랐기에 저토록 반짝거리는 것일까 하고 생각했다. 드레스마저 잘 어울렸다. 그윽한 눈동자와 빛나는 피부를 돋보이게 해 주는 검붉은 드레스였다. 그녀가 처음 이 도시에 왔을 때 지루한 사람이라는 것을 깨닫기 전까지는 예쁘다고 생각했던 것이 떠올랐다. 지루하다니 무척 아쉬웠다. 지루한 여자들은 견디기 어려웠다. 하지만 예쁜 것만은 분명했다.

그의 생각은 이리저리 흩어지다 다시 마저리에게 닿았다. 이번에 종적을 감춘 일도 다른 때와 비슷하게 진행될 터였다. 그녀가 다시 나타나면 그는 어디에 있었느냐고 물을 것이다. 그리고 상관 말라는 단호한 대답을 들을 것이다. 그에 대해 그토록 자신감을 갖고 있다니 유감천만이었다! 그녀는 이 부근의 어떤 여자도 워렌에게 관심이 없다는 사실을 알고 그것을 즐기고 있었다. 그에게 제너비브나 로버타와 사랑에 빠져 보라고 도전했다.

워렌은 한숨을 쉬었다. 마저리의 애정에 이르는 길은 정말이지 미로와도 같았다. 그는 고개를 들었다. 버니스가 외부에서 온 남자와 또 춤을 추고 있었다. 그는 반은 무의식적으로 그녀를 향해 한 걸음 내딛고는 망설였다. 그러다 스스로에게 자선을 베푸는 거라고 말했다. 그가 그녀 쪽으로 걸어갔다. 그러다 갑자기 G. 리스 스토다드와 부딪혔다.

"미안."

워렌이 말했다. 그러나 G. 리스는 사과하려고 멈추지 않았다. 그리고 춤추던 버니스에게 다시 끼어들었다.

그날 밤 새벽 한 시, 마저리는 복도에 있는 전기 스위치에 한 손을 올리고 고개를 돌려 버니스의 반짝이는 눈을 한 번 더 보았다.

"그래서 성공했어?"

"오, 마저리, 그래!"

버니스가 외쳤다.

"네가 즐겁게 보내는 모습을 봤어."

"정말 그랬어! 문제가 있었다면 자정쯤에 할 말이 떨어졌다는 거야. 이미 한 말을 되풀이해야 했어. 물론 다른 남자한테 말이야. 서로 말을 맞춰 보지 않으면 좋겠는데."

"남자들은 안 그래."

마저리가 하품을 하며 말했다.

"혹시 그렇더라도 상관없어. 네가 몹시 노련하다고 생각할 거야."

그녀는 스위치를 탁 눌러 불을 껐다. 마저리와 함께 계단을 오르던 버니스가 고맙게도 난간을 꽉 붙잡았다. 난생 처음으로 지칠 만큼 춤을 추었던 것이다.

"있잖아."

계단 꼭대기에 이르러 마저리가 말했다.

"남자는 다른 남자가 끼어드는 광경을 보면 그녀에게 뭔가 있다고 생각해. 그러니 내일은 새로운 대책을 마련해 보자. 잘 자."

"잘 자."

버니스는 머리를 풀면서 저녁에 일어났던 일을 쭉 되새겨 보았다. 그녀는 지시 사항을 정확히 지켰다. 찰리 폴슨이 춤에 여덟 번째 끼어들었을 때 기쁜 시늉을 했는데 사실 흥미롭고도 우쭐했다. 그녀는 날씨나 오클레어, 자동차, 학교 이야기 따위는 하지 않았고 대화 주제를 나와 너, 우리로 한정했다.

그런데 잠들기 몇 분 전 반항적인 생각이 버니스의 머릿속을 나른하게 맴돌았다. 결국 성공의 주역은 버니스 자신이었다. 분명 마저리가 대화할 거리를 일러 주었지만 생각해 보면 마저리도 책에서 읽은 내용으로 대화의 상당 부분을 메운 것이다. 빨간 드레스를 산 사람도 버니스 자신이었다. 물론 마저리가 버니스의 트렁크에서 그것을 꺼내기 전까지는 그 드레스를 대단하게 여기지 않았지만. 그리고 다름 아닌 자신의 목소리로 말을 했고, 자신의 입술로 웃음을 지었으며, 자신의 두 발로 춤을 추지 않았던가. 마저리는 멋진 아이였다⋯⋯ 하지만 자만심이 강했다⋯⋯ 멋진 저녁이었다⋯⋯ 남자들도 멋졌다⋯⋯ 워렌처럼⋯⋯ 워렌⋯⋯ 워렌⋯⋯ 이름이 뭐였더라⋯⋯ 워렌.

버니스는 잠이 들었다.

5

버니스에게 다음 주는 놀라움 그 자체였다. 사람들이 자신을 바라보고 자신의 이야기를 들으며 정말로 즐거워한다는 느낌은 자신감의 근원이 되었다. 물론 처음에는 수많은 실수를 저질렀다. 예를 들어 버니스는 드레이코트 디요가 목사가 되려고 공부 중이라는 사실을 몰랐다. 그녀가 차분하고 조심스러운 여자라고 생각해서 춤에 끼어들었다는 사실도 알아채지 못했다. 그걸 알았더라면 환영한답시고 "안녕하세요, 전쟁 공포증 환자분!"이라는 말로 대화를 시작해 욕조 이야기로 이어 나가지 않았을 것이다.

"여름에 머리를 손질하려면 끔찍할 정도로 기력이 많이 필요하답니다…… 할 일이 너무 많거든요…… 그래서 전 늘 머리를 먼저 손질하고 얼굴에 분을 바른 다음 모자를 써요. 그리고 욕조에 들어갔다가 그 후에 옷을 입는 거죠. 그게 가장 좋은 방법이 아닐까요?"

드레이코트 디요는 침례 때문에 극심한 어려움을 겪고 있어서 뭔가 관련 있는 얘기라고 여겨 줄 수도 있었겠지만, 분명 그렇지 않았다. 그는 여성의 목욕이 부도덕한 주제라고 생각했고 버니스에게 현대 사회의 타락에 관한 자신의 생각을 늘어놓았다.

그러나 버니스는 명예롭게도 이런 불운한 사고를 상쇄할 탁월한 성공을 몇 차례 거두었다. 오티스 오먼드는 동부 여행에서 빠지겠다고 하더니 풋사랑의 열정으로 대신 그녀를 따라다니기로 했다. 오티스의 주변 사람들은 재미있어 했고 G. 리스 스토다드는 울화통을 터뜨렸다. 오티스가 버니스에게 역겨울 정도로 다정한 눈빛을 쏘아 대며 G. 리스의 오후를 완전히 망쳐 버렸기 때문이었다. 심지어 오티스는 자신과 다른 사람들이 버니스를 처음 보고 몹시 큰 판단 착오를 저질렀다는 사실을 알려 주기 위해 여자 탈의실 앞에서 있었던 두께 2인치, 폭 4인치짜리 각목 이야기까지 들려주었다. 버니스는 그 일화를 웃으며 넘겼지만 심장이 약간 철렁했다.

버니스의 모든 대화 중에서 가장 유명하고 널리 인정받은 것은 단발머리에 대한 언급이었을 것이다.

"오, 버니스. 언제 머리를 단발로 자를 겁니까?"

"모레쯤에요."

그녀가 웃으며 대답하곤 했다.

"절 보러 오시겠어요? 제가 당신에게 의지하고 있다는 거 아시잖아요."

"그럴까요? 좋습니다! 하지만 서두르는 게 좋을 겁니다."

머리를 자르겠다고 말하는 취지는 사실상 수치스러운 것이었지만 버니스는 다시 웃곤 했다.

"곧이에요. 놀라실 거예요."

그러나 버니스의 성공을 알려 주는 가장 중요한 상징은 혹평을 해 대던 워렌 맥킨타이어의 회색 자동차였을 것이다. 그 차는 매일 하비 저택 앞에 세워져 있었다. 처음에 하녀는 마저리가 아닌 버니스를 불러 달라는 워렌의 말에 화들짝 놀랐다. 일주일이 지나자 그 하녀는 요리사에게 버니스 양이 마저리 양의 가장 좋은 남자를 붙잡았다고 말했다.

그리고 그 말은 사실이었다. 아마 처음 워렌은 마저리에게 질투심을 불러일으키고 싶다는 생각으로 시작했을 것이다. 알아차리지는 못했지만 버니스가 하는 말에서 친숙한 마저리의 어조를 느낀 탓인지도 몰랐다. 어쩌면 이 두 가지에다 진실한 매력 같은 것이 더해졌기 때문일지도 몰랐다. 어쩌다 보니 일주일도 되지 않아, 동네 젊은이들은 마저리의 가장 믿음직한 남자 친구가 놀랄 만큼 돌변해 마저리의 손님에게 반론의 여지 없이 열중하고 있음을 알게 되었다. 당면한 문제는 마저리가 어떻게 받아들일 것인가 하는 것이었다. 워렌은 버니스에게 하루에 두 번 전화를 걸고 편지를 보냈다. 두 사람이 자동차에 함께 탄 모습이 자주 눈에 띄었는데, 둘은 분명 워렌이 진심인지 아닌지에 관하여 팽팽하고 의미심장한 대화에 몰두한 모습이었다.

마저리는 책망을 들어도 웃기만 했다. 워렌이 마침내 그의 진가를 알아 주는 사람을 찾게 되어 무척 기쁘다고 말했다. 그래서 젊은이들도 따라 웃으며 마저리가 신경 쓰거나 문제 삼지 않는 모양이라고 생각했다.

어느 날 오후, 떠날 날이 사흘 밖에 남지 않은 버니스가 복도에서 워렌을 기다리고 있었다. 함께 브리지 게임 파티에 갈 예정이었다. 버니스는 더없는 행복에 젖었다. 역시 파티에 가기로 한 마저리가 옆에 나타나 거울을 보며 가볍게 모자를 매만졌다. 버니스는 충돌 비슷한 것이 일어날 줄은 꿈에도 생각하지 못했다. 마저리는 매우 냉담하고도 간결한 문장으로 목적을 달성했다.

"워렌을 잊는 게 좋을 거야."

마저리가 차갑게 말했다.

"뭐?"

버니스는 몹시도 놀랐다.

"워렌 맥킨타이어 때문에 더는 바보짓 하지 마. 그 앤 너한테 먼지만큼도 관심 없으니까."

긴장된 한순간 둘은 서로를 바라보았다. 마저리는 차갑고 냉소적인 얼굴이었다. 버니스는 어리벙벙했으며 반은 화나고 반은 두려운 표정이었다. 그때 자동차 두 대가 집 앞에 서며 경적을 요란하게 울렸다. 마저리와 버니스는 희미하게 숨을 들이쉬고는 고개를 돌린 후 나란히 발걸음을 재촉했다.

브리지 게임 파티가 진행되는 동안 내내 버니스는 치솟는 불안감을 억누르려고 애썼지만 소용이 없었다. 스핑크스 중의 스핑크스인 마저리의 심기를 거스른 것이다. 세상에서 가장 건전하고 순수한 의도였을지라도 그녀는 마저리의 소유물을 훔친 것이다. 갑자기 끔찍한 죄책감이 밀려왔다. 브리지 게임을 마치고 다들 편안하게 둘러앉아 잡다한 대화를 나누고 있을 때 서서히 폭풍이 일기 시작했다. 어린 오티스 오먼드가 무심코 도화선에 불을 붙였다.

"유치원으로는 언제 돌아갈 거냐?"

누군가 물었다.

"저요? 버니스가 단발로 머리를 자르는 날이죠."

"그럼 학교는 영영 안녕이구나."

마저리가 재빨리 말했다.

"그냥 허세였거든. 네가 아는 줄 알았는데."

"진짜예요?"

오티스가 비난 어린 눈초리로 버니스를 쳐다보면서 물었다.

버니스는 귀를 새빨갛게 물들이며 적절한 대꾸를 생각해 내려고 애썼다. 이렇게 직접적인 공격을 받으니 상상력이 마비되어 버렸다.

"세상에는 허세 부리는 사람이 많아."

마저리가 의기양양하게 말을 이었다.

"네가 어려도 그 정도는 아는 줄 알았는데 말이야, 오티스."

"뭐."

오티스가 말했다.

"그럴지도 모르죠. 하지만, 이야! 버니스가 하는 말을 들으면⋯⋯."

"정말?"

마저리가 하품을 하며 말했다.

"가장 최근의 기지 넘치는 대사가 뭐였는데?"

아는 사람이 없는 것 같았다. 사실 버니스는 제 뮤즈의 애인과 시시덕거리느라 최근에는 기억에 남을 만한 말을 하지 못했다.

"정말 그게 다 준비된 대사였어?"

로버타가 궁금하다는 듯이 물었다.

버니스는 망설였다. 어떻게든 재치를 선보여야 한다는 느낌이 들었지만 갑작스레 냉담해진 사촌의 시선 때문에 옴짝달싹할 수 없었다.

"모르겠어."

버니스는 시간을 끌려고 말했다.

"어서!"

마저리가 말했다.

"그냥 털어놔!"

버니스는 워렌의 시선이 만지작거리고 있던 우쿨렐레에서 떠나 미심쩍다는 듯이 자신에게 꽂힌 것을 보았다.

"아, 모르겠어!"

그녀가 똑같이 되풀이했다. 뺨이 후끈거렸다.

"털어놔!"

마저리가 다시 말했다.

"한 방 먹여요, 버니스."

오티스가 다그쳤다.

"마저리에게 그만두라고 말해 주라고요."

버니스는 다시 주변을 둘러보았다. 워렌의 눈에서 벗어날 수 없을 것 같았다.

"난 단발머리가 좋아."

버니스는 워렌의 질문에 답하기라도 하듯이 서둘러 말했다.

"단발로 자를 계획이에요."

"언제?"

마저리가 물었다.

"언제든."

"지금이야말로 딱인데."

로버타가 제안했다. 오티스가 벌떡 일어났다.

"좋은 생각이야!"

오티스가 외쳤다.

"여름 단발머리 파티를 해요. 시비어 호텔 이발소에서 자르겠다고 한 것 같은데."

어느새 모두 일어나 있었다. 버니스의 심장이 격렬하게 요동쳤다.

"뭐?"

버니스가 숨을 헐떡이며 물었다. 일행들 사이로 마저리의 목소리가 들렸다. 매우 또렷하고 경멸에 찬 목소리였다.

"걱정 마…… 저 앤 발뺌할 테니까!"

"어서요, 버니스!"

오티스가 문 쪽으로 걸어가며 외쳤다.

네 개의 눈동자. 그러니까 워렌의 눈과 마저리의 눈이 버니스를 빤히 바라보며 할 수 있으면 해 보라고 말하고 있었다. 잠시 버니스는 걷잡을 수 없이 흔들렸다.

"좋아."

버니스가 얼른 말했다.

"상관없어."

영원처럼 느껴지는 몇 분이 지난 후 버니스는 워렌과 나란히 자동차에 앉아 오후가 깊어 가는 시내를 달리면서 사형수 호송차에 실려 단두대로 향하던 마리 앙투아네트의 심정을 하나하나 느꼈다. 다른 사람들은 로버타의 차를 타고 바짝 따라왔다. 그녀는 왜 모두 실수였다고 외치지 않았을까 하고 멍하니 생각했다. 갑자기 적대적으로 변한 세상이 그녀의 머리카락을 두 손으로 붙잡지 못하도록 방어할 방법은 그것뿐이었는데.

그러나 그녀는 어떻게도 하지 않았다. 어머니를 떠올려도 지금은 멈출 수 없었다. 이것은 정정당당함을 얻기 위해 통과

해야 할 최후의 관문이었다. 인기 있는 여자라는 별들로 반짝이는 하늘에서 거침없이 활보할 권리를 따내기 위해 치러야 하는 시험이었다.

워렌은 침울하게 침묵을 지켰다. 호텔에 도착하자 길턱 옆에 차를 세우고 버니스에게 먼저 내리라는 뜻으로 고갯짓을 했다. 로버타의 자동차에서 떠들썩하게 들뜬 무리가 내렸다. 그리고 선명한 판유리 창문 두 개를 거리 쪽으로 낸 이발소로 들어갔다.

버니스는 길턱에 서서 '시비어 이발소'라는 간판을 바라보았다. 정말이지 그곳은 단두대였고 사형 집행인은 흰 가운을 입고 담배를 피우며 첫 번째 의자에 무심히 기댄 저 이발사일 터였다. 그는 분명 버니스의 소식을 들었을 것이다. 불길하고 너무나 자주 입에 오르내린 저 첫 번째 의자 옆에서 담배를 끝없이 피워 대며 일주일 내내 기다렸을 것이다. 이발사는 버니스의 눈을 가려 줄까? 아니, 그녀의 목에 흰 천을 감겠지. 그녀의 피가…… 이 무슨 헛소리람…… 머리카락이 옷에 떨어지지 않도록.

"자, 버니스."

워렌이 재빨리 말했다. 버니스는 턱을 치켜들고 보도를 건너 흔들리는 방충문을 쑥 밀었다. 대기용 벤치에 줄지어 앉아 와자지껄 떠드는 무리에게는 눈길도 주지 않고 첫 번째 이발사에게 다가갔다.

"단발로 자르고 싶어요."

첫 번째 이발사의 입이 약간 벌어졌다. 담배가 바닥으로 떨어졌다.

"뭐요?"

"내 머리요…… 잘라 달라고요!"

서설은 그 정도로 마치고 버니스는 높은 의자에 앉았다. 옆 의자에 앉아 있던 남자가 고개를 기울이고 비누 거품과 놀라움이 뒤섞인 얼굴로 그녀를 흘낏 쳐다보았다. 어떤 이발사는 깜짝 놀란 나머지 어린 윌리 슈네만이 월례 행사로 자르는 머리를 망쳐 버렸다. 맨 끝 의자에 앉은 오레일리 씨는 면도날에 뺨을 베이자 툴툴거리면서 노래하듯이 고대 게일 어로 욕을 했다. 구두닦이 둘이 눈을 휘둥그레 뜨고 그녀의 발치로 쪼르르 달려갔다. 하지만 버니스는 구두에 광을 내는 데는 관심이 없었다.

밖에서는 어느 행인이 걸음을 멈추고 빤히 들여다보고 있었다. 남녀 한 쌍이 동참했다. 작은 남자아이들 대여섯 명의 코가 갑자기 나타나더니 유리창에 눌려 납작해졌다. 그리고 대화 조각들이 여름 산들바람을 타고 방충문 사이로 흘러들었다.

"꼬마가 머리도 참 기네!"

"그건 또 무슨 소리야? 저 사람은 수염 난 여잔데 이제 막 면도를 끝낸 거라고."

그러나 버니스에게는 아무것도 보이지 않았고 아무것도 들리지 않았다. 살아 있는 유일한 감각이, 흰 가운을 입은 남자가 그녀의 머리에서 거북딱지로 만든 빗을 하나 그리고 또 하나 뺐다고 알려 주었다. 그 남자의 손가락이 생소한 머리핀들을 서투른 손놀림으로 만지고 있다고 알려 주었다. 이 머리카락,

그녀의 아름다운 머리카락이 사라지고 있다고 알려 주었다. 빛나는 진갈색 머리카락을 등에 늘어뜨렸을 때 그 길고 탐스러운 머리채가 자아내는 매력을 다시는 느끼지 못할 터였다. 잠시 버니스는 감정을 주체하지 못하고 허물어질 뻔했지만 눈앞에 있는 어떤 영상이 무의식적으로 시야에 잡혔다. 입을 삐죽이고 얄궂은 미소를 희미하게 짓는 마저리의 모습이었는데 이렇게 말하는 것 같았다.

'포기하고 내려와! 네가 나에게 맞서려고 해서 네 허세를 자극해 본 거야. 성공할 가망 없다는 거 알잖아.'

하얀 천 밑에서 두 주먹을 불끈 쥐자 버니스의 몸속에서 마지막 남은 기운이 솟구쳤다. 그리고 버니스는 기묘하게 눈살을 찌푸렸는데, 마저리는 먼 훗날 누군가에게 그 눈살을 언급했다.

20분 후 이발사는 버니스가 거울을 똑바로 볼 수 있도록 의자를 돌렸고, 그녀는 회복할 수 없을 만큼 손상된 모습에 움찔했다. 곱슬곱슬한 머리카락은 사라졌고 갑자기 창백해진 얼굴 양쪽으로 생기 없는 덩어리가 쭉 뻗어 있을 뿐이었다. 지독히도 흉했다. 그녀는 지독히 흉하리란 것을 알고 있었다. 버니스의 얼굴에 깃든 가장 큰 매력은 성모 마리아 같은 청순함이었다. 이제 그것은 사라지고 그녀는…… 그러니까 몹시도 평범해졌다. 자연스럽지가 않았다. 안경을 집에 두고 온 그리니치빌리지 주민처럼 우스꽝스러울 뿐이었다.

버니스는 의자에서 내려오며 웃어 보이려고 했지만 비참하게도 실패했다. 두 여자가 눈빛을 주고받는 모습이 보였다. 마저리의 입꼬리는 비웃듯이 올라가 있었다. 그리고 워렌의 눈빛은 돌연 몹시도 차가워졌다.

"봤지."

버니스가 어색하게 말을 멈추었다.

"내가 해냈어."

"그래, 그래…… 해냈구나."

워렌이 시인했다.

"마음에 들어?"

두세 명이 성의 없이 "물론이지." 하고 대답했고 그 후 다시 어색한 침묵이 내려앉았다. 그러다 마저리가 뱀처럼 매섭게 워렌에게 고개를 획 돌렸다.

"세탁소까지 태워 줄래?"

마저리가 물었다.

"저녁 식사 전에 드레스를 가져와야 해서 말이야. 로버타는 곧장 집으로 갈 테니 다른 아이들은 그 차를 타면 돼."

워렌은 창문 너머로 헤아릴 수 없이 멀리 있는 반점을 우두커니 바라보았다. 잠시 후 그의 차가운 눈동자가 버니스를 스친 다음 마저리에게 향했다.

"얼마든지."

그가 천천히 말했다.

6

버니스는 저녁을 먹기 직전 이모의 놀란 눈빛을 보고 나서야 그녀를 잡으려고 놓은 기막힌 덫이 무엇인지 완전히 깨닫게 되

233

었다.

"아니, 버니스!"

"단발로 잘랐어요, 조세핀 이모."

"어머, 얘!"

"마음에 드세요?"

"아, 버니스!"

"충격 받으셨나 봐요."

"아니야, 하지만 내일 밤 디요 부인이 어떻게 생각하실지! 버니스, 디요 부인의 댄스파티가 끝날 때까지 만이라도 기다리지 그랬니…… 머리를 자르고 싶었으면 기다렸어야지."

"어쩌다 그렇게 됐어요. 이모. 어쨌든 디요 부인과 뭐 특별한 상관이라도 있는 거예요?"

"아, 얘야."

하비 부인이 외쳤다.

"디요 부인이 지난 목요 클럽 모임 때 '젊은 세대의 결점'에 관해 직접 쓴 논설문을 읽었어. 그런데 단발머리에 대한 내용이었고 십오 분이나 할애했단다. 부인이 제일 싫어하는 게 단발머리야. 게다가 그 댄스파티는 너와 마저리를 위해 여는 건데 말이야!"

"죄송해요."

"오, 버니스. 네 엄마가 뭐라고 하겠니? 내가 가만 내버려두었다고 생각할 거야."

"죄송해요."

저녁 식사는 괴로웠다. 버니스는 식사 시간 전에 고대기로

급히 머리를 손보았지만 손가락을 데고 머리카락 상당 부분을 태우고 말았다. 이모가 걱정스러워하며 슬퍼하는 모습이 보였고 이모부는 괴로우면서도 거북한 어조로 "나 원, 이런 일이!"라는 말을 되풀이했다. 그리고 마저리는 희미한 미소와 어렴풋한 비웃음 뒤에 숨은 채로 매우 조용히 앉아 있었다.

버니스는 가까스로 저녁 시간을 버텼다. 남자 세 명이 전화를 걸었다. 마저리는 그중 한 명과 사라졌고 버니스는 다른 두 명과 즐겁게 지내 보려고 마지못해 노력했지만 소용이 없었다. 열 시 반에 그녀는 방으로 가는 계단을 오르며 고맙다는 듯이 한숨을 내쉬었다. 참 지독한 하루였다!

잠을 자려고 옷을 벗는데 문이 열리며 마저리가 들어왔다.

"버니스."

마저리가 말했다.

"디 요 부인의 댄스파티는 진짜 미안하게 됐어. 내 명예를 걸고 말하는데 까맣게 잊어버렸지 뭐야."

"괜찮아."

버니스가 짤막하게 대답했다. 그녀는 거울 앞에 서서 짧은 머리카락을 천천히 빗질하고 있었다.

"내일 시내로 데려다줄게."

마저리가 말을 이었다.

"미용사가 다듬으면 멋져 보일 거야. 네가 감행할 줄은 꿈에도 몰랐어. 정말로 미안해."

"아, 괜찮다니까!"

"그래도 오늘 밤이 마지막이니 별문제 없을 거야."

다음 순간 버니스는 움찔 놀랐다. 마저리가 어깨 너머로 머리카락을 훌훌 넘기더니 긴 금발을 천천히 꼬아서 두 갈래로 땋기 시작했던 것이다. 크림색 실내복을 입은 마저리는 고대 색슨 족 공주를 표현한 섬세한 그림처럼 보였다. 그 모습에 매료된 버니스는 마저리의 머리에서 땋은 부분이 길어지는 광경을 지켜보았다. 들뜬 뱀처럼 유연하게 움직이는 손가락 밑에서 묵직하고 풍성한 머리채가 움직였다. 그리고 버니스에게는 이 폐허와도 같은 머리와 고대기 그리고 내일 마주해야 할 온갖 시선만이 남았다.

그녀를 좋아했던 G. 리스 스토다드가 디너파티 파트너에게 하버드 대학생다운 태도로, 버니스가 영화관에 자주 가도록 허락하지 말았어야 한다고 말하는 모습이 떠올랐다. 드레이코트 디요가 어머니와 시선을 교환한 다음 양심상 그녀에게 자선을 베푸는 모습도 떠올랐다. 그러나 다시 생각해 보니 내일이면 디요 부인도 소식을 듣게 될 터였다. 파티에 나타나지 말라고 요구하는 차디찬 쪽지를 보낼지도 몰랐다. 그러면 모두들 그녀의 등 뒤에서 비웃으며 마저리가 그녀를 웃음거리로 만들었다는 사실을 알게 될 것이다. 아름다워질 수 있었던 기회를 이기적인 여자아이의 질투 어린 변덕 때문에 희생시키고 말았다는 사실도. 버니스는 거울 앞에 털썩 주저앉아 볼 안쪽을 깨물었다.

"난 마음에 들어."

버니스는 애써 말했다.

"나에게 어울리게 될 거야."

마저리가 웃음을 지었다.

"괜찮아 보여. 제발 그것 때문에 걱정하지 마!"

"걱정 안 해."

"잘 자, 버니스."

그러나 문이 닫히자 버니스의 몸속에서 뭔가가 번쩍했다. 버니스는 발딱 일어나 두 주먹을 불끈 쥔 다음 재빨리 그리고 소리 없이 침대로 다가가 침대 밑에서 여행 가방을 끄집어냈다. 화장품과 갈아입을 옷 한 벌을 가방 속으로 내던졌다. 그런 다음 큰 트렁크로 다가가서 서랍 두 개분의 속옷과 여름 드레스를 마구 던져 넣었다. 조용히 그러나 대단히 효율적으로 움직인 덕분에 45분이 지나자 트렁크는 잠겨서 끈으로 묶였고 그녀는 마저리의 도움을 받아 골라 두었던 새 여행복으로 완벽하게 차려입었다.

버니스는 책상에 앉아 떠나는 이유를 요약해 하비 부인에게 짧은 쪽지를 썼다. 쪽지를 밀봉하고 수신인의 이름을 쓴 다음 베개 위에 놓았다. 버니스가 손목시계를 흘낏 보았다. 기차 출발 시각은 한 시였고 두 블록 떨어진 마보로 호텔까지 걸어가면 쉽게 택시를 잡을 수 있을 터였다.

버니스가 갑자기 날카롭게 숨을 들이켰고 눈동자에는 어떤 빛이 번득였다. 사람의 특징을 노련하게 읽는 사람이라면 이것이 그녀가 이발소 의자에서 지었던 그 굳은 표정과 어렴풋하게 비슷하다고 여길 수 있을 것이다. 그때보다 약간 발전된 표정이었다. 버니스에게서 찾아볼 수 없었던 새로운 표정이었다. 그리고 중요한 의미가 깃든 표정이었다.

버니스는 책상으로 살그머니 다가가 그곳에 놓인 물건 하나를 집어 들고 불을 모두 끈 다음 눈이 어둠에 익숙해질 때까지 조용히 기다렸다. 그리고 마저리의 침실 문을 살며시 밀어서 열었다. 양심에 아무 거리낌 없이 잠든 조용하고 고른 숨소리가 들렸다.

이제 버니스는 매우 신중하고 차분한 모습으로 침대 옆에 서 있었다. 그녀는 신속하게 행동했다. 몸을 숙이고 마저리의 땋은 머리채 하나를 찾아내 머리에서 가장 가까운 지점까지 더듬 더듬 올라갔다. 그리고 잠든 사람에게 잡아당겨지는 느낌이 전해지지 않도록 그 부분을 느슨하게 잡은 다음 가위를 대고 싹 둑 잘랐다. 버니스는 땋아 내린 머리채를 손에 든 채 숨을 죽였다. 마저리가 잠꼬대로 뭐라고 웅얼거린 탓이었다. 버니스는 다른 머리채도 능숙하게 자르고 잠시 멈추었다가 바람처럼 날쌔게 그리고 조용히 자기 방으로 돌아갔다.

아래층으로 내려온 버니스가 큰 현관문을 열었다가 등 뒤로 조심조심 닫았다. 이상할 정도로 행복하고 날아갈 듯한 기분이었다. 현관 계단을 내려와 달빛 속으로 들어서며 무거운 가방을 쇼핑백처럼 흔들었다. 잠시 활기차게 걷던 버니스는 땋은 금발 머리채 두 개를 아직 왼손에 쥐고 있음을 깨달았다. 불쑥 웃음이 터졌다. 마구 쏟아져 나오는 웃음을 막으려고 입을 앙 다물어야 했다. 마침 워렌의 집을 지나고 있었다. 그녀는 충동 적으로 짐을 내려놓고 땋은 머리채를 밧줄 조각처럼 휘두르다 나무 현관으로 내던졌다. 머리채는 현관에 털썩 내려앉았다. 다시 웃음이 터져 나왔고 버니스는 더 이상 웃음을 참지 않았다.

"하하!"

버니스가 격렬하게 낄낄 웃어 댔다.

"이기적인 것들은 머리 가죽을 벗겨 버려야 해!"

그런 다음 그녀는 여행 가방을 들고서 달빛에 물든 거리를 총총 걸어가기 시작했다.

성체강복식

1

볼티모어 기차역은 무덥고 혼잡했다. 로이스는 지루할 만큼 길고 끈적끈적한 몇 초 동안 전보 접수대 옆에 서 있어야 했다. 앞니가 커다란 직원이 비대한 여자의 당일 발송 전보를 보며 무해한 마흔아홉 단어인지 치명적인 쉰한 단어인지를 세고 또 세고 있었기 때문이었다.

기다리던 로이스는 주소가 확실한지 모르겠다는 생각에 가방에서 편지를 꺼내 다시 훑어보았다.

내 사랑(편지는 이렇게 시작되었다.),

나는 이해해. 그리고 인생이 나에게 허락해 준 행복보다 더 큰 행복을 누리고 있어. 당신에게 익숙한 그 모든 것들을 내가 당신에게 줄 수 있다면! 하지만 난 그럴 수가 없어, 로이스. 우리는 결혼할 수도 없고 서로를 잃을 수도, 그동안의 빛나는 사랑을 의미 없이 끝낼 수도 없어.

　당신의 편지가 오기 전까지는 내 사랑, 나는 여기 앉아서 어디로 갈 수 있을지, 당신을 잊을 수 있을지 막막하게 생각하고 또 생각했어. 혹시 해외로 나가 이탈리아나 스페인을 떠돌면 당신을 잃은 아픔이 꿈처럼 사라지지 않을까 싶었어. 그러나 장구하고 원숙한 문명이 허물어지고 남긴 폐허를 보면 내 황량한 심장을 보는 것만 같겠지…… 그때 당신의 편지가 온 거야.

　누구보다도 사랑스럽고 용감한 아가씨, 나에게 전보를 보내면 윌밍턴으로 만나러 갈게. 그때까지는 이곳에서 기다리며 당신이 주인공이었던 긴 꿈들이 모두 이루어지기만을 고대하고 있을 거야.

하워드

　닳고 닳도록 읽어서 단어 하나하나까지 외울 정도였지만 여전히 놀라운 편지였다. 편지에는 그것을 쓴 남자의 수많은 모습이 희미하게 어려 있었다. 검은 눈동자 속에 뒤섞인 다정함과 서글픔, 그의 말을 들을 때마다 가슴속에서 은밀하게 요동치던 설렘, 그녀의 생각을 잠재워 버리는 황홀한 관능. 로이스는 열아홉 살이었고 무척 낭만적이었으며 호기심이 많고 용감했다.

　그 비대한 여자와 직원이 쉰 단어로 타협을 하자 로이스는 백지를 가져와 전보 내용을 썼다. 이 최종 결정에 감춰진 의도 같은 것은 없었다.

　그녀는 그저 운명이라고 생각했다. 이 빌어먹을 세상에서 일이 진행되는 방식일 뿐이라고. 오직 비겁함 때문에 지금껏 망설였다면 이제 더는 망설이지 않을 작정이었다. 두 사람은 상황이 자연스럽게 흘러가도록 내버려 둘 것이고 결코 후회하지 않을 것이다.

직원이 전보를 훑어보았다.

오늘 볼티모어 도착 오빠와 하루 지냄 윌링턴에서 오후 세 시에 만나요 내 사랑

로이스

"오십사 센트입니다."

직원이 감탄한 목소리로 말했다.

'결코 후회하지 않을 거야.'라고 로이스는 생각했다. 결코 후회하지 않아.

2

나무 사이로 쏟아진 빛이 풀 위에 얼룩졌다. 키 크고 나른한 여인들이 깃털 부채를 들고 서 있는 것처럼 보이는 나무들이 수도원의 꼴사나운 지붕을 경쾌하게 만지작거렸다. 집사 같은 나무들이 고요한 인도와 오솔길 위로 정중하게 허리를 굽히고 있었다. 언덕 양옆으로는 떼를 짓거나 나란히 줄지어 서거나 숲을 이룬 나무들이 메릴랜드 동부까지 드문드문 이어졌다. 그 나무들은 수없이 펼쳐진 노란 들판의 테두리를 우아하게 장식하고, 꽃이 핀 덤불이나 오르막에 자리 잡은 황량한 뜰의 어

두컴컴한 배경이 되어 주기도 했다.

매우 명랑하고 생기 넘치는 나무들도 있었지만 수도원의 나무들은 수도원보다 오래된 것이었다. 하지만 이곳은 진정한 수도원의 기준으로 보면 오래된 수도원이라고 할 수도 없었다. 그리고 사실 엄밀히 말해 수도원이라고 불리지도 않았고 그저 신학교일 따름이었다. 그럼에도 여기서는 수도원이라고 부르기로 하자. 빅토리아 시대 건축 양식이나 에드워드 7세 시절에 증축한 건물, 심지어는 우드로 윌슨 시대의 전매특허인 백 년 이상 지속될 지붕까지 갖추고 있긴 하지만 말이다.

뒤쪽에 농장이 있었는데 그곳에서는 수도사 대여섯 명이 대단히 효율적으로 채소밭을 돌아다니며 힘차게 땀을 흘리고 있었다. 왼쪽에는 줄지어 선 느릅나무 뒤로 약식 야구장이 있었다. 그곳에서 수련 수사 세 명이 네 번째 수련 수사가 친 공을 야단스레 뒤쫓으며 헐떡이고 색색거렸다. 앞쪽에서 크고 부드러운 종소리가 들리며 30분을 알리자 검은 인간 나뭇잎들이 인정 많은 나무 아래 난 바둑판 같은 오솔길로 날아왔다.

이 검은 나뭇잎들 중 일부는 몹시 늙어서 물을 튀긴 웅덩이에 처음 생기는 잔물결처럼 뺨에 깊은 주름이 패어 있었다. 여기저기 보이는 중년의 나뭇잎들의 경우 옆에서 보면 속이 들여다보이는 수사복 속에서 형체가 미세하게 비대칭으로 변해 가고 있었다. 이들은 토마스 아퀴나스, 헨리 제임스, 메르시에 추기경, 임마누엘 칸트와 같은 두꺼운 책들에다 빽빽한 강의 자료로 불룩한 공책을 많이 들고 있었다.

그러나 가장 많은 수를 차지하는 것은 젊은 나뭇잎들이었다. 표정이 매우 엄격하고 진지한 열아홉 살짜리 금발 소년들이 있었다. 5년 동안 속세를 벗어나 가르침을 받은 덕분에 날카로운 자신감으로 무장한 20대 후반 남자들도 있었다. 그중 몇 백 명은 메릴랜드, 펜실베이니아, 버지니아, 웨스트버지니아, 델라웨어 등의 도시와 마을과 시골에서 온 사람들이었다.

미국인이 다수였고 아일랜드 인이 일부 있었고 거친 아일랜드 인도 일부 있었으며 프랑스 인이 몇 명, 이탈리아 인과 폴란드 인이 또 몇 명 있었다. 그들은 두세 명씩, 혹은 여럿이서 나란히 줄지어 허물없이 팔짱을 낀 채로 걸었는데, 거의 모든 이들에게서 곧은 입매와 무시할 수 없는 턱이 두드러지게 보였다. 이들이 예수회이기 때문이었다. 예수회는 500년 전 스페인에서 어느 강인한 군인에 의해 설립되었는데, 그는 남자들이 방어선과 상점을 지키거나 설교를 하거나 조약을 맺는 임무 등을 이행하되 이의를 제기하지 않고 순종하도록 훈련을 시켰다.

로이스는 버스에서 내려 바깥문 옆을 비추는 햇빛 속으로 들어갔다. 그녀는 열아홉 살이었고 노란색 머리카락과 사람들이 초록색이라고는 표현하지 않을 그런 눈동자를 지니고 있었다. 재능 있는 남자들은 전차에서 그녀를 보면 종종 작은 몽당연필과 봉투를 슬그머니 꺼내 봉투 뒷면에 그녀의 옆모습이나 눈썹이 자아내는 분위기를 압축해서 묘사하려고 했다. 그러나 대개는 나중에 결과물을 보고 이상하다는 듯이 한숨을 내쉬며 찢어버렸다.

로이스는 값비싸고 근사한 여행복으로 한껏 멋을 부렸음에도 불구하고 옷을 뒤덮은 먼지를 털어내려고 꾸물거리지 않았다. 호기심 어린 눈으로 양쪽을 흘끔거리며 중앙에 난 보도를 따라 걸음을 옮겼다. 몹시 진지하면서도 들뜬 표정이었지만 프린스턴대학이나 예일대학의 졸업 댄스파티에 도착했을 때 여학생들이 짓는 그런 빛나는 얼굴은 아니었다. 어쨌든 이것은 졸업 댄스파티가 아니었고 표정이야 중요하지 않았을 것이다.

로이스는 그가 어떻게 생겼을지, 사진만으로 그를 알아볼 수 있을지 궁금했다. 집에 있는 어머니의 책상 위에 걸린 사진에서 그는 무척 젊고 뺨이 홀쭉했으며 약간 애처로워 보였다. 다만 잘 발달된 입매와 몸에 안 맞는 수련 수사복은 그가 이미 삶에 관해 중대한 결정을 내렸음을 보여 주었다. 물론 당시 그는 겨우 열아홉 살이었고 지금은 서른여섯 살인데 전혀 그 나이로 보이지 않았다. 최근에 찍은 스냅 사진에서는 훨씬 건장했고 머리숱이 조금 줄어 있었다. 그러나 로이스가 늘 간직해 온 오빠의 인상은 그 커다란 사진 속의 모습이었다. 그래서 언제나 오빠가 조금 가엾다고 생각했다. 남자로서 견디기 힘든 삶이 아닌가! 17년 동안 준비했는데 아직도 사제가 되지 못했다. 1년 더 지나도 안 될 것이다.

로이스는 가만 내버려 두면 분위기가 다소 엄숙하게 흘러갈 거라고 생각했다. 그러나 오늘은 최선을 다해 티 없는 햇살을 흉내 낼 작정이었다. 머리가 쪼개질 듯 아플 때나 어머니가 신경 쇠약 증세를 보일 때, 낭만과 호기심과 용기에 유난히 사로잡힐 때에나 가능한 그런 흉내를 낼 생각이었다. 그녀의 오빠라는 사람은 분명 격려가 필요할 것이고, 오빠가 좋아하든지 그렇지 않든지 격려를 받게 될 터였다.

크고 수수한 정문이 가까워지자 어떤 남자가 갑자기 무리에서 이탈해 수도복 자락을 잡아 올리고 그녀를 향해 달려왔다. 미소 띤 얼굴이 보였고 체구가 무척 큰 것 같았으며 믿음직해 보였다. 그녀는 걸음을 멈추고 기다렸다. 심장이 유난히 빨리 뛰고 있음을 느낄 수 있었다.

"로이스!"

그 남자가 외쳤고 다음 순간 그녀는 그의 품에 안겨 있었다. 로이스의 몸이 갑작스레 떨렸다.

"로이스!"

그가 다시 소리쳤다.

"아, 얼마나 반가운지 모르겠어! 내가 이 순간을 얼마나 고대했는지 다 말할 수가 없다. 아, 로이스, 정말 어여쁘구나!"

로이스는 숨이 멎을 듯했다.

그의 목소리는 절제되어 있었지만 생기가 넘쳐흘렀다. 그리고 그녀가 가족들 중 자신만 지니고 있다고 생각했던, 상대를 휘감는 듯한 특이한 분위기를 풍겼다.

"저도 정말 반가워요…… 키스 오빠."

이렇게 처음으로 그의 이름을 부를 때 로이스의 얼굴이 붉어졌지만 행복하지 않아서는 아니었다.

"로이스, 로이스…… 로이스."

그가 감탄하며 몇 번이나 불렀다.

"자, 잠깐 들어가자. 원장 신부님을 소개하고 싶거든. 그다음에는 여기저기 둘러보자꾸나. 너와 하고 싶은 이야기가 얼마나 많은지 모른단다."

그의 목소리가 진지해졌다.

"어머니는 어떠시니?"

로이스는 잠시 그를 보다가 말할 생각이 조금도 없었던 이야기를, 반드시 피해야겠다고 결심했던 이야기를 꺼내고 말았다.

"오, 키스 오빠…… 어머니는…… 어머니는 줄곧 악화되고 있어요, 모든 면에서."

키스가 다 안다는 듯이 천천히 고개를 끄덕였다.

"신경증 때문이지. 그래, 그 얘기는 나중에 해 주렴. 일단……."

로이스는 커다란 책상이 있는 작은 서재에 들어갔다. 그리고 그녀의 손을 잠시 꼭 잡아 준 작고 쾌활한 백발의 신부에게 뭐라고 이야기했다.

"그러니까 이 아가씨가 로이스구나!"

신부는 오래전부터 그녀의 이야기를 들어 온 듯 말했다. 그는 로이스에게 어서 앉으라고 했다.

다른 신부 두 명이 한껏 들뜬 모습으로 들어와서 로이스와 악수하며 그녀를 '키스의 여동생'이라고 불렀는데 로이스는 조금도 거북하지가 않았다.

무척이나 자신감 있는 모습들이었다. 로이스는 이 사람들이 쑥스러워하거나 적어도 조심스럽게 행동할 거라고 짐작했었다. 그녀가 이해할 수 없는 농담이 몇 차례 오갔는데 그런 농담에 다들 즐거워하는 것 같았다. 몸집이 작은 원장 신부는 그 세 사람을 '둔해 빠진 수사들'이라고 불렀는데 물론 세 사람은 수사가 아니었으므로 그녀도 그 말을 이해할 수 있었다. 그들이 키스를 특히 좋아하는 것 같다는 생각이 번개처럼 그녀의 머리를 스쳤다. 원장 신부는 그를 '키스'라고 편하게 불렀고 다른 신부들 중 한 명은 이야기를 나누는 동안 줄곧 그의 어깨에 한 손을 얹고 있었다. 그 후 로이스는 다시 악수를 나누고 잠시 후에 아이스크림을 먹으러 돌아오겠다고 약속하면서 빙그레 웃고 또 웃었다. 터무니없다 싶을 정도로 행복했다. 그녀는 키스가 무척 즐거운 모습으로 자신을 자랑하고 있기 때문이라고 마음속으로 생각했다.

곧 로이스와 키스는 팔짱을 끼고 오솔길을 거닐었다. 그는 원장 신부가 얼마나 귀한 사람인지 그녀에게 알려 주었다.

"로이스."

키스가 갑자기 하던 얘기를 멈추고 말했다.

"더 걸어가기 전에 네가 여기까지 찾아와 준 것이 나에게 얼마나 큰 의미인지 말해 주고 싶구나. 넌 정말이지…… 마음이 고운 아이야. 네가 그동안 얼마나 즐겁게 지냈는지 알고 있단다."

로이스는 숨이 턱 막혔다. 전혀 예상하지 못한 말이었다. 처음에 볼티모어까지 무더운 여정을 마치고 친구 집에서 밤을 보낸 후 오빠를 보러 오기로 계획했을 때 그녀는 자신이 제법 단정한 사람이라고 생각했다. 그리고 그동안 이곳에 찾아오지 않았다는 점 때문에 오빠가 고지식하게 화내지 않기만을 바랐다. 그리고 여기에서 오빠와 함께 나무 아래를 걷는 것이 몹시 사소하면서도 행복한 일로 느껴졌다.

"아, 오빠."

그녀가 재빨리 말했다.

"난 하루도 더 기다리지 못했을 거예요. 오빠를 만난 건 다섯 살 때였고 물론 기억나지 않지만, 어쩜 하나뿐인 오빠를 제대로 만나지도 않고 지금까지 지냈을까요?"

"넌 정말 마음이 곱구나, 로이스."

그가 거듭 말했다. 로이스는 얼굴을 붉혔다. 그는 정말로 인품이 고귀한 사람이었다.

"너에 대해서 모두 이야기해 주면 좋겠구나."

키스는 잠시 말이 없다가 다시 입을 열었다.

"물론 그 십사 년 동안 너와 어머니가 유럽에서 어떤 생활을 했는지 대충은 알고 있어. 그리고 네가 폐렴에 걸려서 어머니와 함께 오지 못했을 때는 우리 모두 몹시 걱정했단다. 어디 보자, 그게 이 년 전이구나. 또 신문에서 네 이름을 보기는 했지만 그것으로 만족할 수는 없었지. 너를 잘 알 수가 없었으니까, 로이스."

그녀는 남자들을 만날 때마다 성격을 분석하듯이 어느새 자신이 그의 성격을 분석하고 있음을 깨달았다. 이런 인상, 그러니까 그가 풍기는 친밀감이 그녀의 이름을 끊임없이 불러 주기 때문에 생겨난 것인지 궁금했다. 그는 그 단어를 사랑한다는 듯이, 그 자체로 의미가 있다는 듯이 로이스의 이름을 불렀다.

"그 후에 넌 학교에 들어갔지."

그가 말을 이었다.

"네, 파밍턴에요. 어머니는 나를 수녀원에 보내고 싶어 했지만…… 가고 싶지 않았어요."

로이스는 이 말에 그가 기분이 상했을까 봐 흘끗 곁눈질을 했다. 그러나 그는 천천히 고개만 끄덕일 뿐이었다.

"해외에도 수녀원이 많지?"

"그래요······ 하지만 오빠, 어쨌든 그곳 수도원들은 달라요. 여기에서는 가장 훌륭하다고 하는 수녀원에도 저속한 여자아이들이 많은걸요."

그가 다시 고개를 끄덕이며 동의했다.

"그런 모양이다. 네가 수녀원을 어떻게 생각하는지 알겠다. 처음에는 나도 여기 있는 것이 껄끄러웠단다. 너 말고 다른 사람에게는 이런 얘기를 하지 않겠지만 말이야. 우리, 그러니까 너와 나는 이런 상황에 좀 예민하니까."

"여기 있는 사람들 때문에요?"

"그래. 물론 좋은 사람들도 있고, 난 늘 그런 사람들과 어울리며 살아왔지만 그렇지 않은 사람들도 있단다. 예를 들어 리건이라는 남자가 있었는데 난 그 사람이 싫었지. 지금은 나와 무척 친한 사이가 되었어. 무척 훌륭한 사람이야, 로이스. 나중에 만나게 될 거다. 싸울 때 네 편이면 좋을 그런 사람이야."

로이스는 키스야말로 싸울 때 자신과 같은 편이면 좋겠다고 생각했다.

"어떻게······ 어떻게 시작되었나요?"

그녀가 약간 멋쩍게 물었다.

"여기까지 오게 된 거 말이에요. 물론 엄마가 풀먼 객차에서 일어난 이야기는 해 줬어요."

"오, 그거······."

키스가 괴로운 듯한 표정을 지었다.

"말해 줘요. 오빠에게서 직접 듣고 싶어요."

"오, 네가 알고 있을 내용을 빼면 별거 아니란다. 저녁 무렵이었는데 나는 종일 기차를 타면서 생각하고 있었어. 수백 가지 생각을 말이야, 로이스. 그러다 갑자기 맞은편에 누군가 앉아 있다는 느낌이 들었는데 거기 한참 있었던 것 같아서 막연히 다른 여행자라고 생각했지. 그런데 그 사람이 나에게 몸을 기울였고 목소리가 들렸단다. '네가 사제가 되기를 바란다. 그게 내가 원하는 것이다.' 음, 나는 벌떡 일어나서 외쳤지. '오, 하느님, 그럴 수는 없습니다!' 스무 명쯤 되는 사람들 앞에서 바보짓을 한 거지. 알겠지만 맞은편에는 아무도 앉아 있지 않았단다. 일주일 후에 나는 필라델피아에 있는 예수회 대학을 찾아갔고 교장실로 이어지는 마지막 계단을 엎드린 자세로 기어올랐지."

다시 침묵이 찾아왔고 로이스는 오빠의 눈에 망연한 빛이 어리는 것을, 그가 햇볕이 내리쬐는 들판을 멍하니 바라보고 있는 모습을 보았다. 로이스는 달라진 그의 억양과 이야기를 마칠 때 그의 속에서 흘러나온 듯한 갑작스런 침묵에 마음이 흔들렸다.

그의 눈이 그녀의 눈과 똑같은 분위기를 풍기는 빛바랜 초록색이며 그의 입이 사진에서보다 훨씬 완만하다는 사실이 이제야 눈에 들어왔다. 아니면 최근에 얼굴이 커져서 그렇게 보이는 것일까? 그의 정수리 부분은 머리털이 약간 듬성듬성했다. 모자를 너무 자주 쓴 탓인지 궁금했다. 남자가 대머리가 되어

가는데 신경 써 줄 사람이 아무도 없다니, 몹시 끔찍하게 느껴졌다.

"오빠는…… 어렸을 때 독실했어요?"

로이스가 물었다.

"무슨 말인지 알 거예요. 신앙심이 깊었어요? 이런 개인적인 질문을 해도 된다면요."

"그래."

그가 여전히 망연한 눈빛으로 대답했다. 로이스는 이렇게 정신이 딴 데 쏠린 듯한 모습도 집중하는 모습과 마찬가지로 그의 성격의 일부라고 생각했다.

"그래, 그랬지…… 술에 취하지 않았을 때는."

로이스의 몸이 파르르 떨렸다.

"술을 마셨어요?"

그는 고개를 끄덕였다.

"나는 엉망진창이 되어 가고 있었어."

그가 빙그레 웃더니 회색 눈동자로 그녀를 바라보며 화제를 바꾸었다.

"자, 어머니 얘기를 해 다오. 최근에 네가 거기에서 얼마나 힘든 시간을 보냈는지 알고 있단다. 네가 수없이 희생하며 많은 것들을 참고 견뎌야 했다는 사실을 알고 있어. 내가 너를 얼마나 훌륭한 사람으로 여기는지 알아 주면 좋겠구나. 내 생각에는 로이스, 네가 그곳에서 우리 둘의 역할을 한꺼번에 감당하고 있는 것 같구나."

희생 따위는 거의 하지 않았다는 생각이 로이스의 머리를 휙 스쳤다. 신경 쇠약에 걸려 병자나 다름없는 어머니를 요즘 꾸준히 피해 왔다는 생각도.

"젊은 사람이 나이 든 사람 때문에 희생해서는 안 돼요, 오빠."

그녀는 흔들림 없이 말했다.

"안단다."

그가 한숨을 쉬었다.

"네가 어깨에 무거운 짐을 져서도 안 되지. 내가 거기 있어서 너를 도울 수 있다면 좋으련만."

로이스는 그가 얼마나 재빨리 그녀의 말을 다른 방향으로 이끌었는지 보았고 그 즉시 그에게서 배어 나오는 자질이 무엇인지 깨달았다. 그는 정말로 다정한 사람이었다. 로이스는 잠시 딴 생각을 하다가 엉뚱한 말로 침묵을 깨뜨렸다.

"다정함은 견고함이에요."

그녀가 불쑥 말했다.

"뭐?"

"아니에요."

로이스는 당황해서 말했다.

"입 밖으로 꺼낼 생각은 없었어요. 딴 생각을 하고 있었거든요. 프레디 케블이라는 남자와 나눈 대화를."

"모리 케블의 동생 말이니?"

"맞아요."

로이스는 그가 모리 케블을 안다는 사실에 약간 놀라며 말했다. 하지만 이상할 것은 없었다.

"음, 몇 주 전에 그 사람과 다정함에 관해 이야기를 했거든요. 아, 모르겠어요…… 난 하워드라는 남자가…… 내가 알기로는 다정한 사람이라고 말했어요. 그런데 프레디는 동의하지 않았고 우린 남자의 다정함이 무엇인지 이야기하기 시작했죠. 그는 내가 감상적인 부드러움을 생각한다고 말했지만 사실 그게 아니었어요. 하지만 말로 어떻게 표현해야 할지 잘 모르겠더라고요. 이제는 알겠어요. 난 정확히 반대로 생각하고 있었던 거예요. 진정한 다정함은 일종의 견고함이고…… 강인함인 것 같아요."

키스는 고개를 끄덕였다.

"무슨 말인지 알겠다. 내가 아는 노신부님들 중에도 그런 분들이 있지."

"난 젊은 사람들 얘기를 하는 거예요."

로이스가 약간 반항하듯이 말했다.

"아!"

두 사람이 도착한 곳은 비어 있는 야구장이었고 키스는 로이스에게 나무 벤치를 가리키며 풀밭에 팔다리를 쭉 펴고 누웠다.

"여기 있는 젊은 남자들은 행복해요, 오빠?"

"행복해 보이지 않니, 로이스?"

"그런 것 같아요. 하지만 그 젊은 사람들, 우리가 막 지나친 그 두 사람은…… 그 사람들…… 혹시……."

"서원했냐고?"

그가 웃음을 터뜨렸다.

"아니, 하지만 다음 달에 할 거야."

"영원히요?"

"그래…… 정신적으로나 육체적으로 무너지지 않는다면. 이런 훈련에서는 도중하차하는 사람들이 많기 마련이지."

"하지만 그 사람들은 어려요. 밖에서 누릴 수 있는 멋진 기회들을 포기하는 건가요…… 오빠처럼?"

키스가 고개를 끄덕였다.

"일부는 그렇지."

"하지만 오빠, 저 사람들은 자신들이 뭘 하고 있는지 몰라요. 지금 놓치고 있는 것들을 아예 경험하지도 못했잖아요."

"그래, 그랬을 테지."

"공평하지 않은 것 같아요. 인생이 처음부터 저 사람들에게 겁을 준 거라고요. 다들 이렇게 어린 나이에 들어오나요?"

"아니, 어떤 사람들은 이리저리 돌아다니면서 꽤 험하게 살다 온단다…… 예를 들어 리건처럼."

"그 편이 나을 것 같은데요."

로이스는 곰곰이 생각하며 말했다.

"삶이 어떤지 제대로 보았으니까요."

"아니."

키스는 진지하게 말했다.

"반드시 방황을 해야 다른 사람들과 소통할 수 있는 경험을 얻게 된다고는 생각하지 않는다. 내가 아는 몹시 관대한 사람들 중에는 자기 자신에게만큼은 굉장히 엄격한 태도를 견지하는 사람들이 있단다. 게다가 개심한 난봉꾼들이 편협한 집단이라는 것은 세상이 아는 사실이지. 그렇게 생각하지 않니, 로이스?"

그녀가 여전히 생각에 잠긴 채 고개를 끄덕였고 키스는 말을 이었다.

"내가 보기에 약한 사람이 다른 약한 사람을 찾아갈 때는 도움을 받고 싶어서가 아니야. 죄책감을 공유하고 싶어서란다, 로이스. 네가 태어난 후 어머니는 신경 쇠약 증세를 보이기 시작하면서 콤스톡 부인이라는 사람을 찾아가 함께 울곤 했지. 아아, 그것 때문에 나는 몸을 떨곤 했다. 어머니는 그러면 위로가 된다고 하셨어, 불쌍한 어머니. 아니, 나는 다른 사람을 돕기 위해서 자신의 모습을 모두 보여 줘야 한다고는 생각하지 않아. 진정한 도움은 우리가 존경하는 더 강한 사람에게서 오는 거야. 그리고 사적인 감정이 개입되지 않았기 때문에 그런 사람이 느끼는 연민이 더 깊단다."

"하지만 사람들은 다른 사람의 공감을 원해요."

로이스가 반박했다.

"다른 사람들도 유혹을 받았다고 느끼고 싶어 한다고요."

"로이스, 사람들이 마음 깊이 느끼고 싶어 하는 것은 다른 사람도 약한 존재라는 거야. 그게 바로 인간이라고 생각하지."

그가 웃음을 지으며 말을 이었다.

"이 오래된 수도원에서는 말이야, 로이스. 가장 먼저 우리가 우리의 의지 속에 담고 있는 자기 연민과 자존심을 벗어던지도록 도와준단다. 그래서 우리에게 마루를 북북 문지르게 하지…… 다른 일들도 시키고 말이야. 목숨을 내놓음으로써 그것을 구한다는 사상과 비슷해. 네가 말하는 인간이라는 의미로 보았을 때 우리는 덜 인간다운 사람일수록 인류를 더 훌륭하게 섬길 수 있다고 생각한단다. 그리고 우리는 그 임무를 마지막까지 수행하지. 우리 중 누군가 죽었을 때 가족들은 그의 시신도 가져갈 수 없어. 수천 명의 동지들과 함께 이곳의 소박한 나무 십자가 아래에 묻히지."

키스는 눈부시게 반짝이는 회색 눈동자로 로이스를 바라보며 갑자기 어조를 바꿔 말했다.

"하지만 인간의 마음속을 들여다보면 제거할 수 없는 것들이 남아 있지…… 그리고 그중 하나는 내가 내 여동생을 이루 말할 수 없이 사랑한다는 사실이란다."

로이스는 별안간 충동에 사로잡혀 무릎을 꿇고 키스의 옆에 앉았고 몸을 숙여 그의 이마에 입을 맞추었다.

"오빠는 견고한 사람이에요, 키스 오빠."

로이스가 말했다.

"그래서 오빠를 사랑해요…… 그리고 오빠는 다정해요."

3

응접실로 돌아간 로이스는 키스의 특별한 친구들 대여섯 명을 더 만났다. 그중에는 얼굴이 약간 창백하고 섬세해 보이는 자비스라는 청년이 있었다. 로이스는 고향에 있는 나이 많은 자비스 부인의 손자가 분명하다고 생각하면서 이 수사와 그의 방탕한 두 삼촌을 마음속으로 비교해 보았다.

그리고 리건도 있었다. 얼굴에는 흉터가 있었다. 그의 날카롭고 강렬한 시선은 방 여기저기를 돌아다니는 로이스를 따라다니다가 종종 숭배 비슷한 감정을 담아 키스에게 머물곤 했다. 그때에야 로이스는 '싸울 때 같은 편이면 좋은 사람'이라고 한 키스의 말이 무슨 뜻인지 깨달았다.

그는 선교사 타입이었다. 로이스는 그가 중국 같은 곳에 어울린다고 막연히 생각했다.

"시미 춤이 뭔지, 키스의 여동생분이 보여 주면 좋겠군요."

어느 젊은이가 함박웃음을 지으며 말했다. 로이스는 웃음을 터뜨렸다.

"원장 신부님께서 저더러 시미 춤을 추면서 수도원 밖으로 나가라고 하실까 봐 걱정인걸요. 게다가 전 전문가가 아니랍니다."

"어쨌든 지미의 영혼을 위해서는 추지 않는 게 좋을 것 같다."

키스가 엄숙하게 말했다.

"시미 춤 같은 것을 두고두고 생각하는 성향이 있으니. 요즘에는 뭐더라…… 머시셔 춤이 선풍을 일으키고 있다던데. 맞지, 지미? 지미가 수도사가 되었을 때 처음 일 년 동안은 머릿속에서 춤을 떨치지 못했단다. 감자 껍질을 벗기면서 양동이를 껴안고 두 발을 불경스럽게 움직이는 모습이 포착되곤 했지."

로이스를 비롯한 모두가 웃음을 터뜨렸다.

"미사를 드리러 여기 오시는 어느 노부인이 키스에게 이 아이스크림을 보내셨어요."

자비스가 왁자한 웃음소리 밑으로 속삭였다.

"당신이 여기 온다는 소식을 들으셨거든요. 정말 멋지지 않아요?"

로이스의 눈에 눈물이 그렁그렁 차올랐다.

4

그런데 30분 후 예배당에서 모든 것이 갑자기 잘못되었다. 로이스는 몇 년 만에 성체강복식에 참석하는 것이라서 가슴이 두근거렸다. 가운데에 흰 점이 있고 번쩍거리는 성체현시대(* 그리스도의 성체를 뜻하는 빵을 올려놓는 원형 용기.)가 보였으며 공중에는 향료 냄새가 가득했다. 성 프랜시스 재비어가 그려진 저 위의 스테인드글라스 창문을 통해 햇빛이 들어와 앞자리 남자의 사제용 평상복에 따뜻하고 붉은 격자무늬를 드리웠다. 그러나 〈구원을 위한 희생〉 첫 소절을 부르는 순간 무거운 압박감이 그녀의 영혼에 내려앉는 것 같았다. 오른쪽에는 키스가 있었고 왼쪽에는 자비스가 있었는데, 그녀는 불안한 눈빛으로 두 사람을 힐끔힐끔 훔쳐보았다.

내가 왜 이럴까? 로이스는 초조하게 생각했다.

그녀는 다시 두 사람을 보았다. 둘의 옆모습에 전에는 눈에 띄지 않았던 차가움 같은 것이 서려 있지 않은가? 입가는 창백하고 눈에는 기묘한 빛이 어려 있는 것이 아닌가? 그녀가 몸을 살짝 떨었다. 두 사람은 죽은 사람 같았다.

문득 자신의 영혼이 키스의 영혼에서 멀어지는 느낌이 들었다. 이 사람이 그녀의 오빠였다…… 이렇게, 이렇게 부자연스러운 사람이. 그녀는 나직하게 웃고 있는 자신을 발견했다.

"내가 왜 이러지?"

손으로 눈을 가리자 압박감이 커졌다. 향료 냄새에 속이 울렁거렸고 성가대 테너 중 한 사람이 조화를 이루지 못하고 낸 이탈 음은 분필 긋는 소리처럼 신경을 건드렸다. 안절부절못하던 로이스가 머리로 손을 올려 이마를 만져 보았더니 축축했다.

"이 안이 더워서 그래. 지독하게 더워."

그녀는 또다시 희미한 웃음을 억눌렀는데 다음 순간 가슴을 짓누르던 압박감이 흩어지며 갑자기 차디찬 공포로 변했다. 재단 위에 있는 양초 때문이야…… 완전히 잘못됐어, 완전히. 왜 아무도 저걸 보지 못하지? 저 속에 뭔가가 있는데. 저기에서 뭔가가 나와서 그 위에 형체를 만들고 있는데.

그녀는 커져 가는 공포를 가라앉히려고 기를 쓰며 심지 때문이라고 되뇌었다. 심지가 똑바르지 않아서 양초가 무슨 짓을 저지른 것이다. 하지만 양초가 한 짓이 아니었다! 그녀의 몸속에서 무서운 속도로 어떤 힘이 모이고 있었다. 그녀의 모든 감각과 뇌 구석구석을 끌어당겨 흡수하는 무시무시한 힘이 몸속에서 솟구쳐 오르자, 그녀는 무서울 정도로 심한 혐오감을 느꼈다. 그녀는 키스와 자비스로부터 멀어지려고 양팔을 옆구리에 꼭 붙였다.

저 양초에는 뭔가가 있어…… 그녀가 몸을 내밀었다. 다음 순간 자신이 그 양초를 향해 다가갈 것만 같은 기분이 들었다. 아무도 저걸 보지 못한 거야? 아무도?

"윽!"

옆에 빈 공간이 느껴졌고 왠지 자비스가 숨을 헐떡이며 털썩 주저앉았다는 생각이 들었다…… 어느새 그녀는 무릎을 꿇었다. 불꽃이 타오르는 성체현시대가 신부의 손을 통해 천천히 제단을 떠나는 동안 그녀의 귓가에 시끄러운 소음이 세차게 밀려들었다. 종들이 맞부딪치는 소리는 망치로 쾅 내려치는 소리처럼 들렸고…… 그리고 영원처럼 느껴지는 한순간 어마어마한 급류가 그녀의 가슴을 뒤덮었다. 고함과 사납게 달려드는 파도들…….

그녀는 키스의 이름을 부르고 있었다. 키스를 부르고 있음을 스스로 느끼며 입술로 키스의 이름을 말하려 했지만 밖으로 나오지 않았다.

"키스 오빠! 오, 맙소사! 키스!"

문득 그녀는 새로운 존재를 느꼈다. 그녀 앞에 있는, 따뜻하고 붉은 격자무늬로 완성되고 표현된 외적인 존재. 그녀는 곧 알게 되었다. 그것은 성 프랜시스 재비어가 그려진 창문이었다. 그녀의 마음이 그것을 붙잡아 매달렸다. 그리고 그녀는 자신이 끝없이 그리고 무기력하게 오빠를 부르고 있음을 깨달았다. 키스…… 키스 오빠!

곧 장대한 침묵 속에서 목소리가 나타났다.

"하느님, 찬송을 받으소서."

응답하는 소리가 우렁우렁 커지며 예배당을 가득 메웠다.

"하느님, 찬송을 받으소서."

그 말은 즉시 그녀의 가슴속에 노래로 머물렀다. 신비롭고 달콤한 향료 냄새가 공중에 평화롭게 깃들었고 재단 위의 촛불은 꺼졌다.

"거룩한 이름을 찬송할지어다."

"거룩한 이름을 찬송할지어다."

모든 것이 흔들리는 안개 속으로 흐려졌다. 로이스는 반쯤은 헐떡거리고 반쯤은 우는 소리를 내며 일어선 채로 몸을 흔들다가 급작스레 뻗은 키스의 두 팔에 휘청 나자빠졌다.

5

"가만 누워 있으렴."

로이스가 다시 눈을 감았다. 그녀는 키스의 팔을 베고 건물 밖 풀밭에 누워 있었고 리건은 차가운 수건으로 그녀의 머리를 톡톡 두드리고 있었다.

"괜찮아요."

로이스가 조용히 말했다.

"알아. 그래도 조금만 더 누워 있어. 저 안이 너무 더웠어. 자비스도 느꼈다더구나."

리건이 다시 수건으로 조심조심 그녀의 머리를 닦자 그녀가 웃음을 터뜨렸다.

"괜찮아요."

로이스가 다시 말했다.

그러나 따뜻한 평화가 머리와 가슴을 채우고 있었음에도 그녀는 묘하게 부서지고 짓눌린 기분이 들었다. 누군가 그녀의 영혼을 벗겨 내고 웃고 있는 것처럼.

6

30분 후 로이스는 키스의 팔에 기대어 긴 중앙로를 따라 덧문으로 향하고 있었다.

"정말이지 짧은 오후였어."

키스가 한숨을 쉬었다.

"네가 아파서 안타깝구나, 로이스."

"오빠, 이제 괜찮아요, 정말로. 걱정하지 않았으면 좋겠어요."

"가엾기도 하지. 이 더위에 여기까지 온 너에게 성체강복식이 너무 긴 예배란 걸 미처 몰랐구나."

로이스가 명랑하게 웃음을 터뜨렸다.

"사실은 내가 성체강복식에 익숙하지 못해서 그래요. 내가 견딜 수 있는 종교 행사는 미사가 최대한인 거예요."

그녀는 잠시 입을 다물었다가 재빨리 말을 이었다.

"오빠에게 충격을 주고 싶지 않지만 키스 오빠, 가톨릭교도가 된다는 것이 얼마나…… 얼마나 불편한지 모르겠어요. 정말이지 더는 먹혀들지 않는 것 같아요. 도덕성으로 따지자면 내가 아는 가장 방종한 남자들 중에도 가톨릭교도가 있어요. 그리고 가장 총명한 남자들, 그러니까 생각도 많이 하고 책도 많이 읽는 남자들은 그런 것을 더는 믿지 않는 것 같단 말이에요."

"자세히 말해 주렴. 버스가 오려면 삼십 분쯤 기다려야 한단다."

둘은 길가 벤치에 앉았다.

"예를 들어 제럴드 카터는 소설을 펴냈어요. 사람들이 불멸이라는 말을 입에만 올려도 무섭게 으르렁거리죠. 또 하워⋯⋯ 음, 요새 제가 잘 알게 된 다른 남자는 하버드대학의 피베타카파 클럽(*미국 대학교 수재들의 친목 모임.)의 일원인데, 지성이 있는 사람이라면 초자연적인 기독교를 믿을 수가 없다는 거예요. 그래도 그리스도는 위대한 사회주의자래요. 제 말에 충격 받았어요?"

그녀가 갑자기 말을 멈추었다. 키스는 빙그레 웃음을 지었다.

"수도사에게 충격을 줄 수는 없단다. 전문 충격 흡수 장치니까 말이야."

"음."

로이스가 말을 이었다.

"다 그런 식이에요. 무척⋯⋯ 무척 편협해 보여요. 예를 들어 교회 학교가 그렇죠. 세상에는 가톨릭교도들이 보지 못한 자유로움이 있는데⋯⋯ 피임처럼요."

키스가 거의 알아볼 수 없을 만큼 움찔했지만 로이스는 눈치를 챘다.

"어."

그녀가 재빨리 말했다.

"요즘에는 다들 터놓고 얘기하거든요."

"아마 그 방식이 더 나을 거다."

"네, 맞아요. 훨씬 나아요. 어쨌든 이게 다예요, 오빠. 그냥 오빠에게 내가 왜 약간⋯⋯ 냉담한지 말하고 싶었어요."

"충격은 받지 않았다, 로이스. 네가 생각하는 것보다 잘 알고 있단다. 우리 모두 그런 시기를 겪기 마련이니까. 하지만 결국 괜찮아질 거야. 우리에겐, 너와 나에겐 나쁜 순간들을 흘려보내게 해 주는 믿음이라는 선물이 있지."

키스가 말을 하며 일어섰고 둘은 다시 길을 따라 걷기 시작했다.

"가끔 나를 위해 기도해 주면 좋겠구나, 로이스. 너는 나에게 필요한 것을 위해 기도해 줄 것 같다. 지난 몇 시간 동안 우리는 몹시 가까워졌으니까 말이지, 내 생각엔."

로이스의 눈이 돌연 빛나기 시작했다.

"오, 맞아요, 맞아!"

그녀가 외쳤다.

"이제 세상 그 누구보다도 오빠가 가깝게 느껴져요."

그는 갑자기 걸음을 멈추고 길옆을 가리켰다.

"혹시…… 잠시만……."

그것은 피에타였다. 반원형 돌더미 속에 실물 크기의 성모 마리아 상이 서 있었다.

로이스는 약간 쑥스러워하며 키스의 옆에 무릎을 꿇으며 앉았고 기도를 해 보려고 했지만 소용이 없었다.

그녀가 기도를 반도 하지 못했는데 키스가 일어섰다. 키스는 다시 그녀의 팔을 잡았다.

"오늘 우리가 함께 있도록 해 주셨으니 감사드리고 싶었단다."

키스가 짤막하게 말했다. 로이스는 울컥 목이 메었고 그녀에게도 얼마나 의미 있는 시간이었는지 말로 표현하고 싶었다. 그러나 알맞은 말을 찾을 수가 없었다.

"언제까지나 오늘을 기억할 거야."

키스가 약간 떨리는 목소리로 말을 이었다.

"너와 함께 보낸 이 여름날을. 내가 기대했던 대로였어. 너는 내가 기대했던 바로 그 모습이었다, 로이스."

"정말 다행이에요, 오빠."

"있잖아, 네가 어렸을 때는 부모님이 네 사진을 계속 보내주셨단다. 처음에는 아기였다가 그다음에는 양말을 신은 채로 양동이와 삽을 들고 바닷가에서 노는 아이였는데 그러다 갑자기 아름답고 순수한 눈을 하고 생각에 잠긴 꼬마 아가씨가 되었지…… 난 너에 대한 꿈을 쌓아 올리곤 했단다. 남자는 붙들고 살아야 할 뭔가가 필요하지. 아마도 말이야, 로이스. 내가 가까이 간직하고자 했던 것은 네 작고 하얀 영혼이었던 것 같구나…… 삶이 제아무리 시끄럽게 떠들고 하느님에 대한 지적인 사상이 모두 순 엉터리처럼 보였을 때에도, 욕망과 애정과 수백 만 가지 다른 것들이 몰려와 '나를 봐라! 자, 내가 인생이다. 네가 등을 돌린 인생!'이라고 말했을 때도 말이야. 그 어둠을 헤치고 나오는 동안 내내 로이스, 아기 같은 네 영혼이 내 머리 위에서 파닥이는 모습이 늘 보였단다. 몹시 연약하면서도 맑고 아름다웠지."

로이스가 살며시 흐느꼈다. 두 사람은 어느덧 문에 이르렀고 로이스는 팔꿈치를 문에 기댄 채 정신없이 눈물을 닦았다.

"그리고 그 후로 네가 아팠을 때는 말이야. 밤새 무릎을 꿇고 하느님께 나를 위해 너를 살려 달라고 애원했지…… 그때 내가 더 많은 것을 원한다는 사실을 깨달았단다. 하느님은 내가 더 많은 것을 원하도록 가르쳐 주셨던 거야. 나는 네가 나와 같은 세상에서 움직이고 숨 쉰다는 것을 알고 싶었어. 네가 자라는 모습을, 새하얀 너의 순수함이 불꽃으로 변해 더 연약한 다른 영혼들에게 빛을 주기 위해 타오르는 모습을 보았지. 그 후에는 언젠가 네 자녀들을 내 무릎에 앉히고 그 아이들이 심술궂은 늙은 수도사를 키스 삼촌이라고 부르는 걸 듣고 싶다는 생각을 하게 되었단다."

그는 말하면서 웃고 있는 듯했다.

"오, 로이스, 로이스. 그 후로도 나는 하느님께 더 많은 소원을 빌었단다. 네가 나에게 편지를 써 주기를, 네 식탁에 내 자리가 생기기를 바랐지. 나는 수많은 것을 원했단다. 사랑하는 로이스."

"가슴이 벅차올라요, 오빠."

그녀가 흐느꼈다.

"오빠는 알고 있죠? 안다고 말해 줘요. 아, 내가 어린애처럼 굴고 있네요. 하지만 오빠가 그랬을 줄은 몰랐어요. 그리고 난…… 오, 오빠…… 키스 오빠……."

그는 로이스의 손을 잡고 부드럽게 토닥거렸다.

"버스가 오는구나. 다시 와 줄 거지, 그럴 거지?"

로이스는 두 손으로 오빠의 뺨을 감싸고 그의 머리를 아래로 끌어당겨 눈물에 젖은 얼굴을 그의 얼굴에 대고 지그시 눌렀다.

"아, 오빠, 키스 오빠. 언젠가 오빠에게 할 이야기가 있어요······."

그는 로이스가 버스에 타도록 도와주었고 그녀가 손수건을 치우고 자신을 향해 씩씩하게 웃는 모습을 보았다. 그러는 동안 버스 운전사가 채찍을 철썩 휘두르자 버스가 굴러가기 시작했다. 곧 버스 주변으로 자욱한 먼지구름이 일었고 로이스는 떠나 버렸다.

키스는 문기둥에 손을 올리고 웃음을 짓느라 입술을 반쯤 벌린 채로 잠시 길가에 가만히 서 있었다.

"로이스."

그가 경이로움이 어린 목소리로 크게 말했다.

"로이스, 로이스."

나중에 지나가던 수련 수사들이 그가 피에타 앞에 무릎을 꿇고 있는 모습을 보았다. 그리고 한참 후 돌아오는 길에도 그가 아직 그 자리에 있는 모습을 볼 수 있었다. 그는 땅거미가 지고 예의 바른 나무들이 머리 위에서 수다를 떨기 시작할 때까지, 귀뚜라미들이 어슴푸레한 풀밭 속에서 노래의 후렴구를 시작할 때까지 그 자리를 지켰다.

7

볼티모어 기차역 전보 접수대의 첫 번째 직원이 삐드렁니 사이로 휘파람을 불어 두 번째 직원을 불렀다.

"왜?"

"저 아가씨 좀 봐······ 아니, 크고 검은 점박이 무늬 베일을 쓴 예쁜 아가씨 말이야. 너무 늦었군…… 가 버렸어. 좋은 구경 놓쳤다."

"그 아가씨가 왜?"

"아니다. 무지 예쁘긴 하더라고. 어제 여기에 와서 어떤 남자한테 어디선가 만나자는 전보를 보냈잖아. 그런데 좀 전에 미리 써 온 전보를 들고 와서 나한테 주려고 서 있더니 마음이 변했는지 어쩐 건지 갑자기 찢어 버리더라니까."

"흠."

첫 번째 직원은 접수대를 빙 돌아 바닥에 떨어진 종잇조각 두 개를 집어 대충 맞춰 보았다. 두 번째 직원은 어깨 너머로 그것을 읽으며 자신도 모르게 단어 수를 세었다. 딱 열세 단어였다.

이 전보로 영원한 작별 인사를 대신하겠어요. 내 생각에는 당신에게 이탈리아가 어울릴 것 같아요.

로이스

"찢어 버렸다고, 응?"

두 번째 직원이 말했다.

델리림플 잘못되다

1

새 천년이 되면 교육계의 어느 천재가 헛된 꿈에서 깨어나는 날 모든 젊은이에게 줄 책을 쓸 것이다. 그 책은 몽테뉴의 소론과 새뮤얼 버틀러의 공책에 깃든 정취를 풍길 것이며 톨스토이와 마르쿠스 아우렐리우스의 특징도 얼핏 느껴질 것이다. 즐겁지도, 유쾌하지도 않겠지만 탁월한 유머가 담긴 구절이 수없이 많을 것이다.

최상류층 사람들은 직접 경험하기 전까지는 무엇도 강하게 믿지 않기 때문에 그 책의 가치는 순전히 상대적일 것이다……서른이 넘은 사람들은 누구나 그 책을 '우울하다'고 표현할 것이다.

이것은 당신과 나처럼 그 책이 나오기 전에 살았던 어느 젊은이의 이야기에 딸린 서곡이다.

2

브라이언 델리림플이 포함된 세대는 사춘기에서 벗어나 우렁찬 트럼펫 팡파르 쪽으로 나아가고 있었다. 브라이언은 루이스 경기관총으로 후퇴하는 독일군을 쫓으며 아흐레 동안 대승을 거둔 전투에서 눈부신 활약을 펼쳤다. 운이 기가 막히게 좋았는지 아니면 걷잡을 수 없이 퍼진 정서 때문이었는지 그는 훈장을 줄줄이 받았고, 본국에 도착했을 때는 퍼싱 장군과 요크 병장에 버금가는 중요한 인물이라는 말을 들었다. 몹시 재미있는 경험이었다.

주지사와 떠돌이 국회 의원과 시민 위원회가 호보켄 부두에서 그를 보고 함박웃음을 지으며 "이런 귀하신 몸."이라고 말했다. 그 자리에 나온 신문 기자들과 사진사들은 "혹시 괜찮으시다면."이라든지 "부탁드립니다만."이라고 말했다. 그리고 고향으로 돌아오니 노부인들이 눈시울을 붉히며 그에게 말을 걸었고, 1912년에 아버지의 사업이 어찌어찌된 후로는 그를 제대로 기억하지도 못했던 여자들도 그에게 인사했다.

그러나 함성이 잦아들었을 때 그는 자신이 한 달 동안 시장의 집에 객식구로 묵고 있으며 주머니를 탈탈 털어도 14달러가 전부이고 '이 주(州)의 역사와 전설에 길이길이 남을 이름'은 몹시 조용하고도 희미하게 역사 속으로 사라져 버렸음을 깨닫게 되었다.

어느 날 아침 늦게까지 침대에 누워 있던 그는 방문 밖에서 2층 담당 하녀가 요리사에게 속삭이는 소리를 들었다. 2층 담당 하녀는 시장의 아내인 호킨스 부인이 델리림플에게 일주일

271

동안이나 그만 집에서 나가 달라는 눈치를 주고 있다고 말했다. 델리림플은 견딜 수 없는 혼란에 휩싸여 열한 시에 그곳을 나서며 트렁크를 비브 부인의 하숙집으로 보내 달라고 부탁했다.

델리림플은 스물세 살이었고 일을 해 본 적이 없었다. 아버지는 그가 주립 대학에서 2년 동안 공부하게 해 주었고 아들이 아흐레 동안 대승을 거둘 무렵 세상을 떠났다. 빅토리아 중기 때의 가구 약간과 얇은 종이 묶음을 남겼는데 접혀진 그 종이들은 알고 보니 식료품 계산서였다. 젊은 델리림플은 매우 예리한 회색 눈동자에 군 심리 검사관들을 즐겁게 해 준 지성, 미리 읽은 것처럼 상황을 파악할 줄 아는 재주, 침착한 위기 대처 능력을 갖추고 있었다. 그러나 그 모든 것들도 델리림플이 일해야 한다는 사실, 그것도 당장 그래야 한다는 사실을 깨달았을 때 마지막으로 무심코 터져 나온 한숨을 막지는 못했다.

이른 오후에 그는 시에서 가장 큰 식품 도매상을 소유한 테론 G. 메이시의 사무실로 들어갔다. 통통하고 부유한 테론 G. 메이시는 유쾌하기는 하지만 익살스럽지는 않은 웃음을 띠고 따뜻하게 그를 맞이했다.

"그래…… 어떻게 지내나, 브라이언? 무슨 일인가?"

델리림플은 솔직히 말하려니 긴장이 되었다. 말이 입 밖으로 나오자 한 푼 달라고 애원하는 아랍 인 거지의 말소리처럼 들린다고 생각했다.

"그게, 일자리가 문제입니다."

"일자리가 문제입니다."라는 말은 "일자리 때문입니다."라는 말보다는 왠지 덜 초라해 보였다.

"일자리?"

거의 알아차릴 수 없는 바람이 메이시 씨의 얼굴을 스치고 지나갔다.

"그게 말입니다, 메이시 씨."

델리림플이 말을 이었다.

"시간을 낭비하고 있다는 생각이 듭니다. 뭐든 시작하고 싶습니다. 한 달 전에는 몇 가지 기회가 있었는데 이제는 모두…… 사라진 것 같……."

"어디 보자."

메이시 씨가 말을 잘랐다.

"어떤 것들이었나?"

"음, 처음에는 주지사가 사무 팀에 공석이 있다는 얘기를 했습니다. 잠시 거기에 기대를 걸고 있었는데 그 자리를 앨런 그레그에게 줬다더군요. 아시겠지만 G. P. 그레그 씨의 아들 말입니다. 저에게 한 말은 잊어버린 모양이더라고요. 그냥 해 본 말이었나 봅니다."

"그런 일에는 자네가 적극적으로 나섰어야지."

"그 후에는 토목 탐사 대원 자리가 있었는데 수력학을 아는 사람을 뽑기로 했다면서 제가 경비를 스스로 대지 않으면 써 줄 수 없다더군요."

"대학은 일 년만 다녔나?"

"이 년입니다. 하지만 과학이나 수학 수업은 듣지 않았습니다. 참, 대대 행진이 있던 날 피터 조던 씨가 자기 상점에 자리가 있다던가 하는 말을 했습니다. 오늘 거기 들렀는데 매장 감독 자리였더군요. 그런데 저번에 아저씨가 말씀하시길…….”

델리림플은 말을 멈추고 메이시가 말을 이어받아 주기를 기다렸지만 그가 잠시 움찔하는 것을 알아차리고서 말을 이었다.

“자리가 있다고 하셔서요. 그래서 찾아뵈러 와야겠다고 생각했죠.”

“자리가 하나 있긴 했지.”

메이시 씨가 마지못해 털어놓았다.

“하지만 그 후로 찼네.”

메이시 씨는 다시 목소리를 가다듬었다.

“자네가 너무 기다린 거야.”

“네, 그런 것 같군요. 다들 저더러 서두를 필요가 없다고 해서…… 게다가 여러 군데에서 제의를 받았으니.”

메이시 씨는 코앞에 다가온 기회 어쩌고 하며 장황한 이야기를 늘어놓았지만 델리림플은 완전히 한 귀로 흘려버렸다.

“근무 경험은 있나?”

“이 년 동안 여름에 목장에서 기수로 일했습니다.”

“아, 그렇군.”

메이시 씨는 그 이야기를 깔끔하게 무시한 후 말을 이었다.

“자네 몸값이 어느 정도라고 생각하나?”

“모르겠습니다.”

“흠, 브라이언, 들어 보게. 특별히 자네에게 기회를 주겠네.”

델리림플이 고개를 끄덕였다.

“봉급은 많지 않을 거야. 재고를 파악하는 일부터 시작하게 될 거야. 그러다가 잠시 사무실 근무를 하게 되겠지. 그러다 보면 본격적인 업무에 착수하게 될 거네. 언제 시작할 수 있겠나?"

"내일은 어떻습니까?"

"좋아. 창고에 있는 핸슨 씨를 찾아가게. 어떻게 시작하면 되는지 알려 줄 거야."

그가 델리림플을 말끄러미 바라보았다. 델리림플은 마침내 면담이 끝났음을 깨닫고 어색하게 자리에서 일어났다.

"저, 메이시 씨. 정말 감사드립니다."

"괜찮네. 도움이 되어 기쁘네, 브라이언."

잠시 쭈뼛거리던 델리림플은 어느새 자신이 복도에 나와 있음을 깨달았다. 이마에는 땀이 흥건했다. 방이 덥지 않았는데도 말이다.

"대체 내가 왜 저 인간에게 고맙다고 했지?"

그는 중얼거렸다.

3

다음날 아침 핸슨 씨는 그에게 매일 아침 일곱 시에 출근부에 반드시 도장을 찍어야 한다고 차갑게 알려 주었다. 그런 다음 설명을 들으라며 찰리 무어라는 직원에게 그를 넘겼다.

찰리는 스물여섯 살이었는데 그의 주위에서는 희미한 사향 냄새가 떠돌았고 그것은 종종 악의 향내라고 오해받기도 했다. 굳이 심리 검사관이 아니더라도, 그가 이 세상에 우연히 흘러 들어 온 만큼 한평생 제멋대로 게으르게 살다가 무심결에 떠날 것임을 알 수 있었다. 찰리의 얼굴은 창백했고 옷에서는 담배 냄새가 났다. 그는 통속적인 익살극과 당구 그리고 로버트 서비스(*「댄 맥그루의 사격」 등 알래스카를 배경으로 시를 지은 캐나다 작가.)를 좋아했고 늘 가장 최근에 접한 흥밋거리를 음미하거나 다음 흥밋거리를 기대하며 지냈다. 어렸을 때는 화려한 넥타이를 선호하는 경향이 있었지만 그런 취향은 이제 그의 활기와 더불어 빛바랬는지 연보라색 매듭 넥타이와 애매한 회색 옷깃으로 표현되었다. 찰리는 중산층의 아래쪽 주변부에서 끊임없이 일어나는 정신적, 도덕적, 신체적 무력감과 지기 마련인 싸움을 하며 생기 없이 허덕거리고 있었다.

첫날 아침 찰리는 죽 늘어선 시리얼 상자 위에서 기지개를 펴며 테론 G. 메이시 사(社)의 한계를 낱낱이 지적했다.

"여긴 구두쇠 같은 조직이야. 맙소사! 나한테 얼마를 주는지 보라고. 두어 달 안에 그만둘 거야. 제기랄! 내가 이런 패거리 하고 있다니!"

찰리 무어 같은 부류는 늘 다음 달에 다른 일자리를 찾겠다고 한다. 물론 그렇게 하기는 하지만 직장 생활을 하는 동안 내내 한두 번 뿐이며, 실제로 실행에 옮긴 후에는 빈둥거리며 지난번 직장과 현재 직장을 비교하고 지금 있는 곳을 한없이 비방한다.

"얼마 받아요?"

델리림플이 호기심에서 물었다.

"나? 육십 달러."

"육십 달러로 시작했어요?"

"나? 아니. 삼십오 달러로 시작했지. 재고 파악에 익숙해지면 본격적인 업무에 착수하게 해 준다고 했어. 아무한테나 다그렇게 말하지."

"여기에 얼마나 있었습니까?"

델리림플이 허탈감을 느끼며 물었다.

"나? 사 년. 하지만 전 재산을 걸고 장담하는데 올해가 마지막이야."

델리림플은 출근부도 싫었지만 상점 경비원의 존재도 그만큼 싫었다. 하지만 금연 규정 때문에 순식간에 그와 접촉하게 되었다. 델리림플에게는 이 규정이 골칫거리였다. 그에게는 오전에 담배 서너 대를 피우는 습관이 있었는데 습관대로 하지 못한 채 사흘이 지나자 찰리 무어를 따라갔다. 길을 빙 돌아 뒤쪽 계단을 올라가면 작은 발코니가 나왔고 두 사람은 그곳에서 평화롭게 담배를 탐닉했다.

그러나 오래가지 못했다. 출근 2주째의 어느 날 그는 계단을 내려오다가 계단 구석에서 경비원과 마주쳤고 경비원은 다음번에는 메이시 씨에게 보고하겠다고 단호히 말했다. 델리림플은 불량 학생이 된 기분이 들었다.

델리림플은 불쾌한 사실을 깨달았다. 지하실에 이른바 '지하 거주자들'이 있다는 사실이었다. 그들은 한 달에 6달러씩 받고 10년에서 15년을 일해 왔는데, 시멘트벽으로 둘러싸인 축축한 복도를 따라 커다란 통을 굴리고 상자를 날랐으며 운반하는 소리가 메아리치는 그 어두컴컴한 곳에 아침 일곱 시부터 오후 다섯 시 반까지 갇혀 있었다. 그리고 델리림플이 그러하듯이 한 달에 수차례씩 밤 아홉 시까지 일해야 했다.

한 달이 끝날 무렵 그는 줄을 서서 40달러를 받았다. 담뱃갑과 망원경을 저당 잡혔고 그럭저럭 살았다. 그러니까 먹고 자고 담배를 피웠다. 그러나 간신히 연명하는 정도였다. 절약하는 수단과 방법은 몹시 생소한 분야였고 두 번째 달이 되었는데도 봉급이 인상되지 않자 그는 불안감을 입 밖으로 내었다.

"네가 메이시 영감의 마음에 들었다면 올려 줄 수도 있어."

기를 꺾는 찰리의 대답이었다.

"근데 내 경우엔 이 년 가까이 되어서야 올려 주더라."

"나도 살아야 해요."

델리림플이 짤막하게 말했다.

"철도 노동자가 되면 돈을 더 많이 벌 수 있을 것 같아요. 하지만 아, 난 앞서 나갈 기회가 있는 곳에서 일한다는 기분을 느끼고 싶다고요."

찰리는 회의적인 표정으로 고개를 저었고 다음날 메이시 씨가 들려준 대답도 불만스럽기는 마찬가지였다.

델리림플은 폐점 시간 직전에 사무실로 갔다.

"메이시 씨, 드릴 말씀이 있습니다."

"아…… 그래."

웃음기 없는 미소가 나타났다. 목소리에서 어렴풋한 짜증이 묻어났다.

"봉급 인상 문제로 말씀 좀 드리고 싶어서요."

메이시 씨는 고개를 끄덕였다.

"헌데……."

메이시 씨가 미심쩍다는 듯이 말했다.

"자네가 무슨 일을 하고 있는지 정확히 모른다네. 핸슨 씨와 얘기해 봄세."

그는 델리림플이 무슨 일을 하고 있는지 정확히 알고 있었고, 델리림플은 그가 안다는 사실을 알고 있었다.

"전 창고에서 일합니다. 그리고 사장님, 이왕 왔으니 제가 거기서 얼마나 더 있어야 하는지도 여쭤 보고 싶습니다."

"그게…… 나도 확실히는 모른다네. 물론 재고 파악은 시간이 좀 걸리는 일이지."

"제가 시작할 때는 두 달이라고 하셨는데요."

"그래, 좋아. 핸슨 씨에게 말해 보겠네."

델리림플은 머뭇거리며 잠시 말을 멈추었다.

"고맙습니다, 사장님."

이틀 후 그는 경리인 헤스 씨가 요청한 계산 결과를 들고 다시 사무실에 나타났다. 헤스 씨는 바빴고 기다리던 델리림플은 속기사 책상에 놓인 장부를 손가락으로 생각 없이 만지작거리기 시작했다.

그는 반쯤 무의식적으로 페이지를 넘겼다. 자신의 이름이 눈에 띄었다. 봉급 명부였다.

델리림플
데밍
도나호
에버리트

그의 시선이 멈추었다.

에버리트 · 60달러

그러니까 메이시의 조카이자 턱이 가느다란 톰 에버리트는 60달러로 시작했고 3주 후에는 포장실에서 나와 사무실로 들어가 있을 것이다.

그래, 이런 거였어! 그는 주저앉아 한 사람, 한 사람이 자신을 제치고 나가는 모습을 보게 될 터였다. 아들, 사촌, 친구의 아들이 능력과 무관하게 앞서 나가는 동안 그는 눈앞에서 대롱거리는 '본격적인 업무'라는 문구를 보며 저당 잡힐 물건을 찾아다닐 것이다. 그리고 귀가 닳도록 들은 "알겠네. 알아보지." 라는 말과 함께 밀려날 것이다. 어쩌면 마흔 살에는 헤스 영감처럼 경리가 되어 있을지도 모른다. 할당된 일을 무료하게 반복하고, 하숙집에서 오가는 대화의 지루한 배경 노릇이나 하는 지치고 생기 없는 헤스 영감처럼.

그야말로 천재가 헛된 꿈에서 깨어난 젊은이들을 위해 서둘러 책을 펴내야 하는 때였다. 그러나 그 책은 쓰이지 않은 상태였다.

크나큰 반감이 부풀어 올라 혐오감이 되어 가슴속에서 솟구쳤다. 반쯤 잊어버렸던 생각들이 혼란스럽게 자각되고 이해되면서 그의 머릿속을 채웠다. 서두르라…… 이것이 인생 규칙이었다. 그리고 그게 전부였다. 어떻게 할지는 중요하지 않았다.

헤스나 찰리 무어가 되지만 않는다면.

"그러지 않겠어!"

그가 큰 소리로 말했다. 경리와 속기사가 깜짝 놀라 고개를 들었다.

"뭐라고?"

잠시 델리림플은 우두커니 앞을 보았다. 그런 다음 책상으로 다가갔다.

"자료는 여기 있습니다."

그가 무뚝뚝하게 말했다.

"더는 못 기다리겠습니다."

헤스 씨의 얼굴에 놀란 기색이 역력했다.

무슨 일을 하느냐는 중요하지 않았다. 틀에 박힌 생활에서 벗어나기만 하면 되었다. 그는 몽롱하게 엘리베이터에서 나와 창고로 갔다. 쓰지 않는 통로로 걸어가 상자에 앉아 두 손으로 얼굴을 감쌌다.

자신이 진부한 이야기의 주인공이 되고 말았다는 무시무시한 충격 때문에 머리가 윙윙거렸다.

"여기에서 나가야 해."

그는 큰 소리로 말한 다음 되풀이했다.

"여기에서 나가야 해."

메이시의 도매상만을 뜻하는 것은 아니었다.

다섯 시 반, 밖으로 나오니 비가 쏟아지고 있었지만 그는 하숙집 반대 방향으로 걸음을 옮겼다. 낡은 양복에서 차가운 물기가 질벅하게 배어 나온 순간 묘한 환희와 상쾌함이 밀려왔다. 그는 멀리까지 내다볼 수는 없더라도 빗속을 걷는 것과 같은 세상을 원했다. 하지만 운명은 그를 메이시 씨의 냄새 고약한 창고와 복도라는 세상으로 밀어 넣었다. 처음에는 변화가 필요하다는 생각뿐이었지만 곧 머릿속에 어느 정도의 계획이 서기 시작했다.

"동부로 갈 거야…… 대도시로…… 사람들을 만나야지…… 더 대단한 사람들, 나를 도와줄 사람들을. 어딘가에 재미있는 일이 있을 거야. 오, 반드시 있어야 해."

불쾌한 현실과 함께 자신이 사람들을 만나는 재주가 부족하다는 생각이 머리를 스쳤다. 그 어느 곳보다 바로 여기, 고향에서 이름을 알려야 했다. 사실 망각의 물결이 그를 덮치기 전에는 사람들에게 이름이 알려졌었다. 유명했었다.

지름길로 가야 해. 그러면 돼. 연줄을 잡자…… 부자와 결혼하는 거야…….

그는 끊임없이 되풀이되는 생각에 사로잡혀 몇 킬로미터를 더 걸었다. 어느새 빗줄기가 더 굵어지고 짙은 잿빛 어스름 때문에 앞이 더 흐릿해졌으며 집들이 서서히 사라지고 있음을 깨달았다.

블록이 길게 이어지고 대저택들이 자리 잡고 있으며 곳곳에 작은 집들이 흩어진 구역을 지나자 양쪽으로 희뿌연 시골 풍경이 광활하게 펼쳐졌다. 걷기 힘든 곳이었다. 인도 대신 진흙투성이 도로가 나타났고 맹렬한 기세로 흐르는 갈색 개울은 그의 신발 주위에 흙탕물을 튀겨 댔다.

지름길로 간다……. 그 말이 점점 부서져 기묘한 문구를, 그

반짝거리는 파편들을 만들어 냈다. 그리고 그 파편은 다시 문장으로 변했는데 저마다 이상할 정도로 친숙하게 들렸다.

지름길로 간다는 것은 어린 시절에 배운 모든 원칙들, 즉 의무를 성실히 이행할 때 성공이 찾아오는 것이고 악은 반드시 벌을 받기 마련이며 선은 반드시 보상 받는다는 것, 부정으로 얻은 풍족함보다는 정직한 가난이 더 행복한 것이라는 그런 원칙들을 거부한다는 뜻이었다.

무정해져야 한다는 뜻이었다.

그는 이 문장이 마음에 들어서 몇 번이고 되풀이해서 말했다. 아무래도 메이시 씨나 찰리 무어 때문인 것 같았다. 두 사람의 태도나 방식에 물든 모양이었다.

델리림플은 걸음을 멈추고 옷을 만져 보았다. 속옷까지 흠뻑 젖어 있었다. 주변을 두리번거리다가 나무가 비를 막아 주는 울타리의 한 지점을 골라 걸터앉았다.

내가 사람들의 말을 쉽게 믿던 시절에…… 하고 그는 생각했다. 사람들은 나에게 악이 일종의 더러운 색깔이라고, 때 묻은 옷깃만큼이나 선명하게 두드러지는 것이라고 말했지. 하지만 이제 보니 악은 그저 운이 나빠서 그러니까 유전과 환경 때문에 몸에 배는 것 아니면 '탄로 나는 것'이야. 메이시의 편협함 속에 악이 숨어 있듯이 찰리 무어 같은 풋내기들의 우유부단에도 악은 분명히 깃들어 있어. 악에 훨씬 뚜렷한 형체가 생긴다면, 그저 다른 사람들의 삶에서 발견한 불쾌한 모습에 마구 붙이는 꼬리표가 될 거야.

그는 결론을 내렸다. 사실 무엇이 악이고 무엇이 아닌지 고민하는 건 쓸데없는 짓이다. 나에게 선과 악은 기준이 되지 못한다. 내가 뭔가를 원할 때 골치 아픈 장애물이 될 수도 있으니까. 내가 뭔가를 몹시도 원한다면, 상식은 나에게 얼른 가서 그것을 차지하라고 그리고 붙잡히지 말라고 말할 것이다.

바로 그 순간 델리림플은 자신이 무엇을 가장 원하는지 깨달았다. 밀린 하숙비를 해결할 15달러였다.

그는 맹렬한 기세로 울타리에서 뛰어내려 외투를 홱 벗고는 칼로 외투의 검은 안감을 잘라 10센티미터가 넘는 정사각형을 떼어 냈다. 그 천의 테두리에 구멍을 두 개 뚫고 얼굴에 밀착한 다음 모자를 푹 눌러써서 적당한 자리에 고정시켰다. 천은 기괴하게 펄럭이다가 물에 젖어 그의 이마와 뺨에 달라붙었다.

어느덧 어스름은 흠뻑 젖은 어둠으로 변해 있었다. 칠흑처럼 캄캄했다. 델리림플은 복면을 벗지도 않고 들쭉날쭉 뚫린 구멍으로 어렵사리 길을 내다보며 성큼성큼 마을로 돌아가기 시작했다. 초조함을 느낄 여유도 없었다…… 긴장감이 느껴진다면 최대한 빨리 일을 해치우고 싶은 마음 때문이었다.

첫 번째 인도에 도착한 후에도 계속 걸음을 옮기다가 그 어떤 가로등과도 멀리 떨어진 울타리가 보여 그 뒤에 몸을 숨겼다. 1분이 지나지 않아 발소리가 몇 차례 이어졌다. 그는 기다렸다. 여자였다. 그는 여자가 지나갈 때까지 숨을 죽였다. 그 후에는 남자 인부가 지나갔다. 그다음 행인이야말로 그가 찾던 사람이라는 느낌이 들었다. 인부의 발소리가 비에 젖은 거리를 따라 멀리 사라졌다…… 다른 발소리가 가까워지더니 갑자기 커졌다.

델리림플은 마음을 가다듬었다.

"손들어!"

남자는 걸음을 멈추고 바보처럼 낮게 툴툴대며 포동포동한
두 팔을 하늘로 들어 올렸다. 델리림플은 그의 양복 조끼를 더
듬었다.

"자, 땅딸보."

그는 총을 꺼내려는 듯이 바지 뒷주머니에 손을 넣으며 말했
다.

"달려라, 발을 구르면서…… 큰 소리로! 발소리가 멈추면 따
라가서 한 방 쏴 줄 테다!"

겁에 질린 발소리가 쿵쿵거리며 어둠 속으로 다급히 사라지
는 동안 그는 느닷없이 터진 웃음을 참지 못하고 자리에 서서
웃어 댔다.

잠시 후 그는 지폐 뭉치를 주머니에 찔러 넣고 복면을 홱 벗
은 다음 재빨리 길을 건너 골목을 쏜살같이 내달렸다.

4

그러나 자신의 행동을 제아무리 정당화해도 그 결정을 내
린 후 이어진 몇 주 동안 힘겨운 때가 수없이 찾아왔다. 어마어
마한 심리적 압박감과 대대로 이어진 전통이 그의 태도에 맞서
끊임없이 폭동을 일으켰다. 그는 정신적으로 외로움을 느꼈다.

첫 번째 모험을 감행한 다음날 정오에 그는 작은 구내식당에
서 찰리 무어와 점심을 먹었다. 찰리가 신문을 펼치는 모습을
보면서 전날 있었던 노상강도 사건에 관해 이야기하기를 기다

렸다. 그러나 강도사건 소식이 실리지 않았거나 찰리가 관심이 없거나 둘 중 하나였다.

찰리는 맥없이 스포츠 면을 펼쳐서 크레인 박사가 노련하게 늘어놓는 상투적인 말을 읽고 입을 조금 벌린 채 야망을 주제로 쓴 사설을 본 다음 〈머트와 제프〉(*당시 연재되던 만화로 두 얼간이의 모험을 그렸다.)로 건너뛰었다.

불쌍한 찰리…… 그에게서는 악의 분위기가 희미하게 감돌았고 그의 정신은 집중하기를 거부하고 장난기마저 잃어버린 채 혼자서 맥없이 카드놀이를 하고 있었다.

그러나 찰리는 울타리 저편에 속한 사람이었다. 마음속에 정의의 불꽃과 분노를 얼마든지 일으킬 수 있을 것이다. 그는 무대 위의 여주인공이 순결을 잃으면 눈물을 흘릴 것이고, 치욕스러운 생각을 거만하게 경멸할 수 있을 것이다.

자신이 있는 이쪽에는 피난처가 전혀 없다고 델리림플은 생각했다. 강력 범죄를 저지른 사람은 사소한 범죄도 저지르기 마련이므로 이쪽은 사방이 게릴라전이다.

이 모든 것이 나를 어떻게 만들까? 그는 떨쳐지지 않는 피로감에 빠져 생각했다. 명예로운 삶을 퇴색시킬 것인가? 내 용기를 흩어 버리고 내 정신을 무디게 만들 것인가? 나에게서 정신적인 것을 모조리 빼앗아 버려서…… 궁극적인 황량함, 궁극적인 회한, 실패감만 남길 것인가?

그는 어마어마하게 솟구친 분노를 품은 채 자신의 정신을 장벽 너머로 내팽개치기로 했다. 자존심이라는 번쩍이는 총검을 들고 그 자리에 서 있기로 했다. 정의와 자선의 법칙을 깨뜨린 다른 이들은 온 세상을 향해 거짓말을 했다. 그는 어떤 경우에도 자기 자신에게 거짓말을 하지 않을 작정이었다. 이제 그는 바이런의 비장미를 뛰어넘은 사람이었다. 돈 후안 같은 정신적 반항아도 아니었고, 파우스트 같은 철학적 반항아도 아니었다. 그는 그 세기에 새로 나타난 심리적 반항아였다. 자신의 이성을 앞선 감상적인 것들에 맞서는 반항아였다.

그가 원하는 것은 행복이었다. 평범한 욕구를 충족시키며 그 만족감의 규모를 서서히 키워 가는 것이었다. 또한 그는 돈으로 행복의 원천은 못 사더라도 그 재료 정도는 살 수 있다고 굳게 믿었다.

5

그를 두 번째 모험으로 이끈 밤이 다가왔다. 그는 어두운 거리를 걸으며 몸속에 고양이와 몹시 닮은 점, 유연하고 나긋나긋한 활력 같은 것이 있다고 느꼈다. 마르고 건강한 피부 밑에서 근육이 매끈하게 잔물결을 일으켰다. 거리를 껑충껑충 뛰고 나무 사이를 이리저리 누비며 달리다가 보드라운 풀밭에서 옆으로 재주넘기를 하고 싶다는 터무니없는 욕구가 일었다.

서늘한 날씨는 아니었지만 매서운 기미가 공중을 어렴풋이 떠돌았는데 춥게 느껴지기보다는 의욕이 샘솟았다.

"달이 졌어요. 시계 소리는 듣지 못했어요!"(*셰익스피어의 희곡 〈맥베스〉 2막 1장에 나오는 대사.)

델리림플은 그 대사를 읊으며 기분 좋게 웃음을 터뜨렸다. 어릴 적의 기억이 그 대사에 은밀하고도 경이로운 아름다움을 불어넣어 주었던 것이다.

그는 한 남자를 지나쳤고 그 후 사오백 미터쯤 가서 또 한 남자를 지나쳤다.

이제 그가 있는 곳은 필모어 거리였는데 매우 캄캄했다. 그는 최근 예산안을 통해 권고되었음에도 새 가로등을 설치하지 않은 시 의회를 축복했다. 대로의 시작을 알리는 스터너의 빨간 벽돌집이 거기 있었다. 이것은 조던의 집, 아이젠하워의 집, 덴트의 집, 마컴의 집, 프레이저의 집, 그가 손님으로 묵었던 호킨스의 집, 윌로비의 집, 화려한 식민지 시대 양식으로 지은 에버리트의 집도 있었다. 오래전 와트 가문의 하녀들이 살았던 작은 별채가 메이시의 으리으리한 저택 정면과 크루프슈타르트의 집 사이에 있었다. 이것은 크레이그의 집이고……

아…… 저기다! 그는 넘어질 듯 비틀거리며 걸음을 멈추었다. 저 멀리에서 점처럼 보이는 남자가 걷고 있었는데 경찰관일지도 몰랐다. 영원과도 같은 순간이 지나고, 그는 어느새 몸을 바싹 낮춘 채로 흐릿하고 들쑥날쑥한 가로등 그림자를 따라 잔디밭을 건너고 있었다. 그 후에는 석회암으로 만든 먹잇감의 그림자 속에서 숨을 죽이고 아니, 숨 쉴 필요도 느끼지 못하고 긴장한 모습으로 서 있었다.

그는 쉬지 않고 귀를 기울였다. 저 멀리에서 고양이가 울어댔고 그보다 가까운 곳에서는 다른 고양이가 악마처럼 으르렁거리며 노래를 시작했다. 심장이 철렁 내려앉으며 정신이 받을 충격을 대신 흡수해 주었다. 다른 소리도 들렸다. 멀고 먼 곳에서 노래의 일부분이 아련하게 들려왔다. 골목 대각선 건너편에 있는 뒤 베란다에서는 귀에 거슬리는 수다스러운 웃음소리가 새어 나왔다. 그리고 귀뚜라미 소리…… 달빛이 곳곳에 아롱아롱 어린 마당 풀밭에서 귀뚜라미가 노래하고 있었다. 집 안에서는 불길한 정적이 흐르는 것 같았다. 델리림플은 거기에 누가 사는지 몰라서 다행이라고 생각했다.

살짝 떨리던 몸이 강철처럼 단단해졌다. 그리고 강철이 부드러워지면서 신경이 가죽처럼 나긋해졌다. 두 손을 꽉 쥐었더니 고맙게도 유연한 상태였고 그는 칼과 펜치를 꺼내 방충문으로 다가가 작업을 시작했다.

그는 누구의 눈에도 띄지 않았다고 확신했다. 그는 순식간에 들어간 식당에서 다시 몸을 내밀어 방충문을 조심조심 잡아당겨 제 위치로 돌려놓았다. 그리고 우연히 떨어지거나 갑작스런 탈출에 심각한 방해가 되지 않도록 균형을 잡아 두었다.

그런 다음 펼쳐진 칼을 외투 주머니에 넣고 손전등을 꺼내 살금살금 방을 돌아다녔다.

쓸모 있어 보이는 것이 없었다. 마을이 너무 작아 은그릇을 처리하기 어려울 것이므로 식당은 계획에 들어 있지 않았다.

사실 그의 계획은 막연하기 짝이 없었다. 자신처럼 지성이 풍부하고 직관이 뛰어나며 번개 같은 판단력을 소유한 사람은 작전의 뼈대만 세우는 것이 좋다는 사실을 알고 있었다. 기관총 전투가 가르쳐 준 사실이었다. 또 그는 미리 방법을 정해 두면 위기가 닥쳤을 때 두 가지 관점에서 보게 될까 봐 두려웠다. 두 가지 관점은 주저하게 된다는 뜻이었다.

그는 의자에 살짝 부딪히는 바람에 숨을 죽이고 귀를 기울이다가 걸음을 옮겼다. 복도가 나왔고 계단이 보여서 오르기 시작했다. 계단의 일곱 번째 칸을 밟자 삐걱 소리가 났고 아홉 번째와 열네 번째 칸도 마찬가지였다. 그는 무심코 수를 세고 있었다. 세 번째 삐걱 소리가 나자 그는 다시 1분이 넘도록 꼼짝하지 않았다. 그리고 그동안 어느 때보다도 뼈저린 외로움을 느꼈다. 양쪽 군대의 전선 사이로 정찰을 나갔을 때도 혼자였지만 그의 뒤에는 정신적인 지지를 보내는 사람들 5억 명이 있었다. 이제 그는 혼자였고 그때와 똑같이 '무법자'가 되었다는 정신적 압박감과 싸우고 있었다. 이런 두려움은 처음 느끼는 것이었지만 이런 환희 역시 처음이었다.

계단이 끝났고 문이 가까워졌다. 안으로 들어가 귀를 기울이니 고른 숨소리가 들렸다. 그는 최대한 간결하게 발을 옮겼고 이따금씩 몸을 기울이고 팔을 쭉 뻗어 책상 위를 더듬으면서 괜찮게 생각되는 물건을 죄다 주머니에 담았다. 10초만 지나도 물건의 이름을 열거하지 못할 정도였다. 바지가 있나 싶어 의자를 만지다가 부드러운 옷을 찾았는데 여자 속옷이었다. 입가에 저절로 미소가 떠올랐다.

그는 다른 방으로 갔다. 역시 숨소리가 들리다가 무시무시한 코골이 소리에 정적이 깨졌고 그의 심장은 다시 가슴 밖으로 튀어나왔다. 둥그런 물건이 손에 잡혔다. 손목시계였다. 시계 사슬, 지폐 뭉치, 넥타이 핀, 반지 두 개…… 다른 책상에서 꺼내 온 반지들이 기억났다. 그는 밖으로 나가려다가 눈앞에서 희미하게 번쩍이는 불빛에 움찔했다. 맙소사! 쭉 뻗은 자신의 팔에서 손목시계가 번득인 것이다.

그는 계단을 내려갔다. 삐걱거리는 칸 두 개는 건너뛰었지만 다른 칸은 밟고 말았다. 이제는 괜찮았다. 사실상 안전했다. 바닥이 가까워지면서 약간 지루하다는 생각이 들었다. 그는 식당에 이르렀다. 은그릇을 가져갈까 생각하다가 그만두기로 했다.

하숙집 방으로 돌아온 그는 개인 재산에 첨가될 물품들을 살펴보았다.

지폐가 65달러였다.

가운데에 다이아몬드 세 개가 박힌 백금 반지는 아마 700달러는 나갈 것 같았다. 다이아몬드 가격은 오르고 있었다.

'O. S.'라고 이니셜이 박힌 싸구려 도금 반지는 안쪽에 '03'이라는 연도가 새겨져 있었는데 학교 졸업 기념 반지인 것 같았다. 고작 몇 달러짜리라 팔 수도 없었다.

틀니가 든 빨간 천 상자.

은시계.

시계보다 값어치가 더 나가는 금 사슬.

빈 반지 상자.

상아로 만든 작은 중국 신 조각상…… 책상 장식품인 듯했다.

잔돈 1달러 62센트.

그는 돈은 베개 밑에 두고 다른 물건은 군화 앞부리 속으로 밀어 넣은 다음 양말로 그 위를 막았다. 그 후 두 시간 동안 그의 정신은 초강력 엔진처럼 자신의 삶 여기저기를, 과거와 미래를, 두려움과 웃음 사이를 누비며 질주했다. 결혼했으면 좋앗을 거라는 막연하고도 생뚱맞은 소망과 함께, 다섯 시 반 무렵 그는 깊은 잠에 빠졌다.

6

강도사건을 다룬 신문 기사에서는 틀니를 언급하지 않았지만 그는 틀니 때문에 무척 걱정스러웠다. 한 사람이 추운 새벽에 잠에서 깨어 손을 더듬으며 틀니를 찾지만 발견하지 못하는 광경, 이가 없어도 먹을 수 있는 부드러운 아침 식사, 기묘하고 둔탁하면서 혀 짧은 목소리로 경찰서에 전화를 걸고 지친 모습으로 의기소침하게 치과를 드나드는 모습을 떠올리면 부성애 같은 동정심이 일었다.

그는 틀니의 주인이 남자인지 여자인지 알아내려고 상자에서 조심스레 틀니를 꺼내 자기 입 근처로 들어 올렸다. 시험 삼아 턱을 움직여 보았다. 손가락으로 크기를 가늠해 보았다. 하지만 알아낼 수 없었다. 입이 큰 여자나 입이 작은 남자의 것일지도 몰랐다.

그는 애정 어린 충동에 이끌려 군용 트렁크 바닥에서 갈색 종이를 꺼내 틀니를 감싸고는 그 위에 연필로 '틀니'라고 끄적거렸다. 그리고 다음날 밤 필모어 가를 걸어가다가 그 꾸러미가 문 가까이에 떨어지도록 잔디 위로 던졌다. 다음날 신문 기사에서는 경찰이 단서를 발견했다고 보도했다. 마을에 강도가 있다는 것이었다. 그러나 그 단서가 무엇인지는 언급하지 않았다.

7

한 달이 지나갈 무렵 '실버 지구의 강도 빌'은 유모들이 아이에게 겁을 줄 때 쓰는 비상수단이 되었다. 강도 사건 다섯 건이 그의 짓으로 여겨졌고, 델리림플은 그중 세 건만 저질렀음에도 불구하고 과반수를 넘겼으니 자신이 그 칭호를 차지하는 것이 적절하다고 생각했다. 한 번은 목격된 적이 있었다. 목격자는 "몹시 비대한 몸에 지금까지 본 것 중에 가장 비열한 얼굴을 하고 있었다."고 했다. 눈에 비친 손전등 불빛 때문에 새벽 두 시에 잠에서 깬 헨리 콜먼 부인이 브라이언 델리림플을 알아볼 리가 없었다. 콜먼 부인은 지난 7월 4일 독립기념일에 그를 향해 깃발을 흔들며 "저돌적인 성격은 아닌 것 같지?"라고 표현했었다.

델리림플이 상상력을 최고치로 가동할 때면 양심의 가책과 후회 따위에서 벗어난 자신의 마음가짐을 의기양양하게 바라볼 수 있었다. 그러나 일단 생각이 무장 해제되어 떠돌기 시작하면 예상하지 못했던 크나큰 공포와 우울이 불시에 들이닥치곤 했다. 그러면 안심하기 위해서 모든 것을 처음부터 다시 생각해야 했다. 그는 더는 자신을 반항아로 여기지 않는 편이 훨씬 낫다는 사실을 깨달았다. 다른 모두를 바보라고 생각하는 편이 더 위안이 되었다.

메이시 씨를 대하는 태도에도 변화가 일어났다. 이제는 메이시 씨에게 어렴풋한 적개심과 열등감을 느끼지 않았다. 상점 근무 넉 달째에 접어들면서 그는 고용주를 형제와도 가까운 태도로 바라보고 있었다. 메이시 씨가 마음 깊은 곳에서는 자신을 인정하고 지원하고 있음을, 막연하지만 매우 확실하게 믿었다. 그는 이제 미래를 걱정하지 않았다. 수천 달러를 모아 떠나려는 계획이 있었다. 동부로 갔다가 프랑스로, 남아메리카로 갈 것이다. 지난 두 달 동안에는 대여섯 차례 상점 일을 그만둘 뻔했지만 목돈을 갖고 있다고 주목을 끌까 봐 두려워 그러지 못했다. 그래서 그는 무기력한 태도를 버리고 경멸 어린 즐거움을 느끼며 일을 계속했다.

8

그런데 놀랍고도 갑작스러운 일이 벌어져 그의 계획을 바꾸고 강도짓을 끝내 버렸다.

어느 날 오후 메이시 씨가 사람을 보내 그를 부르더니 의심스러울 만큼 즐겁고 들뜬 기색으로 저녁 약속이 있느냐고 물었다. 약속이 없으면 여덟 시에 알프레드 J. 프레이저 씨 댁으로 가 보라는 것이었다. 델리림플은 놀랍고도 불안했다. 가장 먼저 출발하는 기차를 타고 마을에서 떠나라는 암시가 아닐까 싶어 마음속으로 고민했다. 그러나 한 시간 동안 고심한 후 근거 없는 두려움이라고 결론을 내리고 여덟 시 정각에 필모어 거리에 있는 프레이저의 대저택에 도착했다.

프레이저 씨는 일반적으로 이 도시에서 정치적 영향력이 가장 큰 인물로 여겨졌다. 그의 동생은 프레이저 상원 의원이었고 사위는 국회 의원 데밍이었다. 불쾌하게 거들먹거리는 우두머리처럼 힘을 휘두르지 않았음에도 영향력이 상당했다.

그는 얼굴이 몹시 컸고 눈이 움푹했으며 윗입술이 대문짝만

했는데 이 모든 것이 어우러지다가 길고 전문가다운 턱에서 주목할 만한 정점을 찍었다.

델리림플과 대화를 나누는 동안 그의 표정은 웃음으로 시작해 유쾌한 낙관주의에 이르렀다가 다시 차분하게 가라앉았다.

"만나서 반갑네."

그가 손을 내밀며 말했다.

"앉게. 내가 왜 보자고 했는지 궁금하겠지. 어서 앉게나."

델리림플이 자리에 앉았다.

"델리림플 군, 지금 몇 살인가?"

"스물세 살입니다."

"젊군. 하지만 그게 어리석다는 뜻은 아니지. 델리림플 군, 긴말하지 않겠네. 제안을 하나 하려고 해. 처음부터 이야기하자면 나는 지난 독립기념일에 자네가 친목의 컵을 들고 화답 연설을 한 이후로 줄곧 자네를 지켜보고 있었다네."

델리림플은 과찬이라고 중얼거렸지만 프레이저가 손을 흔들어 입을 다물게 했다.

"기억에 남는 연설이었네. 총명하고도 아주 솔직한 연설이었어. 거기 모인 군중을 모조리 감동시켰지. 나는 알 수 있다네. 오랜 세월 동안 군중을 보아 왔으니까."

그는 여담으로 군중에 관한 지식을 이야기하고 싶다는 듯이 목을 가다듬었다. 그러다가 말을 이었다.

"그러나 델리림플 군. 나는 전도유망한 젊은이들이 허물어지는 모습을, 끈기가 부족해서 실패하는 모습을, 생각만 거창할 뿐 노력하려는 의욕이 부족해서 무너지는 모습을 너무 많이

보아 왔네. 그래서 기다렸지. 자네가 어떻게 할지 보고 싶었다
네. 자네가 일을 하러 가는지, 시작한 일을 꾸준히 밀고 나가는
지 보고 싶었어."

델리림플은 머리 위에서 번쩍이는 빛줄기를 느꼈다.

"그래서……."

프레이저 씨가 말을 이었다.

"테론 메이시에게서 자네가 그 가게에서 일하게 되었다는
말을 듣고서 나는 자네를 쭉 지켜보면서 메이시를 통해 자네의
기록을 주시했지. 첫 달에는 좀 염려했다네. 자네가 능력보다
못한 일을 하고 있다는 생각에 불안해하면서 넌지시 봉급을 올
려 달라고 했다기에……."

델리림플은 흠칫 놀랐다.

"하지만 그 후로 메이시는 자네가 입을 다물고 일에 전념하
기로 마음먹은 게 분명하다고 하더군. 내가 젊은이들에게서 보
고 싶은 모습이 바로 그거야! 그렇게 해야 성공한다고! 내가 이
해하지 못한다고 생각하지는 말게. 자네에게는 더더욱 힘들었
으리란 것을 알고 있네. 수많은 노파들이 우스울 만큼 그렇게
추켜세워 준 다음이니……."

델리림플의 얼굴이 환하게 타오르고 있었다. 자신이 신기할
정도로 천진난만한 젊은이처럼 느껴졌다.

"델리림플 군, 자네는 머리가 좋고 역량이 있네…… 내가 원
하는 것이지. 자네를 주 상원에 넣을 걸세."

"어디라고 하셨습니까?"

"주 상원. 우리에게는 머리가 좋으면서도 게으르지 않고 견

실한 젊은이가 필요해. 내가 주 상원이라고 말했을 때는 거기에서 멈추지 않겠다는 뜻이네. 현재 우리는 궁지에 몰렸다네, 델리림플 군. 젊은 사람들을 정계에 들여보내야 해. 해마다 묵은 세력들이 정당 뒤에 있는 표심을 믿고 출마하고 있지 않나."

델리림플이 입술을 핥았다.

"저를 주 상원 의원 선거에 출마시켜 주시겠다는 말씀입니까?"

"자네를 주 상원에 넣어 주겠다는 말일세."

프레이저 씨의 표정은 이제 미소 짓고 있다고 해도 좋을 정도였다. 행복감에 한껏 들뜬 델리림플은 마음속에서 어서 미소를 지으라고 다그치는 자신을 느꼈다. 그러나 미소는 우뚝 멈춰 서더니 그에게서 스으 빠져나가고 말았다. 대문짝만 한 윗입술과 턱 사이에 못 같은 일직선이 생겼다. 델리림플은 그것이 입이라는 사실을 애써 떠올리며 거기에 대고 말했다.

"하지만 저는 끝장났습니다."

델리림플이 말했다.

"제 평판은 죽었습니다. 사람들은 제 얘기를 들으면 진절머리를 낼 겁니다."

그러자 프레이저 씨가 대답했다.

"그건 기계적인 문제지. 식자기(*인쇄용 식자 작업을 자동으로 하는 기계.)만 있으면 명성을 회복할 수 있어. 다음 주부터 〈헤럴드〉지를 보라고. 자네가 우리와 함께한다면 그렇게 되는 걸세…… 물론."

그의 목소리가 약간 딱딱해졌다.

"자네에게 일 진행 방식에 관한 생각이 너무 많지 않다면 말이야."

"아닙니다."

델리림플은 프레이저의 눈을 거리낌 없이 바라보며 말했다.

"처음에는 저에게 조언을 많이 해 주셔야 할 겁니다."

"아주 좋군. 그럼 자네의 평판은 내가 책임지도록 하지. 울타리의 이쪽 편에, 제대로 된 쪽에 머물기만 하라고."

델리림플은 최근에 그토록 자주 생각했던 문구가 이렇게 되풀이되자 깜짝 놀랐다. 갑자기 초인종이 울렸다.

"메이시가 도착했군."

프레이저 씨가 몸을 일으키며 말했다.

"내가 데려오겠네. 하인들은 모두 자러 갔으니."

그는 꿈에 젖은 델리림플을 두고 방에서 나갔다. 갑자기 세상이 열리고 있었다. 주 상원, 연방 상원…… 결국 삶은 이런 것이었다…… 지름길, 지름길로 가는 것, 상식. 그게 규칙이었다. 이제 필요한 경우가 아니면 어리석은 모험을 하지 말아야 한다. 냉정한 태도가 중요하다. 후회나 자책감으로 밤잠을 설치지도 말자. 용맹스러운 검을 들고 살아가자. 치러야 할 대가 따위는 없었다. 죄다 허튼소리였다…… 허튼소리. 그는 두 주먹을 쥐고 의기양양한 모습으로 벌떡 일어섰다.

"그래, 브라이언."

메이시 씨가 칸막이 커튼을 헤치고 들어오며 말했다. 나이가 더 많은 두 남자는 특유의 모호한 미소를 지으며 그를 바라보았다.

"그래, 브라이언."

메이시 씨가 다시 말했다. 델리림플도 웃음을 지었다.

"안녕하세요, 메이시 씨."

델리림플은 그들 사이에 텔레파시 같은 것이 있어 이 새로운 공감이 가능해지지 않았을까 하고 생각했다. 보이지 않는 깨달음 같은 것이……

메이시 씨가 손을 내밀었다.

"이 계획에 동참하게 되어 기쁘네. 나는 쭉 자네 편이었다네…… 특히 최근에는. 우리가 울타리의 같은 편에 서게 되어 기쁘군."

"감사합니다, 사장님."

델리림플은 간단히 말했다. 눈 안쪽에 생뚱맞게 차오르는 물기가 느껴졌다.

주먹 네 개

1

현재는 내가 아는 그 누구도 새뮤얼 메러디스를 때리고 싶다는 생각을 눈곱만큼도 하지 않는다. 쉰이 넘은 남자는 적개심 어린 주먹 한 방에도 심각한 타격을 입기 쉬운 탓일 수도 있지만, 나는 주먹 한 방 먹여 주고 싶었던 그의 면모가 모두 사라졌기 때문이라고 생각하고 싶다. 그러나 그의 인생의 다양한 순간에는 한 방 먹여 주고 싶은 면모가 틀림없이 얼굴에서 풍겨 나왔다. 소녀의 입술이 키스를 부르는 면모를 풍기는 것만큼이나 확실한 사실이다.

분명 누구나 그런 남자를 만나 보았을 것이다. 우연히 소개를 받아 친구까지 되었는데도 강렬한 반감을 불러일으키는 사람이라고 느껴지는 것이다. 어떤 이들은 주먹이 저절로 쥐어진다고 표현하고, 또 어떤 이들은 '비웃음을 날리고 눈을 찰싹 때려 주고 싶다.'고 중얼거리게 되는 그런 사람. 새뮤얼 메러디스의 이목구비를 나란히 모아 보면 그런 면모가 너무 강해서 그의 평생에 영향을 미쳤다.

무엇 때문이었을까? 분명 생김새는 아니었다. 그는 어린 시절부터 잘생긴 남자였기 때문이다. 이마는 시원스러웠고 회색 눈동자는 진솔하고 다정했다. 그러나 나는 그가 '성공' 실화를 낚으려고 방 안 가득 모인 기자들에게 진실을 털어놓기가 부끄럽다고 말하는 것을 들었다. 그의 이야기는 하나가 아니라 네 개이며, 대중은 주먹을 맞으면서 유명해진 남자의 이야기를 읽고 싶어 하지 않을 것이라고 말했다.

모든 것은 그가 열네 살 때 다닌 필립스 앤도버 학교에서 시작되었다. 그는 유럽의 수도 절반을 섭렵하면서 캐비어를 먹고 벨보이들의 시중을 받고 자랐다. 그의 어머니가 신경 쇠약이었기 때문에 자식의 교육을 그다지 부드럽지 않고 편견이 없는 곳에 맡긴 것은 그야말로 행운이었다.

그는 앤도버에서 길리 후드라는 아이와 같은 방을 쓰게 되었다. 길리는 열세 살에 또래보다 몸집이 작고 학교에서 제법 인기가 있는 아이였다. 학년이 시작되는 9월 첫날, 메러디스 씨의 하인이 새뮤얼의 옷을 가장 좋은 서랍에 채워 넣고 떠나면서 "또 필요하신 일이 있나요, 새뮤얼 도련님?"이라고 묻자 길리는 학교가 자신을 속였다고 고함을 질렀다. 자기 어항에 금붕어가 들어와 화가 치민 개구리가 된 기분이었다.

"나 원 참!"

길리는 공감하는 동기생들에게 투덜댔다.

"얼마나 거드름을 피워 대는지 몰라. '여기 모인 이들은 신사니?'라고 묻기에 내가 '아니, 남자아이들이야.'라고 말했지. 그랬더니 나이는 중요하지 않다는 거야. 그래서 내가 '누가 그렇대?'라고 받아쳐 줬지. 나한테 건방 떨어 보라지, 그 얼간이 녀석!"

삼 주 동안 길리는 젊은 새뮤얼이 자신의 친구들의 옷과 버릇에 관해 비평하는 소리를 말없이 참아 냈다. 대화 중에 프랑스 어 구문을 섞어 써도 참았다. 왠지 여자처럼 쩨쩨하게 구는 수백 가지 행동들, 신경 쇠약에 걸린 어머니가 아들을 가까이 두었을 때 어떤 영향을 미치는지 보여 주는 그런 행동을 참아 냈다. 그러던 어느 날 어항에 폭풍이 불어닥쳤다.

새뮤얼은 나가고 없었다. 아이들이 모여, 룸메이트가 최근 저지른 악행 때문에 길리가 노발대발 떠들어 대는 소리를 듣고 있었다.

"그 녀석이 '오, 난 밤에 창문을 열어 두는 게 싫어.'라고 하잖아. '아주 약간은 괜찮지만.' 하면서."

길리가 투덜거렸다.

"그 녀석한테 휘둘리지 마."

"휘둘려? 말도 안 되는 소리. 창문이야 내 맘대로 열 수 있지만, 그 빌어먹을 얼간이 녀석은 아침마다 교대로 창문을 닫자고 해도 하지 않을걸."

"하라고 해, 길리. 왜 못해?"

"할 거야."

길리가 사납게 동조하며 머리를 끄덕였다.

"걱정하지 마. 나를 자기 집사로 생각하게 놔두진 않을 거야."

"네가 그렇게 하는지 보자."

바로 그때 당사자인 빌어먹을 얼간이가 들어왔고 모인 아이들 전체를 대상으로 그 짜증 나는 미소를 지었다.

두 소년이 말했다.

"안녕, 메러디스."

다른 소년들은 그에게 차가운 시선을 힐끗 던지고는 길리와 이야기를 계속했다. 그러나 새뮤얼은 불만스러운 얼굴이었다.

"내 침대에 앉지 말아 줄래?"

그는 매우 편안한 자세로 침대에 걸터앉은 길리의 친한 친구 두 명에게 정중하게 부탁했다.

"뭐?"

"내 침대 말이야. 우리말인데 못 알아듣겠니?"

상처에다 모욕까지 얹은 말이었다. 침대의 위생 상태와 거기에서 발견된 동물의 생태에 관한 말도 몇 가지 들려왔다.

"낡아 빠진 네 침대가 중요해?"

길리가 사납게 물었다.

"침대는 괜찮아. 하지만……."

길리가 벌떡 일어나 새뮤얼에게 다가가는 바람에 말이 끊겼다. 길리는 얼굴이 닿을 듯 말 듯 한 거리에 서서 새뮤얼을 매섭게 노려보았다.

"너랑 짜증 나는 그 침대."

길리가 입을 열었다.

"너랑 짜증 나는 그……."

"덤벼, 길리."

누군가 중얼거렸다.

"그 빌어먹을 얼간이한테 보여 줘……."

새뮤얼은 냉정하게 시선을 마주보았다. 마침내 새뮤얼이 말했다.

"뭐, 이건 내 침대고……."

그는 그 이상 말할 수 없었다. 길리가 팔을 뒤로 뺐다가 그의 코로 냅다 주먹을 날렸기 때문이었다.

"그래! 길리!"

"불량배 덩치 녀석한테 따끔한 맛을 보여 줘!"

"너한테 손만 대 보라고 해…… 어떻게 되는지!"

아이들이 두 사람 주변으로 몰려들었다. 새뮤얼은 지독하게 미움 받으면 못 견딜 만큼 불편하다는 사실을 난생 처음 깨달았다. 그는 무서울 만큼 화난 얼굴로 자신을 노려보는 얼굴들을 무기력하게 둘러보았다. 그는 룸메이트보다 머리 하나가 더 컸다. 그가 주먹으로 응수한다면 불량배라고 불릴 것이고, 5분도 되지 않아 대여섯 명과 더 맞붙어야 할 것이다. 그러나 주먹을 날리지 않는다면 겁쟁이가 될 터였다. 그는 잠시 그 자리에 서서 이글거리는 길리의 눈을 바라보았다. 갑자기 목멘 소리를 내며 둘러싼 무리를 가까스로 헤치고 방에서 뛰쳐나갔다.

다음 한 달은 그의 인생에서 가장 비참한 30일로 기록되었다. 깨어 있는 매 순간 그는 동기생들의 빈정거리는 말을 참아내야 했다. 그의 습관과 버릇은 차마 들어줄 수 없는 농담거리가 되었고, 당연한 얘기지만 민감한 사춘기였기 때문에 더더욱 괴로웠다. 그는 자신이 천덕꾸러기로 태어났다고 생각했다. 평생 학교에서처럼 인기 없는 사람으로 살아가게 될 거라고 생각했다. 크리스마스 연휴를 보내러 집에 갔을 때 몹시 낙심한 그의 모습을 본 아버지는 그를 신경과 전문의에게 보냈다. 그는 앤도버로 돌아가게 되었을 때 정거장에서 학교까지 가는 동안 버스에 혼자 있고 싶어서 늦게 도착하도록 계획을 잡았다.

물론 그가 입을 다물고 있는 법을 알게 되자 순식간에 모두가 그에 대해서 싹 잊어버렸다. 다음해 가을, 그는 다른 사람들을 배려하는 모습이야말로 분별 있는 태도임을 깨달았다. 소년기 특유의 짧은 기억이 그에게 선사한 새 출발 기회를 잘 이용했다. 3학년이 시작될 무렵 새뮤얼 메러디스는 학년에서 인기가 대단한 학생으로 손꼽혔고 첫 번째 친구이자 꾸준히 우정을 나눈 길리 후드만큼 든든하게 그를 응원해 준 사람도 없었다.

2

새뮤얼은 1890년대 초에 이륜마차와 사륜마차와 유람 마차를 몰고 프린스턴대학과 예일대학과 뉴욕을 왕복하며, 미식축구 경기의 사회적 중요성을 얼마나 높이 평가하는지 몸소 보여주는 그런 대학생이 되었다. 그는 예법을 열렬히 신봉했다. 감수성이 예민한 신입생들은 새뮤얼이 장갑을 고르고 넥타이를 매고 고삐를 쥐는 모습을 모방했다. 그가 속한 집단 밖에서는 우월 의식으로 여겨지기도 했지만 그가 속한 집단이야말로 주류 집단이었기 때문에 걱정할 일은 없었다. 그는 가을이면 미식축구를 하고 겨울에는 하이볼(*위스키 같은 독주에 소다수와 얼음을 넣은 음료.)을 마셨으며 봄에는 조정 경기에 참여했다. 새 뮤얼은 신사가 아닌 단순한 운동선수나 운동선수가 아닌 단순한 신사를 모두 경멸했다.

그는 뉴욕에 살았고 가끔 친구들을 데리고 집에 와서 주말을 보냈다. 철도마차를 이용하던 시절이었는데 마차가 만원일 경우 새뮤얼의 집단에 속한 이들은 일어나서 정중한 인사와 함께, 서 있는 숙녀에게 자리를 양보하는 것을 당연하게 여겼다. 대학 3학년이던 어느 날 밤 새뮤얼은 친구 둘과 함께 철도마차를 탔다. 빈 좌석이 세 개 있었다. 새뮤얼은 자리에 앉으면서 옆자리에 눈꺼풀이 무거운 인부가 앉아 있음을 알게 되었다. 그는 불쾌한 마늘 냄새를 풍기며 새뮤얼 쪽으로 약간 몸을 기울이고 있었고, 피곤한 남자라면 으레 그러하듯 팔다리를 약간 벌려 자리를 너무 많이 차지하고 있었다.

마차가 몇 블록을 지나 네 명의 아가씨 일행을 태우려고 멈춰 섰다. 빠릿빠릿한 세 남자는 당연히 벌떡 일어나서 예법에 따라 자신들의 자리를 내주었다. 그러나 불행히도 넥타이와 여우 사냥이라는 암호에 생소한 인부는 젊은이들의 본보기를 따르지 못했고, 아가씨 한 명은 겸연쩍은 모습으로 서 있게 되었다. 눈동자 열네 개가 그 야만인을 비난하며 노려보았다. 입술 일곱 개가 살짝 일그러졌다. 그러나 경멸의 대상은 자신의 비열한 행동을 끝끝내 자각하지 못하고 무신경하게 앞만 바라보았다. 누구보다도 격노한 사람은 새뮤얼이었다. 그는 남자라는 사람이 그렇게 처신한다는 사실에 굴욕감을 느꼈다. 그가 큰 소리로 말했다.

"숙녀가 서 계시는군요."

준엄한 목소리였다.

그 정도면 충분했으련만 경멸의 대상은 멍하니 쳐다보기만 할 뿐이었다. 서 있던 아가씨는 친구들과 초조한 눈빛을 주고받으며 킥킥댔다. 그러나 새뮤얼은 화가 돋았다.

"숙녀가 서 계신단 말입니다."

그가 약간 까칠한 목소리로 되풀이했다. 인부는 말을 알아들은 모양이었다.

"난 요금을 냈소."

인부가 조용히 말했다.

새뮤얼은 얼굴을 붉히며 주먹을 불끈 쥐었지만 차장이 이쪽을 보고 있었고 친구들이 고갯짓으로 경고해서 시무룩하게 마음을 가라앉혔다.

새뮤얼과 일행이 목적지에 이르러 마차에서 내리는데 인부가 양동이를 흔들며 뒤따라 내렸다. 이때다 싶었던 새뮤얼은 자신의 귀족적 성향을 더는 억누르지 않았다. 그는 몸을 획 돌려 그야말로 싸구려 삼류 소설에 나올 법한 말로 빈정거리며, 저급한 동물들이 인간과 함께 마차에 탈 권리가 있느냐고 큰 소리로 말했다.

인부는 순식간에 양동이를 떨어뜨리고 그에게 달려들었다. 무방비 상태였던 새뮤얼은 턱을 제대로 얻어맞고 조약돌이 깔린 도랑에 대자로 나자빠지고 말았다.

"날 비웃지 마!"

공격자가 말했다.

"종일 뼈 빠지게 일했어. 피곤해 죽겠다고!"

인부가 말을 하는 동안 순간적으로 치솟았던 분노가 그의 눈에서 사라지고 다시 피로가 가면처럼 얼굴을 덮었다. 그는 몸을 돌려 양동이를 들었다. 새뮤얼의 친구들은 인부를 향해 재빨리 걸음을 옮겼다.

"기다려!"

천천히 일어난 새뮤얼이 친구들에게 돌아오라고 손짓했다. 예전에 언제 어디에선가 이와 비슷하게 맞은 적이 있었다. 금세 기억이 떠올랐다. 길리 후드. 말없이 몸에서 먼지를 털어 내는데 앤도버 시절의 장면 전체가 눈앞에 떠올랐다. 그리고 이번에도 자신이 틀렸음을 직관적으로 알 수 있었다. 저 남자의 힘과 휴식은 가족을 보호해 주는 것이다. 저 남자는 그 어떤 아가씨보다도 마차의 좌석이 필요한 사람이었다.

"괜찮아."

새뮤얼이 무뚝뚝하게 말했다.

"그 사람에게 손대지 마. 내가 빌어먹을 얼간이였어."

물론 새뮤얼이 올바른 예법의 본질적 중요성에 관한 견해를 재정립하는 데는 한 시간 이상 아니, 일주일 이상이 걸렸다. 처음에는 단순히 자신이 잘못했기 때문에 무기력했다고 인정하는 정도였다. 길리 앞에서 무기력했던 것과 마찬가지였다. 그러나 결국 인부에게 저지른 실수는 그의 태도 전반에 영향을 미쳤다. 결국 우월 의식에 빠져 있다는 말은 예의범절을 횡포하게 강요한다는 뜻이었다. 그래서 새뮤얼은 전과 다름없이 예의를 지켰지만 다른 사람들도 그래야 한다는 생각은 도랑 속으

308

로 사라졌다. 그해가 가기 전에 동기생들은 더 이상 그가 우월
의식이 있다고 말하지 않게 되었다.

3

몇 년 후 새뮤얼이 다니던 대학은 그의 넥타이에 반영된 영
예 속에서 충분히 오래 빛났다고 결론을 내렸다. 그리고 그에
게 라틴 어로 열변을 토하더니 돌이킬 수 없는 교육을 받았다
고 증명하는 종이를 10달러에 내주며 그를 혼란 속으로 내보냈
다. 그는 상당한 자신감과 몇 명의 친구들 그리고 바람직하지
않지만 무해한 버릇들을 적절히 지니고 있었다.

그 무렵 가족들은 설탕 시장의 급락으로 다시금 셔츠 바람의
서민이 되어 있었고, 새뮤얼이 일하러 나갈 때는 말하자면 단
추까지 풀러 버린 상태였다. 새뮤얼의 정신은 대학 교육이 초
래하는 완벽한 백지 상태였지만, 그는 활기와 신망을 모두 갖
추고 있었으므로 날렵하게 몸을 피하던 하프백으로서의 옛 실
력을 이용해 월 스트리트의 인파 사이를 이리저리 누비며 은행
수금원으로 활약했다.

기분 전환 거리가 있다면 바로 여자였다. 대여섯 명이었다.
사교계 새내기 두세 명, 배우 한 명(단역이었다.), 남편과 별거
중인 유부녀, 결혼해서 저지시티의 작은 집에 사는 어리고 감
상적인 갈색 머리 여자.

그녀와는 연락선에서 만났다. 새뮤얼은 업무 때문에 뉴욕에
서 강을 건너는 중이었는데(근무한 지 몇 년이 지난 때였다.),
그녀가 인파 사이에 떨어뜨린 꾸러미를 찾도록 도와주었다.

"자주 건너오십니까?"

새뮤얼이 무심히 물었다.

"쇼핑할 때만요."

그녀가 수줍게 대답했다. 커다란 갈색 눈과 어딘지 애처로운 자그마한 입을 지니고 있었다.

"결혼한 지 석 달밖에 안 됐는데 강 건너편에서 생활하는 게 돈이 덜 들더라고요."

"그 사람은…… 그러니까 남편분은 당신이 이렇게 혼자 있어도 괜찮다고 합니까?"

그녀가 생기발랄하게 웃음을 터뜨렸다.

"어머, 아니에요. 같이 저녁을 먹기로 했는데 제가 장소를 착각한 모양이에요. 무척 걱정하고 있을 거예요."

"흠."

새뮤얼은 불만스럽다는 듯이 말했다.

"그래야죠. 괜찮으시다면 제가 집까지 모셔다 드리겠습니다."

그녀는 제안을 고맙게 받아들였고 두 사람은 함께 전차를 탔다. 둘은 그녀의 작은 집으로 이어지는 산책로를 걷다가 불이 켜진 집을 보았다. 남편이 먼저 도착한 것이다.

"남편은 질투심이 굉장해요."

그녀가 웃으며 미안하다는 듯이 말했다.

"알겠습니다."

새뮤얼은 약간 딱딱하게 대답했다.

"저는 그만 돌아가는 게 낫겠군요."

그녀는 새뮤얼에게 고맙다고 말했고 그는 손을 흔들어 인사하며 그곳을 떠났다.

일주일이 지난 어느 날 아침에 5번가에서 마주치지 않았다면 그렇게 끝났을 것이다. 그녀는 흠칫 놀라며 얼굴을 붉혔고 다시 만나게 되어 몹시 반가워하는 것 같았다. 그래서 둘은 오랜 친구처럼 담소를 나누었다. 그녀는 양장점에 가는 중이었는데, 테인 식당에서 혼자 점심을 먹고 오후 내내 쇼핑을 한 다음 다섯 시에 연락선에서 남편과 만나기로 했다는 것이다. 새뮤얼은 그녀의 남편이 진정한 행운아라고 말했다. 그녀는 다시 얼굴을 붉히며 종종걸음으로 사라졌다.

새뮤얼은 사무실로 돌아오는 동안 내내 휘파람을 불었다. 그리고 열두 시 무렵에는 호소하는 듯 애처로운 그 작은 입이 사방에서 보이기 시작했다. 그 갈색 눈동자도. 그는 시계를 보며 안절부절못했다. 점심을 먹는 아래층 식당의 풍경과 그곳에서 남자들끼리 나누는 무거운 대화가 떠올랐고 그 그림과 반대되는 다른 그림이 눈에 선했다. 갈색 눈동자와 그 입을 몇 발자국 앞에 두고 테인 식당의 작은 테이블에 앉은 모습이었다. 열두 시 삼십 분을 몇 분 남겨 두고 그는 서둘러 모자를 쓰고 전차를 타러 뛰어갔다.

그녀는 그를 보고 무척 놀라워했다.

"어머…… 안녕하세요."

새뮤얼은 그녀가 기분 좋게 놀랐음을 알 수 있었다.

"함께 점심을 먹으면 어떨까 하는 생각이 들었습니다. 우글거리는 남자들 틈에서 식사하면 무척 지루하거든요."

그녀는 망설였다.

"뭐, 나쁠 건 없겠죠. 나쁠 리가 있겠어요?"

남편이 자신과 함께 점심을 먹었어야 했다는 생각이 그녀의 머리를 스쳤다. 그러나 남편은 대개 정오에 몹시 바빴다. 그녀는 새뮤얼에게 남편에 관해 모조리 이야기했다. 그는 새뮤얼보다 키가 좀 작았지만 아, 인물은 훨씬 나았다. 그는 경리였고 돈을 많이 벌지 못했지만 둘은 몹시 행복했고 삼사 년 안에 부자가 되리라 기대하고 있었다.

별거 중인 유부녀와 새뮤얼은 삼사 주 동안 자주 다투었다. 게다가 이 만남은 분위기가 사뭇 달라서 그는 더욱 신선한 기쁨을 느꼈다. 그녀는 생기가 넘쳤고 진실했으며 희미하지만 대담한 구석이 있었다. 그녀의 이름은 마저리였다.

둘은 또 만나기로 했다. 사실 한 달 동안 그들은 일주일에 서너 번씩 함께 점심을 먹었다. 남편의 늦은 퇴근이 확실해질 때면 새뮤얼은 연락선을 타고 그녀를 뉴저지까지 데려다 주었다. 그녀가 집으로 들어가 밖에 있는 남성적인 존재에 든든함을 느끼며 가스등에 불을 켠 후에야 그는 자그마한 앞 베란다를 떠났다. 이것은 점차 하나의 의식이 되었다. 그리고 그를 괴롭혔다. 현관 창문으로 안락한 불빛이 새어 나오면 그는 그것을 작별 인사로 받아들였다. 그는 결코 들어가겠다는 뜻을 비치지도 않았고 마저리도 그에게 들어오라고 하지 않았다.

그러다 새뮤얼과 마저리가 그저 매우 좋은 친구라는 표시로 가끔 서로의 팔을 만지는 단계에 이르렀을 때 마저리와 그녀의 남편은 부부가 서로를 몹시 아끼지 않으면 마음껏 할 수 없는 극도로 민감하고 아슬아슬한 싸움을 하게 되었다. 그 싸움은

312

차가운 양고기 토막이나 가스가 새는 버너로 시작되었다. 그러던 어느 날 새뮤얼은 마저리가 갈색 눈동자 밑으로 어두운 그늘을 드리우고 겁날 만큼 뾰로통한 얼굴로 테인 식당에 나타난 모습을 보았다.

그 무렵 새뮤얼은 마저리를 사랑하게 되었다고 생각했다. 그래서 그 싸움을 최대한 활용했다. 그녀의 가장 친한 친구로서 그녀의 손을 쓰다듬었다. 그리고 그녀가 작게 흐느끼며 그날 아침 남편이 한 말을 나지막하게 들려주는 동안 그녀의 갈색 곱슬머리 가까이로 몸을 숙였다. 이륜마차를 타고 연락선을 타는 곳까지 함께 갈 때 그는 가장 친한 친구보다 조금 더 가까운 사람이 되어 있었다.

"마저리."

언제나처럼 현관에서 그녀를 두고 돌아서며 그가 부드럽게 말했다.

"언제든지 나를 찾아오고 싶다는 생각이 들면 내가 늘 기다리고 있다는 것을, 늘 기다리고 있다는 것을 기억해요."

그녀는 진지하게 고개를 끄덕이고 두 손을 그의 손 안에 넣었다.

"알아요."

마저리가 말했다.

"당신이 내 친구라는 걸, 가장 좋은 친구라는 걸 알아요."

그런 다음 그녀는 집으로 뛰어 들어갔고 그는 가스등이 켜질 때까지 자리에 서서 지켜보았다.

다음 한 주 동안 새뮤얼은 초조한 혼란에 빠져 지냈다. 고집스러울 만큼 이성적인 중압감의 바닥을 들여다보면 마저리는 그와 같은 마음이 아니라며 경고를 보냈다. 그러나 이런 경우에는 대개 물속에 진흙이 너무 많아서 바닥이 거의 보이지 않는 법이다. 모든 꿈과 욕망은 그에게 마저리를 사랑하며 그녀를 원한다고, 그녀를 가져야 한다고 말했다.

다툼은 커져 갔다. 마저리의 남편은 걸핏하면 밤늦도록 뉴욕에 머물렀고, 몇 번은 불쾌할 만큼 흥분한 모습으로 집에 돌아왔으며, 대개는 그녀를 비참하게 만들었다. 둘은 자존심이 너무 강해 대화로 풀지 못하는 것 같았다. 어쨌거나 마저리의 남편은 상당히 조심성 있는 사람이기 때문이었다. 그래서 오해가 다른 오해를 낳기 시작했다. 마저리는 새뮤얼을 더더욱 자주 찾았다. 여자가 남자의 동정을 받아들이는 것은 다른 여자를 찾아가 울 때보다 훨씬 만족스럽기 때문이다. 그러나 마저리는 자신이 새뮤얼에게 얼마나 많이 의지하게 되었는지, 그가 그녀의 작은 우주에 얼마나 큰 부분을 차지하고 있는지 깨닫지 못했다.

어느 날 밤, 새뮤얼은 마저리가 집 안으로 들어가 가스등을 켠 뒤 발길을 돌리는 대신 함께 안으로 들어갔다. 그리고 둘은 작은 거실의 소파에 함께 앉았다. 그는 무척 행복했다. 그 집이 부러웠고, 완고한 자존심 때문에 이런 소유물을 방치하는 남자는 바보이며 이런 아내를 곁에 둘 자격이 없다고 생각했다. 그러나 그가 처음으로 마저리에게 키스를 했을 때 그녀는 조용히 울며 가라고 말했다. 그는 극심한 흥분의 날개를 타고 집으로 돌아왔다. 이 낭만의 불씨에 부채질을 하기로 마음을 먹었다.

그 불꽃이 아무리 커지고 누군가 불에 타더라도 상관없었다. 당시에는 이런 생각이 그녀를 향한 이타심이라고 여겼다. 나중에 돌이켜보니 그녀는 영화가 상영되는 하얀 스크린에 지나지 않았다. 오직 새뮤얼 자신 때문이었다. 간절함에 눈이 먼 자신 때문이었다.

다음날 두 사람이 테인 식당에서 점심을 먹으려고 만났을 때 새뮤얼은 모든 가면을 벗어던지고 솔직하게 구애를 했다. 계획 따위는 없었고 명확한 의도도 없었다. 오직 그녀의 입술에 다시 키스를 하고 싶은 마음과 그녀를 품에 안고서 작디작고 애처롭고 사랑스러운 몸을 느끼고 싶다는 생각뿐이었다……. 그는 그녀를 집에 데려다 주었고 이번에 둘은 심장이 쿵쿵 뛸 때까지 키스를 했다. 그의 입술에서 단어와 구문이 만들어졌다.

그런데 갑자기 현관에서 발소리가 들렸다. 누군가의 손이 바깥문을 열려고 했다. 마저리의 얼굴이 새하얗게 변했다.

"잠깐만요!"

그녀는 겁에 질린 목소리로 새뮤얼에게 말했지만, 방해를 받자 화가 나서 초조해진 그는 현관 쪽으로 걸어가 문을 벌컥 열어젖혔다.

누구나 무대에서 그런 장면을 본 적이 있을 것이다. 너무 자주 보았기 때문에 실제로 그런 일이 일어나면 사람들은 꼭 배우들처럼 행동한다. 새뮤얼은 어떤 배역을 연기하고 있다는 기분이 들었고 대사가 상당히 자연스럽게 흘러나왔다. 그는 누구나 자신의 삶을 주도할 권리가 있다고 선언하면서, 감히 그 사실을 의심하느냐는 듯 위협적인 눈빛으로 마저리의 남편을 쏘아보았다. 마저리의 남편은 최근에 자신의 가정이 그다지 신성한 모습이 아니었다는 사실을 잊고서 가정의 신성함에 관해 이야기했다. 새뮤얼은 '행복해질 권리'라는 대사를 밀고 나갔다. 마저리의 남편은 총기와 이혼 법정을 언급했다. 그러다 갑자기 그가 말을 멈추고 두 사람을 빤히 쳐다보았다. 마저리는 가엾게도 소파에 쓰러져 있었고, 새뮤얼은 일부러 영웅적인 태도로 머릿속의 지식을 장황하게 늘어놓고 있었다.

"위층으로 올라가, 마저리."

마저리의 남편이 달라진 어조로 말했다.

"거기 그대로 있어요!"

새뮤얼이 재빨리 응수했다.

마저리는 일어나서 비틀거리다가 주저앉더니 다시 일어나 계단으로 머뭇머뭇 다가가기 시작했다.

"밖으로 나오시오."

마저리의 남편이 새뮤얼에게 말했다.

"할 말이 있소."

새뮤얼은 마저리를 흘끗 보며 그녀의 눈에서 어떤 메시지를 읽으려고 했다. 곧 그는 입술을 굳게 다물고 밖으로 나갔다.

밝은 달이 떠 있었다. 마저리의 남편이 계단을 내려갔을 때 새뮤얼은 그가 괴로워하고 있다는 사실을 분명히 알 수 있었다. 그러나 그 남자가 불쌍하다는 생각은 조금도 들지 않았다.

두 사람은 몇 발자국 떨어진 상태로 서서 서로를 바라보았다. 마저리의 남편이 목이 약간 잠긴 것처럼 목소리를 가다듬었다.

"내 아내야."

조용히 말하던 그의 가슴속에서 문득 격렬한 분노가 솟구쳤다.

"빌어먹을 놈!"

그가 소리쳤다. 그리고 온 힘을 다해 새뮤얼의 얼굴을 가격했다.

바닥에 쓰러지던 바로 그 순간 새뮤얼의 머릿속에 지금처럼 맞은 적이 두 번 있었다는 생각이 번득 떠올랐다. 그리고 동시에 이 사건이 꿈처럼 느껴졌다……. 갑자기 잠에서 깬 기분이 들었다. 그는 무의식적으로 벌떡 일어나 공격 자세를 취했다. 다른 남자는 조금 떨어진 곳에서 두 주먹을 올리고 기다리고 있었다. 그러나 새뮤얼은 신체적으로는 키와 체중에서 자신이 좀 더 앞서지만 그를 때리지는 못하리란 것을 알고 있었다. 상황이 기적처럼 완전히 바뀌어 버렸다. 조금 전까지 새뮤얼은 자신을 영웅으로 여겼다. 이제는 자신이 파렴치한이자 이방인처럼 보였고, 그 작은 집의 불빛을 배경으로 실루엣을 드러낸 마저리의 남편은 영원한 영웅이자 가정의 수호자처럼 보였다.

잠시 정적이 흘렀고 새뮤얼은 재빨리 발길을 돌려 마지막으로 그 길을 걸어갔다.

4

물론 세 번째로 주먹을 맞은 후 새뮤얼은 몇 주 동안 양심적으로 자성했다. 오래전 앤도버에서는 그의 불쾌한 기질 때문에 주먹이 날아왔다. 대학 시절 만난 인부는 그가 품고 있던 우월

의식을 들이받았고, 마저리의 남편은 그의 탐욕스러운 이기심에 가차 없는 충격을 안겨 주었다. 여자라는 존재는 그의 머릿속에서 싹 사라져 버렸고 그 후 1년이 지나서야 미래의 아내를 만났다. 마저리의 남편이 마저리를 보호했듯이 그렇게 보호해 주어야 할 것 같은 여자야말로 훌륭한 여자라는 생각이 들었기 때문이다. 새뮤얼은 별거 중인 유부녀였던 드 페리아크 부인을 위해 그런 정의로운 주먹을 날리는 광경을 도무지 상상할 수가 없었다.

30대 초반에는 경제적으로 제법 안정이 되었다. 그는 당시 전국적 유명 인사였던 피터 카하트와 함께 일했다. 카하트의 체격은 거칠게 본뜬 헤라클레스 조각상 같았고 지나온 날들도 그만큼 견실했다. 지난날을 기록하며 순수한 기쁨을 느낄 수 있을 만큼 악명 높은 착취나 미심쩍은 추문도 없었다. 그는 새뮤얼의 아버지와 무척 친한 친구 사이였지만, 친구의 아들을 6년 동안 지켜본 다음에야 사무실에 받아들였다. 광산, 철도, 은행, 도시 전체 등 당시 그가 얼마나 많은 것들을 장악하고 있었는지는 하늘만이 알 일이다. 새뮤얼은 그와 무척 가까운 사이였고 그가 좋아하는 것과 싫어하는 것, 그의 편견과 약점과 많은 강점을 알고 있었다.

어느 날 카하트가 사람을 보내 새뮤얼을 부르더니 안쪽 사무실 문을 닫고 의자와 시가를 내주었다.

"다 잘돼 가나, 새뮤얼?"

카하트가 물었다.

"뭐, 그렇죠."

"자네가 요새 정체기를 겪고 있는 것 같아서 줄곧 걱정했다네."

"정체기라니요?"

새뮤얼은 어리둥절했다.

"십 년 가까이 사무실 밖에서는 일을 해 본 적이 없지?"

"하지만 휴가도 다녀왔는걸요. 애드론으로……."

카하트가 손을 흔들어 그 말을 물리쳤다.

"내 말은 외부 일 말일세. 우리가 여기에서 조종하는 대로 상황이 돌아가는지 살펴보는 거 말이야."

"네."

새뮤얼이 말했다.

"그런 일은 해 본 적이 없습니다."

"그래서 말인데."

카하트가 불쑥 말했다.

"한 달쯤 걸릴 외부 일을 맡기려고 하네."

새뮤얼은 언쟁하지 않았다. 오히려 그 명령이 마음에 들었고 그 일이 무엇이든지 카하트가 원하는 대로 해결하기로 마음먹었다. 이것은 카하트가 주로 즐기는 취미였고, 주변 사람들은 보병대 소위들처럼 명령에 입도 뻥긋하지 않았다.

"샌안토니오로 가서 해밀을 만나게."

카하트가 말을 이었다.

"해결할 일이 있는데 그걸 맡아 줄 사람이 필요하다는군."

해밀은 카하트의 그늘 아래에서 자란 인물로 남서부에 있는 카하트의 사업 지분을 관리하고 있었다. 새뮤얼과 만난 적은 없지만 공적인 서신을 여러 차례 주고받은 사이였다.

"언제 떠날까요?"

"내일 가는 게 좋겠네."

카하트는 달력을 힐끔 보며 대답했다.

"그럼 5월 1일이군. 6월 1일에 여기로 와서 보고하게나."

다음날 아침 새뮤얼은 시카고로 떠났고 이틀 후에는 샌안토니오에 있는 상업 신탁 은행 사무실에서 탁자 너머로 해밀과 마주했다. 일의 골자를 파악하는 데는 오래 걸리지 않았다. 석유와 관련된 큰 거래 문제로 인근의 거대 목장 열일곱 개를 매수하는 일이었다. 일주일 안에 매수를 완료해야 되기 때문에 일정이 몹시 빡빡했다. 목장주 열일곱 명을 진퇴양난에 빠뜨린 압박이 이미 가해진 상태였고, 새뮤얼의 임무는 단순히 푸에블로 근처의 작은 마을에서 발생한 문제를 '처리'하는 것이었다. 적임자라면 약삭빠르고 능률적으로, 어떤 충돌도 일으키지 않고 성사시킬 수 있을 터였다. 그저 운전석에 앉아 운전대를 단단히 붙잡고 있으면 되는 문제이기 때문이었다. 카하트에게 수차례 도움을 주었던 약삭빠른 해밀이 공개 시장에서 거래할 경우보다 순이익을 훨씬 많이 남길 수 있도록 상황을 정리해 둔 상태였다. 새뮤얼은 해밀과 악수를 하고 2주 후에 돌아오기로 약속한 다음 뉴멕시코의 샌펠리프로 떠났다.

물론 카하트가 자신을 시험하고 있다는 생각이 떠올랐다. 새뮤얼이 이 문제를 어떻게 처리하는지에 관한 해밀의 보고가 앞으로 자신이 큰일을 맡는 데 영향을 미칠지도 몰랐다. 그러나 그런 이유가 아니더라도 새뮤얼은 일을 성사시키려 최선을 다했을 것이다. 뉴욕에서 보낸 10년 동안 그는 감상과는 거리가 먼 사람이 되었고 일단 시작한 일은 끝을 볼 뿐 아니라 그 이상으로 해결하는 데 무척 익숙했다.

처음에는 모든 일이 잘 풀렸다. 열렬한 환영 따위는 없었지만 관계된 목장주 열일곱 명은 모두 새뮤얼의 용무가 무엇인지 알고 있었고 그의 배후가 누구인지도 알았으며 유리창에 앉은 파리처럼 끝까지 버틸 가망이 거의 없다는 것도 알고 있었다. 일부 목장주들은 체념했다. 일부는 죽기 살기로 노력했지만 머리를 맞대거나 변호사들과 언쟁해 보아도 빠져나갈 구멍이 보이지 않았다. 목장 다섯 군데에 석유가 있었고 다른 열두 곳은 가능성이 있는 정도였지만 어쨌든 해밀의 목적을 달성하려면 모두가 필요했다.

새뮤얼은 곧 실질적인 지도자가 매킨타이어라는 초기 정착자임을 알게 되었다. 매킨타이어는 쉰 살쯤 먹은 남자로, 백발이 성성했고 깔끔하게 면도한 얼굴에다 뉴멕시코의 여름을 마흔 번이나 보내며 얻은 구릿빛 피부 그리고 텍사스와 뉴멕시코의 날씨만이 선사할 수 있는 맑고 침착한 눈을 소유한 사람이었다. 그의 목장에서는 아직 석유가 발견되지 않았지만 목표 목장에 속해 있었고 그 누구보다도 자기 땅을 잃고 싶어 하지 않았다. 다들 처음에는 그가 이 큰 재난을 막아 줄 수 있을지도 모른다고 기대했다. 하지만 매킨타이어는 그렇게 하기 위해 합법적인 수단을 찾아 그 일대를 다 뒤지고 다녔음에도 불구하고 실패했으며 스스로도 그 사실을 알고 있었다. 그는 부지런히 새뮤얼을 피해 다녔지만 새뮤얼은 서명할 날이 오면 그가 나타날 거라고 확신했다.

그날이 다가왔다. 타는 듯이 무더운 5월의 어느 날이었다. 바짝 마른 대지는 눈길이 닿는 저 끝까지 물결치는 열기를 뿜어내고, 새뮤얼은 의자 몇 개와 벤치 하나와 나무 탁자 하나뿐인 자그마한 임시 사무실에서 땀에 흠뻑 젖은 채 앉아 있었다. 일이 거의 끝났다는 사실이 기뻤다. 동부로 돌아가서 아내와 아이들을 만나 일주일 동안 바닷가에서 지내고 싶은 마음이 간절했다.

모임이 네 시로 예정되어 있었기 때문에 세 시 반에 문이 열리며 매킨타이어가 들어오자 새뮤얼은 약간 놀랐다. 새뮤얼은 그 남자의 태도를 존경하지 않을 수 없었고 안타깝다는 생각이 절로 들었다. 매킨타이어는 초원에 깊은 애착을 갖고 있는 것처럼 보였다. 도시인들이 자연 속에 사는 사람들에게 느끼는 부러움이 새뮤얼의 가슴을 스쳤다.

"안녕하시오."

매킨타이어는 다리를 벌리고 두 손을 엉덩이에 얹은 채 열린 문 앞에 서서 말했다.

"안녕하십니까, 매킨타이어 씨."

새뮤얼은 자리에서 일어났지만 악수를 청하는 형식적 의례 따위는 생략했다. 그는 그 목장주가 자신을 몹시 싫어할 거라고 생각했지만 탓할 수는 없는 노릇이었다. 매킨타이어는 안으로 들어와 느긋하게 자리에 앉았다.

"우리가 졌군."

매킨타이어가 불쑥 말했다. 대답을 바라는 말 같지는 않았다.

"카하트가 이 일의 배후에 있다는 얘기를 들었을 때 난 포기했지."

"카하트 씨는……."

새뮤얼이 입을 열었지만 매킨타이어가 조용히 하라는 뜻으로 손을 흔들었다.

"그 비열한 좀도둑 얘기는 하지 마시오!"

"매킨타이어 씨."

새뮤얼이 딱딱하게 말했다.

"앞으로 삼십 분 동안 줄곧 이런 얘기만 하실 거라면……."

"어이, 입 닥치게, 젊은이."

매킨타이어가 말을 잘랐다.

"자네도 이렇게 하는 남자를 욕하진 못하겠지."

새뮤얼은 대답하지 않았다.

"이건 그냥 야비한 좀도둑질이야. 그놈처럼 너무 커서 손봐줄 수 없는 스컹크들이 있는 게 현실이지."

"아낌없이 보상해 드릴 겁니다."

새뮤얼이 말했다.

"입 닥쳐!"

매킨타이어가 갑자기 고함쳤다.

"이야기는 내가 하겠네."

그가 문으로 다가가 땅을 내다보았다. 찬란한 햇빛을 받으며 증기를 피워 올리는 목초지가 그의 발 가까이에서부터 먼 회녹색 산맥까지 펼쳐졌다. 그가 몸을 돌렸을 때 입술이 떨리고 있었다.

"자네 패거리들은 월 스트리트를 사랑하나?"

매킨타이어가 쉰 목소리로 말했다.

"아니면 어디에서나 꾸미는 그 비열한 계획을⋯⋯."

그가 말을 멈추었다.

"그렇겠지. 제아무리 저속한 인간이라도 자기가 일하는 곳을 사랑하지 않을 수는 없으니. 자신의 모든 것을 바쳐 땀을 흘리는 곳이니."

새뮤얼은 어색하게 그를 바라보고 있었다. 매킨타이어가 큰 파란색 손수건으로 이마를 닦은 후 말을 이었다.

"그 역겨운 늙은 악마는 백만 달러쯤 더 갖고 싶은 모양이지. 우린 그가 마차나 다른 것을 두어 개 더 사기 위해 없애 버려야 하는 가난한 거지 몇 명에 불과할 테고."

매킨타이어는 문 쪽으로 손을 흔들었다.

"난 열일곱 살 때 저기에 집을 지었네. 이 두 손으로. 스물한 살 때 아내를 데려왔지. 옆으로 두 칸을 더 지어 초라한 수송아지 네 마리로 시작했어. 여름을 마흔 번 지내면서 저 산맥 위로 해가 솟아올라 저녁이면 피처럼 붉게 지는 광경을 보았지. 그 후에는 열기가 점차 수그러들고 별들이 나왔지. 저 집에서 행복했었는데. 그곳에서 아들이 태어났고 또 거기에서 죽었어. 어느 늦은 봄, 지금처럼 몹시 무더운 오후였지. 그 후로 아내와 나는 전과 다름없이 그 집에 살면서 가정을 꾸려 보려고 노력했지만 결국 진짜 가정이라기보다는 가정에 가까운 것이었지⋯⋯ 왠지 아들이 늘 주위에 있는 것만 같았으니까. 수많은 밤, 우린 그 아이가 저녁을 먹으러 뛰어오는 모습을 기다렸어."

그는 목소리가 떨려서 더는 말을 잇지 못하고 회색 눈을 찌푸리며 다시 문으로 돌아섰다.

"저기 있는 건 내 땅이야."

그가 팔을 뻗으며 말했다.

"내 땅, 맙소사…… 저건 내가 세상에서 가진 전부야…… 내가 원했던 전부."

그는 소매로 얼굴을 쓱 훔쳤고 천천히 몸을 돌려 새뮤얼을 바라보며 달라진 말투로 이야기했다.

"하지만 그 사람들이 원한다면 내 손에서 떠나게 되겠군…… 떠나게 되겠어."

새뮤얼은 무슨 말이든 해야 했다. 조금만 더 있으면 침착함을 잃어버릴 것 같았다. 그래서 최대한 냉정한 목소리로 입을 열었다. 마뜩잖은 의무를 이행해야 할 때 쓰려고 비축해 둔 그런 말투였다.

"이것은 사업입니다, 매킨타이어 씨."

새뮤얼이 말했다.

"합법적인 것이고요. 어쩌면 목장 두세 곳은 어떤 값을 치르더라도 살 수 없었을지 모릅니다. 그러나 대부분은 제값을 받게 되었습니다. 발전에는 희생이 따르는 법이니……."

그는 이렇게 무능한 기분을 느껴 본 적이 없었다. 저 멀리에서 말발굽 소리가 들려오자 더없이 마음이 놓였다.

그러나 매킨타이어의 눈에 깃들었던 슬픔은 그의 말에 분노로 바뀌었다.

"자네와 그 비열한 사기꾼 패거리는 말이야!"

매킨타이어가 외쳤다.

"온 세상 그 어떤 것도 진심으로 사랑할 줄을 모르지! 돈밖에 모르는 돼지 떼 같으니!"

새뮤얼이 자리에서 일어났고 매킨타이어가 한 걸음 다가왔다.

"입만 나불대는 놈. 넌 우리 땅을 빼앗았어…… 피터 카하트 대신 이거나 받아라!"

그는 번개처럼 어깨를 휘둘렀고 새뮤얼은 쿵 쓰러졌다. 문간에서 발소리가 어렴풋이 들렸고 그는 누군가 매킨타이어를 붙들고 있다는 것을 알았지만 그럴 필요가 없었다. 매킨타이어는 의자에 털썩 주저앉아 머리를 두 손에 묻었다.

새뮤얼의 머리가 윙윙거렸다. 네 번째 주먹을 맞았음을 깨닫자 어마어마한 감정의 홍수가 밀려와, 그의 삶을 가차 없이 지배했던 법칙이 다시금 이동하고 있다고 외쳤다. 그는 반쯤 멍한 상태로 일어나 성큼성큼 방을 빠져나왔다.

그 후 10분은 아마 그의 삶에서 가장 괴로운 순간이었을 것이다. 사람들은 신념을 지키는 용기를 이야기하지만, 실생활에서는 남자가 가족을 부양해야 하는 의무 때문에 엄격하게 전진하는 모습이 스스로의 의로움에 빠져 이기적으로 행동하는 것처럼 보인다. 새뮤얼은 가족을 생각한 적이 많았지만 정말로 흔들린 적은 없었다. 그를 흔들리게 한 것은 그 정신적 충격이었다.

방으로 돌아오니 걱정이 어린 많은 얼굴들이 그를 기다리고 있었다. 그러나 그는 조금도 지체하지 않고 설명했다.

"여러분."

새뮤얼이 말했다.

"매킨타이어 씨가 친절하게도 저에게 이 문제에서 여러분이 전적으로 옳으며 피터 카하트 측이 전적으로 틀렸음을 깨우쳐 주셨습니다. 제가 아는 한 여러분은 앞으로 목장을 그대로 갖고 계셔도 됩니다."

그는 놀라워하는 사람들 사이를 헤치고 나갔고, 30분이 채 되지 않아 전신 기사가 도무지 직업에 맞지 않는 실수를 저지를 만큼 깜짝 놀랄 전보 두 개를 보냈다. 하나는 샌안토니오의 해밀에게 보내는 것이었다. 다른 하나는 뉴욕의 피터 카하트에게 보내는 것이었다.

그날 밤 새뮤얼은 잠을 제대로 이루지 못했다. 직업을 갖게 된 이후 처음으로 비참하고도 우울한 실패를 맛보게 되었음을 알고 있었다. 그러나 그의 속에 있는 어떤 본능이, 의지보다 강하고 훈련받은 기술보다도 더 깊이 박힌 본능이 어쩌면 그의 야망과 행복을 끝장내 버릴지도 모르는 그런 행동을 하게 만들었던 것이다. 그러나 이미 끝난 일이었고 다르게 처신할 수도 있었으리라는 생각은 조금도 들지 않았다.

다음날 아침에 전보 두 개가 그를 기다리고 있었다. 첫 번째 전보는 해밀이 보낸 것이었다. 세 단어뿐이었다.

"이 빌어먹을 멍청이!"

다른 전보는 뉴욕에서 온 것이었다.

"임무 완료. 즉시 뉴욕으로 복귀. 카하트."

일주일 안에 일어난 일이었다. 해밀은 미친 듯이 날뛰며 자신의 계획을 맹렬하게 변호했다. 그는 뉴욕으로 불려 가 피터 카하트의 사무실에 깔린 양탄자에서 불편한 30분을 보냈다. 그는 7월에 카하트의 회사와 결별했다. 8월이 되었을 때 서른다섯 살인 새뮤얼 메러디스는 사실상 카하트의 동업자가 되었다. 네 번째 주먹이 효과를 발휘한 것이었다.

나는 모든 남자에게는 성격과 기질과 세계관을 비스듬히 관통하는 야비한 성향이 있다고 생각한다. 어떤 남자들은 그런 성향이 숨겨져 있어서, 어느 캄캄한 밤 그들이 우리에게 일격을 가하기 전까지는 그것이 거기 있다는 사실조차 모른다. 그러나 새뮤얼은 그것이 언제 작동하는지와 그것을 본 사람들이 격노한다는 사실을 알려 주었다. 그 점에서 새뮤얼은 다소 운이 좋은 사람이었다. 그의 작은 악마는 모습을 드러낼 때마다 그것을 무기력하게 깔아뭉개 버리는 다급한 응대를 받았기 때문이다. 그가 길리의 친구들에게 침대에서 일어나라고 명령한 것도, 마저리의 집으로 들어간 것도 모두 그 악마, 그 성향이 시킨 짓이었다.

새뮤얼 메러디스의 턱을 쓰다듬으면 혹이 만져질 것이다. 그는 어떤 주먹이 그것을 남겼는지 확실히 모르겠지만 그 무엇과도 바꾸지 않겠다고 시인한다. 그는 나이 든 파렴치한만큼 야비한 인간이 어디 있겠느냐면서, 때로 결정을 내리기 전에 턱을 쓰다듬으면 크나큰 도움이 된다고 말한다. 기자들은 그런 행동이 걱정 많은 기질 때문이라고 말하지만 사실은 그게 아니다. 그는 그렇게 턱을 만짐으로써 그 찬란한 명쾌함을, 그 주먹 네 개가 번개처럼 일깨워 준 건전한 정신을 다시 느끼고자 하는 것이다.

길 잃은 청춘의 자화상, 말괄량이와 철학자

시대의 풍경

1920년대 미국은 흔히 '소란한 20년대(The Roaring Twenties)'라고 불린다. 풍요와 빈곤, 변화의 물결과 기존 질서를 유지하려는 노력이 공존하고 충돌한 시대였다. 이 시대를 낳은 것은 오래전부터 진행되어 온 산업화와 급속한 경제 성장이었기 때문에 1929년 주식 시장이 붕괴되고 경제 대공황이 시작되면서 끝을 맺는다.

미국 건국 초기부터 경제 성장의 핵심 역할을 맡았던 산업화는 남북 전쟁이 종결되자 본격적으로 진행되었다. 2차 산업 혁명이 일어난 19세기 말, 미국은 풍부한 천연자원과 기계화된 산업 구조, 정부의 친기업 정책 등이 맞물려 세계 최고의 공업국으로 부상했다. 이렇게 지속적으로 성장하던 미국 경제는 제1차 세계 대전이 끝난 후에 전성기를 맞이한다. 전쟁이 발발했을 때 미국은 처음에 중립을 표방하면서 암암리에 군수 물자를 수출하여 막대한 이득을 남겼고 이는 유례없는 경제 호황으로 이어졌다. 생산이 급증하고 다양한 일자리가 생겼으며 여유로운 수입으로 인해 소비가 촉진됐다.

한편 이민자들이 쏟아져 들어오자 그들에 대한 경계심 때문에 '큐 클럭스 클랜(Ku Klux Klan, 약칭 KKK단.)'으로 대표되는 백인 우월주의가 위력을 떨쳤고, 미국적 정신을 잃지 말아야 한다는 긴장감으로 기독교 근본주의와 청교도 정신이 더욱 강화되었다. 1920년 1월에 금주법이 발령된 것도 이런 맥락에서다. 그러나 주류의 양조에서부터 유통과 판매를 비롯해 관련된 모든 과정을 금지한 금주법 때문에 오히려 밀주와 밀매가 성행했고, 유럽에서 전쟁을 겪고 돌아온 젊은이들은 밀주를 즐기는 등 미국 사회에서 강조하는 전통 가치관을 거부했다. 물질적으로는 풍요로워졌지만 정신적 황폐화와 불안이 심화된 것이다. 소비주의가 절정에 달한 이유도 경제적 호황과 전쟁 이전의 생활로 복귀하고자 하는 갈망이 맞물린 탓이다.

또한 심리학과 정신분석학이 발달했는데 프로이트의 영향으로 이성보다는 감성, 의식보다는 무의식이 주목받았고 성적으로도 자유분방한 분위기가 퍼졌다. 그리고 전쟁의 어마어마한 파괴력을 경험한 젊은이들이 방향을 잃고 회의와 허무주의에 빠졌다. 미래를 꿈꿀 수 없게 된 이 시대 젊은이들은 그야말로

'길 잃은 세대'였다.

어니스트 헤밍웨이, 존 더스패서스와 함께 이 '길 잃은 세대'의 대표 작가로 손꼽히는 F. 스콧 피츠제럴드는 이 시기를 '재즈 시대(Jazz Age)'라고 일컬었다. 피츠제럴드가 '재즈로 길러진 이 세대'(「버니스 단발머리가 되다」)라고 표현한 당대 젊은이들은 당시 유행하던 빠른 재즈 음악과 춤을 즐겼다. '언제 죽을지 모르니 현재를 즐기자.'는 정서는 흥청망청한 파티와 자유연애 등으로 드러났다. 피츠제럴드는 이 재즈 시대를 살아간 장본인이자 목격자로서 작품을 통해 동시대 젊은이들의 모습을 예리하게 조명한다. 특히 그의 작품에 꾸준히 등장하는 파격적 신여성인 '플래퍼(flapper)'는 1920년대 초반을 휩쓴 하나의 문화 현상이자 시대의 변화를 가늠할 수 있는 척도다.

집안의 천사, 깁슨걸 그리고 플래퍼

19세기 중반까지 미국의 여성상은 영국 빅토리아조의 '집안의 천사'를 그대로 따랐다. '집안의 천사'는 정숙하고 성적 욕망이 없는 존재로, 남성보다 지적인 능력이 떨어지므로 남성에게 복종하되 도덕성은 우월하므로 자녀들을 도덕적으로 길러 내야 할 의무가 있었다. 사회적으로는 법적 권리가 전혀 없고 아버지나 남편의 소유물로 여겨졌다.

그러다 19세기 후반, 급속한 경제 성장과 더불어 미국 사회에 변화가 일어나면서 여성에게도 변화가 일어났다. 남북 전쟁이후 거대한 부가 창출되고 여성들의 교육 기회가 확대되어 사회로 진출하는 여성들이 많아졌던 것이다. 특히 19세기 말에여성에게 대학 교육이 허용되면서 많은 여성들이 대학 교육을받은 후 당연한 선택으로 여겨졌던 결혼을 미루거나 포기하고사회 복지 활동에 헌신했다.

사실 이들은 무대만 집 밖으로 옮겼을 뿐이지 여성으로서의역할은 그대로 실행한 것이나 마찬가지다. 집안에서 가족을 보살피는 대신 사회의 약자나 빈민들을 돌보았기 때문이다. 이들은 결혼이라는 전통 가치를 여전히 중요하게 생각했고 여성성을 최대한 유지하려고 노력했다.

이들에게 '깁슨걸'이라는 명칭이 생긴 것은 1890년에 미국의삽화가 찰스 깁슨이 그린 여성의 그림이 잡지 표지에 실려 큰인기를 끌면서부터다. 그가 그린 여성의 모습이 당대 신여성의이미지와 부합한다고 여겨졌던 것이다. 깁슨걸은 제1차 세계대전 이전까지 이상적인 여성상으로 사랑을 받았다.

깁슨걸은 골프와 자전거 등 스포츠를 즐기는 활동적인 여성이었으나 찰스 깁슨의 그림에서 볼 수 있듯이 풍만한 가슴과 잘록한 허리를 강조해 몸의 굴곡을 드러냈으며 풍성한 머리를 우아하게 틀어 올려 여성스러움을 뽐냈다. 그러나 깁슨걸의 딸인 플래퍼는 그 이상의 파격을 선보였다. 깁슨걸의 활동성과 당당함은 물려받되, 머리를 짧게 자르고 가슴이 납작해 보이는 일자 모양 상의와 종아리가 드러나는 짧은 치마를 입어 소년 같은 분위기를 연출했으며 무릎까지 오는 스타킹을 신었다. 부자연스러워 보일 만큼 진한 화장을 즐기기도 했고 목 부분이 깊이 파인 옷을 입기도 했다. 이렇게 겉모습을 통해 자유로움과 전통 가치에 대한 반발심을 드러냈다.

플래퍼는 사실 영국 태생이다. 역자가 이 책의 제목과 내용에서 '말괄량이'로 번역한 '플래퍼'라는 단어는 사전적으로 둥지를 떠나지 못하고 날개를 파닥거리는 어린 새를 뜻하는데, 영국에서는 사회에 진출하지 않은 젊은 여성을 가리키는 단어로 쓰였다. 그러다가 1918년, 30세 이상 여성들에게 투표권이 생긴 후 투표권을 갖지 못한 20대 미혼 여성을 가리키는 용어로 쓰였고 일종의 사회적 약자로서의 함의를 갖게 되었다.

술과 담배, 춤, 파티를 즐기고 성적으로 자유분방하며 의사 표현에 거침이 없고 사람을 매혹시키는 여성인 도발적인 플래퍼들은 영국 사회에서 선풍적 인기를 끌었다. 그리고 제1차 세계 대전 이후 미국의 플래퍼들도 비슷한 특징을 보인다. 다른 점이라면 미국의 플래퍼는 투표권을 갖게 되었다는 점이

다. 오랜 여권 운동의 결과로 투표권이 생기고 지위가 조금 향
상되기는 했으나 여성에 대한 인식은 크게 달라지지 않은 사
회에서, 미국의 플래퍼들은 영국 여성과는 달리 정치적인 자
유 대신 개인적 자유를 추구하는 데 골몰했다. 특히 이 시기에
발달한 자동차 산업은 플래퍼의 활동성에 크게 기여했다. 플
래퍼들은 직접 자동차를 운전했는데, 자동차의 기동성은 성적
억압에서 벗어나려는 그녀들의 대담한 자유연애를 부채질했
다.

　사회 기여에는 관심이 없고 오히려 남성과 동등해지려는 욕
구를 발산하며 분란을 조장하는 플래퍼는 어머니 세대이자 전
통 가치의 수호자인 깁슨걸로부터 무책임하고 방탕하다는 비
판을 받았다. 플래퍼는 반사회적 존재로 인식되어 미국 사회
는 그들을 기존 체제에 가두려고 노력했다. 플래퍼들의 파격적
인 옷차림을 거부하며 목둘레나 치마 길이를 제한하는 법안을
제출하기도 했다. 가정에서 아내이자 어머니로서의 역할에 충
실해야 하는지, 사회 구성원으로서 직업을 갖고 일을 하는 것
이 바람직한지, 혹은 일부 플래퍼들이 주장하듯 가정과 사회활
동을 함께하는 것이 가능한지 등 의문이 쏟아지기도 했다. 오
늘날에도 유효한 이 의문은 플래퍼의 역사적 의미를 일깨워 준
다. 1929년 경제 대공황으로 재즈 시대가 막을 내리면서 문화

아이콘으로서의 플래퍼도 사라졌지만 이들은 남성 중심의 가치관을 전복하고 사회에 그야말로 '소란'을 일으키면서, 오늘날까지도 수많은 질문과 갈등 속에서 주체적인 존재로 살고자 노력하는 여성들의 선구자가 되었던 것이다.

피츠제럴드와 플래퍼

플래퍼 이미지를 대량 생산하고 유통한 대중 매체는 그 모습을 상품화하고 희화화한 경향이 있다. 그러므로 당대 플래퍼들의 복합적인 모습을 가장 정확하게 그린 작가가 바로 피츠제럴드일 것이다. 사실 미국적 플래퍼를 정형화하고 여러 매체로 확산된 플래퍼의 원형을 창조한 사람이 바로 피츠제럴드이다. 피츠제럴드의 단편소설 중 「앞바다의 해적」과 「머리와 어깨」가 가장 먼저 영화화되었는데, 영화에서 플래퍼 역할을 맡은 클라라 보우 등 여배우들은 선망의 대상인 '잇걸(It Girl)'이 되어 큰 사랑을 받았다. 그리고 이 여배우들의 스타일은 젊은 여성들 사이에서 대유행했다.

피츠제럴드가 대부분의 작품에서 플래퍼를 탐색한 만큼 그와 플래퍼는 뗄 수 없는 관계다. 피츠제럴드의 아내인 젤다 역시 유명한 플래퍼였다. 피츠제럴드는 어느 댄스파티에서 당시 열여덟 살이던 젤다의 거침없는 모습을 보고 반했다. 하지만 젤다는 2년 동안 피츠제럴드의 속을 태우다가 그가 첫 장편 소설 『낙원의 이쪽』을 출간하고 성공을 거둔 후에야 결혼을 승낙했다. 두 사람은 당대의 '잇 커플'이자 이슈 메이커로 젊은이들의 사랑을 받았다. 그러나 결혼 생활은 순탄하지 않았고 화려한 생활을 하면서도 정신적 불안, 알코올 중독, 외도 등 여러 문제 때문에 괴로움을 겪었다. 피츠제럴드는 젤다와의 관계로 인해 천국과 지옥을 오가면서도 집필 활동을 쉬지 않았고 그의 욕망과 좌절은 작품에도 자연스럽게 스며들었다.

작품 속에 드러나는 청춘의 자화상

피츠제럴드는 10대 시절부터 글을 쓰기 시작했다. 세인트폴 아카데미와 뉴먼스쿨을 거쳐 프린스턴대학에 입학한 후에는 훗날 미국 문단의 중요 인물이 될 친구들을 만났다. 제1차 세계 대전에 참전한 동안에 쓴 소설이 우여곡절 끝에 『낙원의 이쪽』이라는 제목으로 스크리브너스 출판사를 통해 세상에 나오면서, 가난했던 피츠제럴드는 일약 주목받는 작가가 되어 부와 명예를 누렸다.

1920년에 출간된 『말괄량이와 철학자들』은 젊은 피츠제럴드가 『낙원의 이쪽』으로 큰 성공을 거둔 후 여섯 달이 지났을 무렵, 그동안 여러 잡지에 게재한 단편소설들을 모아 펴낸 첫 단편소설집이다. 이 책은 제목 그대로 당시 젊은 남녀의 대비되는 모습을 묘사해 준다는 점에서 무척 흥미롭다. 자유분방하고 거침없는 여성과, 전쟁 이후 목적 없이 방황하는 남성의 모습에서 길 잃은 세대의 현주소를 살펴볼 수 있다.

「머리와 어깨」의 마샤는 고지식한 호레이스가 순식간에 반할 정도로 매력적이고 생기발랄한 아가씨이다. 그녀는 호레이스와 처음 만났을 때 키스를 해 달라고 하면서 "그게 바로 인생이니까요. 이런저런 사람들에게 키스하는 것."이라고 말할 정도로 대담하다. 호레이스는 그녀의 한결같은 활력을 흠모하고, 마샤는 호레이스의 뛰어난 지성을 자랑스럽게 여긴다. 둘의 결합은 사회에 충격을 주지만 나중에 가정 경제를 책임지는 역할까지 맡아 가정의 '머리' 역할을 하게 되는 사람은 마샤다.

「앞바다의 해적」의 아디타나 「얼음 궁전」의 샐리 캐럴은 남자와 함께 당당히 담배를 피운다. 특히 아디타는 남자들 앞에서 수영복 차림으로 수영을 즐기고 버릇없을 정도로 자신감 넘치는 모습을 보이는데, 젊은 여성들이나 일부 비평가들은 이런 당당한 플래퍼를 새롭고 주체적인 여성상으로 여기고 긍정적으로 평가했다. 그러나 아디타의 삼촌처럼 대다수 기성세대는 플래퍼를 갈등을 조장하는 존재로 여기며 부정적으로 바라보앉다.

전쟁 이후 달라진 사회에서 전통 가치를 거부하는 여성의 성향이 활력과 패기로 나타났다면, 남성은 고뇌하는 철학자처럼 무기력한 모습을 보여 준다. 「델리림플 잘못되다」에서 주인공 델리림플은 전쟁이 끝난 직후 영웅과도 같은 대접을 받으며 눈부신 미래를 약속받은 것처럼 생각했지만 실상은 일자리를 찾아 전전해야 하는 처지다. 그는 머릿속 자신의 모습과 현실과의 괴리를 이기지 못하고 다른 길로 빠지고 만다.

「버니스 단발머리가 되다」에 등장하는 젊은 남자들은 대학을 다니고 있지만 딱히 장래 희망이나 꿈이 있는 것은 아니고 학업보다는 연애에 열을 올린다. 「머리와 어깨」에서 철학자로서 장래가 촉망되던 신동 호레이스는 마샤와 만난 이후 그동안 걸어온 길을 버리고 새로운 삶을 시작한다. 곡예에 재능이 있음을 깨닫고 그것을 직업으로 삼지만 자신이 '머리'가 아닌 '어깨'가 되었음을 깨달은 후에 좌절감을 느낀다.

또한 이 단편들이 그려내는 젊음의 모습은 무척 돌발적이다. 젊은 호레이스는 꿈에도 생각해 보지 못했던 결혼을 결심하고, 버니스는 난생처음 누리게 된 인기를 잃고 싶지 않아 울며 겨자 먹기 식으로 머리를 자른 후 마저리의 풍성한 머리채를 남몰래 싹둑 잘라 버리는 행동을 감행한다. 「성체강복식」의

340

로이스는 과감한 선택을 앞둔 상황에서 성직자인 오빠와의 만남에 감화된 듯하더니 연인에게 보내려던 전보를 찢어 버린다. 피츠제럴드는 그런 돌발적인 젊음의 '순간'이 삶에 중요한 영향을 미친다고 보았다. 「컷글라스 그릇」에서 아름답고 매력적인 이디스는 젊은 시절 가볍게 만났던 한 남자 때문에 인생 전체에 영향을 받는다. 그 만남은 이디스가 알지 못하는 사이에 운명과도 같이 삶의 굵직한 순간마다 파괴력을 발휘하고 그녀를 죽음으로 내몬다. 「주먹 네 개」에서 새뮤얼은 '주먹'으로 공통되는 삶의 중요한 네 '순간'을 맞이한다. 그리고 그 순간은 새뮤얼의 인생 경로를 바꾸게 할 정도의 위력을 발휘해 그를 다른 사람으로 만든다.

젊은 작가의 젊은 이야기

피츠제럴드가 그려 낸 재즈 시대 젊은이들의 초상은 놀랍게도 오늘날의 우리나라 젊은이들과 비슷하다. 한국 사회는 '알파걸' 열풍에 휩싸인 적이 있다. 알파걸은 여러 면에서 남성을 능가하고 사회 지도층으로 성장하리라 기대되는 당차고 어린 여성, 여성 상위 시대가 도래하리라는 희망을 준 여성들이었다. 그러나 재즈 시대의 플래퍼들처럼 한국의 알파걸은 '잇걸'이 될 수는 있었지만 전통적인 사회 인식을 바꾸지는 못했다. 패기

〉〉

만만한 소녀였던 알파걸은 결혼 후 '워킹 맘'이 되었다. 그러나 재즈 시대의 남성들이 플래퍼를 흠모하고 추종하면서도 결혼해서 안정적인 가정을 꾸리고 싶어 했듯, 한국 사회는 여성에게 결혼과 직장 양쪽에서 완벽하기를 기대한다. 결혼 후 육아와 가사는 여전히 여성의 몫이다. '워킹맘'과 '육아맘'이라는 말은 익숙하지만 '워킹대디'와 '육아대디'라는 말은 낯설다는 사실만 봐도 알 수 있다. 물론 남자들의 짐 역시 가벼워지지 않았다. 무한 경쟁이 더욱 치열해졌고 대학은 취업 준비를 위한 곳이 되었다. 많은 젊은이들이 꿈을 추구하고 가능성을 실험하기보다는 당장 취업부터 걱정해야 하는 상황이다.

그런 면에서『말괄량이와 철학자들』은 지금과 다른 시대, 다른 배경의 인물들에게서 향수와 동질감을 불러일으킨다. 작품으로 영원히 포착된 젊음의 모습에서 향수를, 반항하고 방황하는 젊음의 고뇌에서는 동질감을 느끼게 된다. 사실 이런 젊음과 그 젊음을 둘러싼 사회의 모습은 피츠제럴드가 장편소설과 단편소설을 막론하고 끝없이 탐구한 주제였다.

피츠제럴드가 활동하던 당시에 그의 단편소설은 장편소설에 비해 폄하되고 연구가 활발히 이루어지지 못했다. 피츠제럴드 자신이 인정했듯 단편소설은 장편소설을 쓰는 준비 단계로서 돈벌이 수단이었던 탓이기도 하다. 단편소설은 피츠제럴드 부부가 호화로운 생활을 영위하게 해 주는 수입원이었다. 그의 작품에는 개인적, 사회적 차원에서 돈에 대한 갈망과 환상과 환멸이 느껴진다. 그러나 쏟아지는 혹평 속에서도 일부 비평가들은 이런 단편소설에서 피츠제럴드의 천재성을 포착했다. 그리고 무엇보다도 그의 단편소설은 『위대한 개츠비』로 위대한 미국 작가 반열에 당당히 오르기까지, 미완성 상태로 끝없이 실험하고 노력했던 젊은 작가의 성장 과정을 보여 준다. 젊은 작가가 담아낸 재즈 시대의 청춘 이야기를 읽으며 독자들이 자기 자신과 이 사회의 자화상을 정직하게 그려 보기를 바란다.

-옮긴이 김율희

《F. 스콧 피츠제럴드 연보》

1896년 9월 24일 미국 미네소타 주 세인트폴에서 아버지 에드워드 피츠제럴드와 어머니 몰리 퀼 리언 사이에서 태어남. 미국 국가를 작사한 시인이자 먼 친척인 프랜시스 스콧 키의 이름을 붙임.

1908년 세인트폴 아카데미에 입학함.

1909년 세인트폴 아카데미에서 발행하는 문예지 〈지금과 그때〉에 첫 희곡 『레이먼드 저당의 신비』를 발표.

1911년 뉴저지 주의 뉴먼 스쿨에 입학하여 키릴 시고니 웹스터 페이 신부를 만남. 그는 어린 피츠제럴드가 지적 토대를 세우는 데 커다란 영향을 끼침.

1913년 프린스턴 대학교에 입학함. 비평가 에드먼드 윌슨, 시인 존 필 비숍과 친구가 됨. 〈나소 문학잡지〉와 〈프린스턴 타이거〉지에 단편소설과 희곡과 시를 발표함.

1914년 세인트폴에서 16세 소녀 지니브러 킹을 만남. 훗날 피츠제럴드는 그녀에게 사랑을 고백하지만 가난하다는 이유로 거절을 당함. 이 경험은 그의 작품 활동에 중요한 자극이 됨.

1916년 3학년 때 프린스턴 대학교를 중퇴함.

1917년 미 육군에 소위로 임관하여 복무함. 장편소설 『낭만적인 에고이스트』 집필을 시작함.

1918년 앨라배마 주 대법원 판사의 딸 젤다 세이어를 만남. 『낭만적인 에고이스트』를 스크리브너스 출판사에 보내지만 출간을 거절당함.

1919년 젤다와 약혼. 제1차 세계 대전이 막을 내리면서 군대에서 제대하고 뉴욕의 배런콜리어 광고 회사에 입사함. 젤다는 그의 미래가 불안정하다는 이유로 약혼을 파기함.

1920년 『낭만적인 에고이스트』를 고쳐 장편소설 『낙원의 이쪽』이라는 제목으로 출간. 이 작품이 성공하면서 순식간에 커다란 부와 명예를 얻음. 남부로 돌아와 젤다와 결혼함. 그러나 피츠제럴드 부부는 돈을 버는 족족 탕진함. 단편소설집 『말괄량이와 철학자들』 출간.

1921년 10월 딸이 태어남.

1922년 화이트베어 요트 클럽으로 이사함. 이곳에서 『위대한 개츠비』의 힌트를 얻음. 장편소설 『아름답고 저주받은 사람들』을 출간하고 워너브라더스에서 영화로 제작됨. 중·단편소설집 『벤자민 버튼의 시간은 거꾸로 간다』 출간.

1923년 장막 희곡 「야채」가 애틀랜틱시티에서 공연하지만 실패하여 피츠제럴드는 빚을 지게 됨.

1924년 유럽으로 이주함. 〈아메리칸 머큐리〉 6월호에 단편소설 「면제」를 발표함. 『위대한 개츠비』를 집필하기 시작함. 피츠제럴드가 집필에 몰두하는 동안 젤다는 프랑스 인 조종사와 외도를 함.

1925년 『위대한 개츠비』가 출간되어 호평을 받음. 프랑스에서
어니스트 헤밍웨이를 만나 친분을 쌓음.

1926년 『위대한 개츠비』가 연극으로 제작되어 브로드웨이에서
공연됨.

1927년 할리우드 영화사에서 시나리오 작가로 근무하기 시작
함. 그곳에서 『밤은 부드러워』의 로즈마리 호이트의 모델이 된
로이스 모런과 연애함.

1930년 젤다가 신경쇠약 증세를 보이기 시작하여 치료를 위해
스위스로 이주함. 젤다는 프랭잰스 진료소에 입원함.

1931년 아버지 에드워드 피츠제럴드가 세상을 떠남. 미국으로
돌아가 할리우드 MGM 사에서 시나리오 작가로 근무함.

1932년 젤다의 신경쇠약이 재발하여 메릴랜드 주의 존스홉킨스
대학 병원에 입원함.

1933년 집에 불을 지를 정도로 젤다의 증세가 심해짐. 피츠제럴
드의 또 다른 대표작 장편소설 『밤은 부드러워』 출간.

1935년 심각한 알코올 의존증 증세를 보이기 시작함.

1936년 어머니 몰리 퀼 리언이 세상을 떠남. 젤다는 애슈빌의
하일랜드 정신 병원에 입원함.

1937년 MGM과 계약을 맺고 다시 시나리오 작가로 활동함. 평

론가 세일러 그레이엄과 만나 친분을 쌓음.

1939년 할리우드에서 프리랜서로 일하기 시작함. 술에 취해 난동을 부린 사건을 계기로 젤다와 별거를 시작함. 금주하지 않으면 생명이 위태롭다는 진단을 받음. 뉴욕 병원에서 할리우드 사회를 소재로 한 장편소설『겨울 카니발』을 완성함.

1940년 장편소설『마지막 거물』을 집필함. 11월에 심장 발작을 일으킴.

12월 21일 세일러 그레이엄의 자택에서 심장 마비로 세상을 떠남.

12월 27일 메릴랜드 로크빌 유니언 묘지에 묻힘.

1941년 미완성 유작『마지막 거물』이 에드먼드 윌슨의 편집으로 출간.

1948년 하일랜드 병원에 화재가 발생하여 그곳에서 치료 중이던 젤다가 사망함.

F. 스콧 피츠제럴드 1896년 미국 미네소타 주 세인트폴에서 태어났다. 1909년 세인트폴 아카데미의 문예지에 첫 희곡을 발표하며 문학적 재능을 드러냈으며 이후 160여 편에 달하는 단편소설을 발표했다. 1913년 프린스턴 대학교에 입학하지만 3년 뒤 중퇴하고 1917년 미 육군 소위로 복무하기 시작했다. 1919년 제대하여 다음해에 장편소설 『낙원의 이쪽』을 출간하면서 인기 작가로 급부상했다. 이어 장편소설 『위대한 개츠비』, 『밤은 부드러워』, 단편소설집 『말괄량이와 철학자들』, 『벤자민 버튼의 시간은 거꾸로 간다』 등을 출간하며 20세기 미국 문학계를 이끌 최고의 작가로 평가받았다. 1940년 12월 장편소설 『마지막 거물』을 집필하던 도중 심장 마비로 세상을 떠났다.

김율희 고려대학교 영어영문학과를 졸업한 뒤, 동 대학원 영문과에서 근대영문학으로 석사 학위를 받았다. 옮긴 책으로 『달콤쌉싸름한 첫사랑』, 『크리스마스 캐럴』, 『두근두근 첫사랑』, 『말괄량이와 철학자들』, 『벤자민 버튼의 시간은 거꾸로 간다』 등이 있다.

클래식 보물창고 에는
오랜 세월의 침식을 견뎌 낸
위대한 세계 문학 고전들이 총망라되어 있습니다.
세대와 시대를 초월하여 평생을 동반할 '내 인생의 책'을
〈클래식 보물창고〉에서 만나 보세요.

1. 이상한 나라의 앨리스 루이스 캐럴 지음 | 황윤영 옮김

특유의 유쾌한 상상력과 말놀이, 시적인 묘사와 개성적인 캐릭터, 재치 넘치는 패러디와 날카로운 사회 풍자로 아동청소년문학사와 영문학사에 큰 획을 그은 루이스 캐럴의 환상동화.

★ BBC 선정 영국인 애독서 100선

2. 키다리 아저씨 진 웹스터 지음 | 원지인 옮김

서간문이라는 독특한 형식과 소녀적 감성이 결합된 성장기이자 로맨스 소설! 20세기 초 사회의 모순을 고발하고 개혁을 주장했던 작가의 진보적인 사상은 페미니즘 문학으로서의 의미를 더한다.

3. 보물섬 로버트 루이스 스티븐슨 지음 | 민예령 옮김

인간이 가진 절대적인 선과 악을 그린 세계 최초의 해양모험소설. 영국 빅토리아 시대의 흥미진진한 꿈과 낭만을 대변하는 동시에 선악의 경계를 아슬아슬하게 줄타기하는 인간의 욕망을 고찰한다.

★ BBC 선정 영국인 애독서 100선

4. 노인과 바다 어니스트 헤밍웨이 지음 | 민예령 옮김

헤밍웨이 문학의 총 결산이자 미국 현대문학의 중추로 일컬어지는 걸작. 생애의 모든 역경을 불굴의 투지로 부딪쳐 이겨 내는 인간의 모습을 하드보일드한 서사 기법과 절제미가 돋보이는 문체로 형상화했다.

★ 노벨 문학상 수상작 ★ 퓰리처상 수상작 ★ 노벨연구소 선정 세계문학 100선
★ 대학수학능력시험 출제 작품

5. 하늘과 바람과 별과 시 윤동주 지음 | 신형건 엮음

우리나라 사람들이 가장 많이 애송하는 '민족 시인' 윤동주 문학 세계를 엿볼 수 있는 시와 산문을 한데 모았다. 시대의 아픔을 성찰하며 정면으로 돌파하려 한 저항 정신은 물론이고 인간 윤동주의 맨얼굴을 만날 수 있다.

★ 연세대 필독도서 200선

6. 봄봄 동백꽃 김유정 지음

어려운 현실을 풍자와 해학으로 극복한 한국 근대소설의 정수, 김유정의 대표작을 모았다. 원전을 충실하게 살려 아름다운 우리말을 풍요롭게 담고, 토속적 어휘는 풀이말을 달아 이해를 도왔다.

7. 거울 나라의 앨리스 루이스 캐럴 지음 | 황윤영 옮김

『이상한 나라의 앨리스』보다 한층 탄탄해진 구성과 논리적인 비유를 통해 보다 깊고 넓어진 재미와 감동을 선사하는 후속작. 현실 속의 정상과 비정상, 논리와 비논리, 의미와 무의미의 경계를 고찰한다.

★ BBC 선정 영국인 애독서 100선 ★ 명사 101명이 추천한 파워클래식

8. 변신 프란츠 카프카 지음 | 이옥용 옮김

현대인의 고독과 불안을 그림으로써 20세기 실존주의 문학의 발전에 커다란 영향을 끼친, 20세기 문학계에서 가장 난해한 '문제작가'로 꼽히는 프란츠 카프카의 대표작을 모았다. 원전에 충실한 번역으로 특유의 문체가 지닌 묘미를 만끽할 수 있다.

★ 서울대 권장도서 100선 ★ 연세대 필독도서 200선 ★ 미국대학위원회 SAT 권장도서

9. 오즈의 마법사 L. 프랭크 바움 지음 | 최지현 옮김

영화, 뮤지컬, 온라인 게임 등 다양한 장르로 재생산되어 지구촌 대중문화를 견인함으로써 문화 콘텐츠가 가지는 파급력의 정도를 생생하게 보여 주는 세기의 고전. 짜릿한 모험담 속에 담긴 치유의 기운이 마법 같은 순간을 선물한다.

10. 위대한 개츠비 F. 스콧 피츠제럴드 지음 | 민예령 옮김

미국 현대 문학의 거장으로 꼽히는 F. 스콧 피츠제럴드의 대표작. 미국에서만 한 해 30만 부 이상 팔리는 스테디셀러로, 재즈 시대를 살았던 젊은이들의 욕망과 물질문명의 싸늘한 이면을 담아 낸 명실공히 미국 현대 문학의 최고작.

★ 〈타임〉지 선정 100대 영문 소설 ★ 미국대학위원회 SAT 권장도서
★ 〈뉴스위크〉지 선정 100대 명저 ★ BBC 선정 꼭 읽어야 할 책

11. 오 헨리 단편선 오 헨리 지음 | 전하림 옮김

평범한 소시민의 일상과 삶의 애환을 따뜻한 시선으로 그린 세계적인 단편작가 오 헨리 문학의 정수로 손꼽히는 작품을 모았다. 인도주의적 가치관 위에 부조된 작가적 개성의 특출함을 만끽할 수 있다.

12. 셜록 홈즈 걸작선 아서 코난 도일 지음 | 민예령 옮김

세기의 캐릭터와 함께 펼치는 짜릿한 두뇌 게임. 치밀한 구성과 개연성 있는 전개, 호기심을 자극하는 독특한 설정이 포진되어 있음은 물론, 추리의 과정부터 카타르시스가 느껴지는 결말이 펼쳐져 있는 매력적인 소설.

13. 소공자 프랜시스 호즈슨 버넷 지음 | 원지인 옮김

사랑의 입자를 뭉쳐 만들어 놓은 것 같은 캐릭터를 통해 사랑의 선순환을 형상화한 소설. 순수한 직관과 무한한 잠재력을 지닌 동심의 세계를 느낄 수 있다.

14. 왕자와 거지 마크 트웨인 지음 | 황윤영 옮김

대중성과 작품성을 겸비해 '미국 현대문학의 아버지'로 평가받는 마크 트웨인의 대표작으로 '뒤바뀐 신분'이라는 숱한 드라마의 원조 격인 소설. 부조리하고 불합리한 사회상에 대한 날카로운 비판과 통쾌한 풍자 속에 역사적 지식과 상상력을 담아 냈다.

15. 데미안 헤르만 헤세 지음 | 이옥용 옮김

자신의 내면세계를 향해 고집스럽게 걸음을 옮긴 주인공 싱클레어의 성장을 그린 영원한 청춘의 성서. 철학, 종교, 인간을 끊임없이 탐구했던 작가의 깊이 있는 시선과 인간 내면의 양면성에 대한 치밀한 묘사가 시선을 사로잡는다.

★ 노벨 문학상 수상작가

16. 말괄량이와 철학자들 F. 스콧 피츠제럴드 지음 | 김율희 옮김

재즈 시대의 자유분방한 젊은이들의 풍속도를 그린 F. 스콧 피츠제럴드의 소설집. 1920년대 고동치는 젊은이의 맥박을 생생하게 전달했다는 평가를 받는 작품들을 모았다.

17. 벤자민 버튼의 시간은 거꾸로 간다 F. 스콧 피츠제럴드 지음 | 김율희 옮김

70세의 노인으로 태어나 결국 태아 상태가 되어 삶을 마감하는 벤자민 버튼의 일생을 그린 환상소설을 비롯해 『위대한 개츠비』의 전신이라고 할 수 있는 F. 스콧 피츠제럴드의 작품들을 모았다. 실험적이고 혁신적인 화법으로 생생하게 형상화한 재즈 시대를 만끽할 수 있다.

18. 이방인 알베르 카뮈 지음 | 이효숙 옮김

출간과 동시에 하나의 사회적 사건으로까지 이야기된 알베르 카뮈의 대표작. 부조리하고 기계적인 시스템 속에서 인간이 부딪치게 되는 절망적 상황을 짧고 거친 문장 속에 상징적으로 담아낸, 작품 자체가 '이방인'인 소설.
★ 노벨 문학상 수상작가 ★ 노벨연구소 선정 세계문학 100선

19. 크리스마스 캐럴 찰스 디킨스 지음 | 김율희 옮김

영국의 대문호 찰스 디킨스의 작가 정신과 개성이 고스란히 담겨 있는 대표작. 19세기 영국 사회의 구조적 모순과 크리스마스 정신, 인간성의 회복을 그린 영원한 고전이자 크리스마스의 상징이 되어 버린 소설.
★ BBC 선정 영국인 애독서 100선

20. 이솝 우화 이솝 지음 | 민예령 옮김

2,500년 동안 이어져 온 삶의 지혜와 철학을 담은 인생 지침서이자 최고(最古)의 고전! 오랜 세월 인류가 축적해 온 지식과 철학이 함축되어 있으며 남녀노소 누구나 읽을 수 있는 인류의 고전이라 할 수 있다.

＊'클래식 보물창고'는 끝없이 이어집니다.